Sonnenhof
nach Braunshart
Alter Steinbruch
Eichkopf
Panoramaweg
Römerkastell
„Autobahn“
Forsthaus
Waldsee
Seufzerbrocken
Forsthaus
Amselhof

Elena – Ein Leben für Pferde

Sommer der Entscheidung

Nele Neuhaus, geboren 1967 in Münster/Westfalen, lebt heute im Taunus. Sie reitet seit ihrer Kindheit und schreibt bereits ebenso lange. Nach ihrem Jurastudium arbeitete sie zunächst in einer Werbeagentur, bevor sie begann, Erwachsenenkrimis zu schreiben. Mit diesen schaffte sie es auf die Bestsellerlisten und verbindet nun ihre zwei größten Leidenschaften: Schreiben und Pferde. Ihre eigenen Pferde Fritzi und Won Da Pie standen dabei Pate für die gleichnamigen vierbeinigen Romanfiguren. Von Nele Neuhaus ist auch die Reihe „Charlottes Traumpferd" bei Planet! erhältlich. **www.neleneuhaus.de**

Elena – Ein Leben für Pferde bei Planet!:

Elena – Ein Leben für Pferde
Bd. 1: Gegen alle Hindernisse

Elena – Ein Leben für Pferde
Bd. 2: Sommer der Entscheidung

Elena – Ein Leben für Pferde
Bd. 3: Schatten über dem Turnier

Elena – Ein Leben für Pferde
Bd. 4: Das Geheimnis der Oaktree-Farm

Elena – Ein Leben für Pferde
Bd. 5: Ihr größter Sieg

Elena – Ein Leben für Pferde
Bd. 6: Eine falsche Fährte

Mehr über unsere Bücher, Autoren und Illustratoren auf:
www.planet-verlag.de

Nele Neuhaus

Elena

Sommer der Entscheidung

PLANET!

Für Philipp und Theresa

Prolog

Die alte dunkelbraune Stute hörte auf zu kauen. Sie hob die Nase aus dem Stroh, streckte den Kopf aus dem Stallfenster und spitzte die Ohren. Die Luft war frisch und kalt, doch in ihr lag bereits die Ahnung des kommenden Frühlings. Der Morgen kündigte sich mit einem schmalen hellen Streifen am Horizont im Osten an. Der Himmel war dunkel, aber die Sterne glänzten nur noch blass. Nebel stieg aus den Wiesen auf. In den Bäumen rings um den Stall erwachten die ersten Vögel und stimmten ihr Frühkonzert an.

Die Stute schnaubte und wandte den Kopf. Ihr empfindsames Gehör nahm das sich nähernde Motorengeräusch wahr. Es war keines der Autos, das auf der fernen Bundesstraße fuhr, und auch nicht das vertraute Geräusch des hellen Kombis, mit dem der Bauer jeden Morgen zum Stall gefahren kam, um nach ihr und den anderen Pferden zu schauen.

Die Stute lauschte. In ihrem langen Leben war sie schon oft transportiert worden und dieses Motorengeräusch erinnerte sie an die längst vergangene Zeit, als sie zu Turnieren fahren durfte. Ja, da kam ein Lkw den schmalen Feldweg entlanggekrochen! Das Licht der Scheinwerfer blendete sie einen Moment. Die Stute wieherte laut. Ihr Fohlen, das in einer Ecke der großen Box behaglich im weichen Stroh geschlummert hatte, kam schlaftrunken auf die Beine und schüttelte sich. Auch die anderen Stuten in den benachbarten Boxen horchten auf. Fast alle waren trächtig oder hatten bereits ein Fohlen bei sich.

Das Motorengeräusch erstarb. Zwei Türen klappten und jemand öffnete das Tor, das hinaus zum Feldweg und den Koppeln führte. Die alte Stute spürte die fordernden Lippen des hungrigen Fohlens an ihrem prallen Euter, aber sie stieß es unsanft zur Seite. Sie war plötzlich unruhig. Das waren fremde Männer, die zu dieser ungewöhnlich frühen Stunde in den Stall kamen. Sie machten nicht das Licht an, sondern leuchteten mit Taschenlampen. Ihre Stimmen waren leise und rau, sie rochen fremd.

Die Stute hatte in ihrem langen Leben nur Gutes von Menschen erfahren und blickte den Männern deshalb neugierig entgegen, als sie die Tür ihrer Box öffneten. Der appetitliche Duft von Hafer kitzelte in ihrer Nase. Ihr Fohlen hatte hinter ihrem großen starken Körper Schutz gesucht, und die Stute zögerte einen Moment, hin und her gerissen zwischen dem instinktiven Bedürfnis, ihr Fohlen zu schützen, und ihrer Gier nach dem Hafer. Ihre Ohren spielten. Sie machte einen Schritt auf den Eimer zu, dann noch einen, tauchte ihr Maul tief in den Hafer und kaute genüsslich. Hände streichelten ihr Gesicht, legten ihr ein Halfter an. Die Stute legte warnend die Ohren an, als sich der Mann ihrem Fohlen näherte. Aber sie hatte schon viele Fohlen gehabt und wusste, dass Menschen ihnen nichts Böses antaten. Willig folgte sie dem Mann mit dem Hafer hinaus auf die Stallgasse, brummte beruhigend, als ihr Fohlen aufgeregt wieherte und sich dicht an ihre Flanke drängte.

Die anderen Stuten und Fohlen wieherten nun auch. Sie gehörten zusammen, kannten sich seit Jahren. Wenn die Anführerin ging, folgten die anderen.

Aber an diesem frühen Morgen war es anders. Die alte Stute schritt ruhig neben dem Mann her zu dem Lkw. Sie war Tausende Male verladen worden und kletterte auch diesmal brav die Rampe hinauf. Ihr Fohlen sprang mit einem Satz hinter ihr her. Schon ging die Trennwand hinter ihnen zu. Der Hafer schmeckte köstlich. Das Fohlen knuffte mit seinem Mäulchen gegen ihr Euter, fand die Zitze und begann zu saugen.

Gedämpfter Hufschlag, leise Stimmen. Es polterte auf der Rampe, die dunkelbraune Stute wusste, wer mitfahren würde. Ihre alte Gefährtin aus Jugendzeiten, die erst in der vorletzten Nacht ihr Fohlen bekommen hatte. Minuten später stand sie im Abteil neben ihr, brummte ihr zu und kaute ebenfalls Hafer. Die Rampe ging zu. Der Motor sprang an und der Lkw setzte sich schaukelnd in Bewegung.

Alles war gut, solange ihr Fohlen bei ihr war.

1. Kapitel

»Hoho, Fritzi! Jetzt bleib doch mal eine Sekunde stehen!«

Ich hatte den linken Fuß schon im Steigbügel und hüpfte atemlos auf einem Bein neben meinem Pferd her, das es nicht abwarten konnte, endlich wieder einmal ins Gelände zu kommen, und sich aufgeregt im Kreis drehte. Twix, mein braun-weißer Jack-Russell-Terrier, schoss kläffend um uns herum, denn er war genauso wild auf einen Ausritt wie Fritzi. Nach ein paar vergeblichen Versuchen schaffte ich es endlich aufzusitzen und angelte mit dem rechten Fuß noch nach dem Steigbügel, als Fritzi schon antrabte. Er kannte den Weg Richtung Wald und wusste genau, dass er gleich nach Herzenslust galoppieren durfte.

Seitdem er auf dem Amselhof trainiert wurde, war meistens disziplinierte Arbeit in der Reithalle angesagt und höchstens ein- oder zweimal pro Woche gab es eine kurze Schrittrunde rings um den Hof. Ostern hatte es sogar noch einmal mächtig geschneit, doch nun war der letzte Spätwinterschnee geschmolzen und der Frühling hielt Einzug. Der Himmel war hellblau, die milde Luft voller Düfte und die Sonnenstrahlen wärmten und zauberten das erste blasse Grün auf Wiesen und Felder. Auch in die kahlen Bäume im Wald kehrte das Leben zurück, überall zeigten sich zaghaft winzige grüne Tupfer, die sich bald in dichtes Laub verwandeln würden.

Ich lenkte Fritzi den sandigen Weg Richtung Waldrand entlang und fasste die Zügel kürzer, denn er bog angeberisch seinen Hals, stellte den Schweif auf, tänzelte und wieherte. Fast hätte man denken können, er wollte Frau Griese und ihrer alten Stute, die auf dem Dressurplatz herumtrabten, imponieren. Er tat so, als würde er sich vor Twix erschrecken, bockte ein bisschen, und ich hatte alle Mühe, ihn manierlich im Schritt zu halten.

Fritzi hatte sich in den letzten Wochen völlig verändert. Zwar war er immer noch brav und anständig, doch er hatte jede Menge Kraft bekommen und mit seinen fünf Jahren mittlerweile begriffen, dass er ein Hengst war. Heute hatte ich das Gefühl, auf einem Pulverfass zu sitzen.

»Ist ja gut«, sagte ich zu meinem Pferd. »Gleich darfst du galoppieren.«

Fritzi klappte ein Ohr nach hinten. Er verstand genau, was ich gesagt hatte.

Wir hatten den Wald erreicht. Ein leichter Wind rauschte in den blattlosen Baumkronen und ich ließ Fritzi direkt hinter der ersten Wegkreuzung antraben, sonst wäre er wahrscheinlich auf der Stelle explodiert. Der Weg, den Melike und ich »die Autobahn« nannten, weil er schnurgerade quer durch den Wald verlief, war ideal für einen ersten stürmischen Galopp, denn er führte über ein paar Kilometer leicht bergauf. Fritzi schoss los wie eine Kanonenkugel, aber da ich darauf gefasst war, brachte es mich nicht in Schwierigkeiten. Ich konnte mein Pferd nur zu gut verstehen, auch ich fand es öde, jeden Tag Dressurlektionen in der Reithalle zu üben.

Nach ein paar Metern ging ich in den leichten Sitz, ließ die Zügel etwas länger und Fritzi streckte sich. Seine Hufe trommelten dumpf auf dem aufgeweichten Boden. Twix bellte irgendwo hinter uns empört, weil er mit seinen kurzen Beinchen nicht mithalten konnte. Papa würde sicher schimpfen, wenn er wüsste, dass ich Fritzi in Endgeschwindigkeit durch den Wald rasen ließ, aber der junge Hengst brauchte das hin und wieder, um zufrieden zu sein.

Noch vor ein paar Wochen hatte es Papa herzlich wenig interessiert, was ich mit Fritzi so anstellte, aber das hatte sich mittlerweile geändert. Seitdem ich ihm gezeigt hatte, wie gut Fritzi springen konnte, setzte Papa wieder große Hoffnungen in meinen jungen Hengst, obwohl er die damals, nach Fritzis schwerem Unfall, aufgegeben hatte. Fritzi hatte nämlich trotz seiner jungen Jahre eine dramatische Lebensgeschichte.

Er war an meinem achten Geburtstag geboren, und Papa hatte ihn mir am selben Tag geschenkt, weil mein Geburtstag durch dieses aufregende Erlebnis viel zu kurz gekommen war. Ungefähr ein Jahr später war Fritzi als Jährling mit seinen gleichaltrigen Pferdekumpel aus der Koppel ausgebrochen und irgendwie auf die Bundesstraße geraten, wo er von einem Auto angefahren worden war. Seine Verletzungen waren so schlimm gewesen, dass man angenommen hatte, er wäre nie mehr als Reitpferd zu gebrauchen. Aber mich hatte seine Lahmheit nicht gestört, ich hatte ihn gepflegt und später, als er alt genug war, auch geritten.

Im vergangenen Sommer war von den Folgen des Unfalls nichts mehr zu sehen gewesen – Fritzi trabte und galoppierte, als wäre er nie verletzt gewesen. Meine beste Freundin Melike und ich waren fast jeden Tag zusammen ausgeritten und hatten dabei festgestellt, dass Fritzi super springen konnte. Wir hatten überlegt, wie wir es anstellen konnten, Fritzi zu trainieren, ohne dass mein Vater das mitbekam, und da war Tim ins Spiel gekommen. Beim Gedanken an ihn musste ich unwillkürlich lächeln. Nicht, dass ich eine Sekunde mal nicht an ihn dachte, aber meistens geschah das eher unbewusst. Tim Jungblut war zweifellos der tollste Junge der ganzen Welt mit der süßen Narbe an seiner Oberlippe und dem Grübchen im Kinn, doch er war leider auch der Sohn von Richard Jungblut, dem Feind meiner Eltern.

Viel zu schnell hatten wir das Ende der Galoppstrecke erreicht und ich musste Fritzi durchparieren. Der junge Hengst gehorchte sofort. Der Galopp hatte ihm gutgetan, er schnaubte ein paarmal und ging danach entspannt im Schritt. Twix holte uns ein, seine Zunge hing fast bis auf den Boden, er war über und über mit Schlamm bedeckt, aber er war glücklich.

Meine Gedanken wanderten zurück zum vergangenen Sommer, und ich schauderte bei der Erinnerung an die Zeit, in der sich mein ganzes Leben mit einem Schlag verändert hatte. Mein älterer Bruder Christian und ich waren auf dem Amselhof, der meinen Großeltern gehörte, in der Nähe des Städtchens Steinau, aufgewachsen; das Leben mit den Pferden war für uns eine Selbstverständlichkeit. Papa war einer der erfolgreichsten Springreiter ganz Deutschlands und beinahe jedes Wochenende auf irgendwelchen Turnieren unterwegs.

Ganz plötzlich hatte meine heile Welt Risse bekommen,

denn mein Opa hatte, ohne dass jemand davon wusste, hohe Schulden bei der Bank gemacht, und eines Tages war der Gerichtsvollzieher auf dem Amselhof aufgetaucht und hatte damit gedroht, der Hof müsse zwangsversteigert werden, sollte Opa seine Schulden nicht zurückbezahlen. Nach zähen Verhandlungen mit der Bank und dem Steuerberater hatten Papa und Mama den Amselhof mitsamt Opas Schulden übernehmen müssen, sonst hätten wir den Hof verloren.

Von einem Tag auf den anderen war die Stimmung angespannt gewesen. Meine Eltern hatten große Sorgen und stritten dauernd. Viele Einsteller verließen den Amselhof und Papa hatte nach einem heftigen Streit mit Opa kein Wort mehr mit ihm gewechselt. Ja, es war sogar so schlimm geworden, dass Mama ihren Koffer gepackt hatte und zu ihren Eltern nach Bonn gefahren war.

Fritzi war in dieser düsteren Zeit mein einziger Trost gewesen, aber ich hatte befürchtet, dass Papa ihn verkaufen könnte, wenn er erst erkannte, was für ein gutes Springpferd Fritzi war. Deshalb hatte ich ihn immer nur in der Halle geritten, wenn ich sicher sein konnte, dass Papa nicht auf dem Hof war.

Doch dann war Tim am Nachmittag des Vereinsturniers auf dem Amselhof aufgetaucht, er hatte sogar riskiert, von meinem Bruder, der Tim zutiefst hasste, gesehen zu werden. Ich hatte ihm Fritzi gezeigt, und Tim war auf die großartige Idee gekommen, mich und mein Pferd heimlich zu trainieren. Er hatte auf dem ehemaligen Hundeübungsplatz am Waldrand eine ideale Trainingswiese gefunden, eine Menge alter Hindernisse vom Sonnenhof seines Vaters dorthin transportiert und mit

Melikes und meiner Hilfe einen Parcours aufgebaut. Seitdem hatten wir uns mindestens einmal pro Woche dort getroffen und Fritzi hatte dank Tims Unterricht unglaubliche Fortschritte gemacht.

Mein Herz wurde schwer bei dem Gedanken daran, dass es nun vorbei war mit dem gemeinsamen Training. Vor ein paar Wochen hatte Papa auf dem Turnier in Heidelberg Lagunas, sein allerbestes Pferd, für sehr viel Geld verkaufen können. Zwar hatte das die Rettung für den Amselhof bedeutet, aber Papa war trotzdem schrecklich traurig gewesen, denn Lagunas war sein Lieblingspferd.

Noch am gleichen Abend hatte es durch Christians Schuld einen dramatischen Unfall gegeben. Lagunas war in der Waschbox gestürzt und hatte nicht mehr aus eigener Kraft aufstehen können. Nachdem alle verzweifelten Versuche, ihm zu helfen, gescheitert waren, war ich mit Fritzi durch den dunklen Wald zum Forsthaus geritten, um Papas alten Freund Dr. Lajos Kertéczy zu holen, der Lagunas das Leben und damit den Amselhof gerettet hatte.

Nicht zuletzt dadurch hatte ich erfahren, weshalb wir mit den Jungbluts verfeindet waren, aber ich hatte auch begreifen müssen, dass die Kluft zwischen den Familien von Tim und mir nahezu unüberwindlich war. In der Schule passte Christian wie ein Schießhund auf, dass ich nicht mit Tim sprach, und Tim selbst, der bei seinem Vater auf dem Sonnenhof nach der Schule mitarbeiten musste, hatte an den Nachmittagen überhaupt keine Zeit mehr. Nicht einmal in den Osterferien hatte es eine Gelegenheit gegeben, Tim zu sehen.

Ich seufzte tief. Fritzi stellte sofort die Ohren nach hinten und wartete auf mein Signal, anzutraben.

Eine Viertelstunde später hatten wir unsere Trainingswiese erreicht. Die Hindernisse standen noch genauso da, wie Fritzi und ich sie vor ein paar Wochen gesprungen waren, bevor der Schnee unseren Trainingsstunden ein vorläufiges Ende bereitet hatte. Und nun war es ganz vorbei. Am Morgen nach Lagunas' Unfall und Rettung nämlich hatte ich Papa Fritzi vorgesprungen, und damit war das Kapitel Training mit Tim hinfällig geworden, denn Papa hatte voller Begeisterung beschlossen, mein Pferd nun selbst zu trainieren. Das war auf der einen Seite toll, auf der anderen Seite bedeutete es jedoch, dass es keinen Vorwand mehr gab, mich mit Tim allein zu treffen.

Ich ließ mich aus dem Sattel gleiten, führte Fritzi hinter mir her über die Wiese und setzte mich auf den alten Baumstamm, den Tim, Melike und ich mit vereinten Kräften vom Waldrand aus hierhergeschleift hatten, um ein weiteres Hindernis zu haben.

So viel war geschehen in den letzten Wochen – manchmal kam es mir so vor, als wäre ich in dieser Zeit um ein paar Jahre älter geworden. Ich nestelte die Kette mit dem Anhänger, die Tim mir bei unserem letzten Treffen geschenkt hatte, aus meiner Jackentasche und betrachtete das herzförmige Medaillon. Projekt Fritzi, hatte Tim auf die Rückseite gravieren lassen. Mit dem Daumen streichelte ich die Schrift und dachte an den Nachmittag, an dem ich voller Angst zur Wiese geritten war.

Tim hatte mir eine SMS geschrieben, die ich mal wieder nicht richtig verstanden hatte, denn ich war eine Meisterin im Missverstehen. Auf jeden Fall war ich davon ausgegangen, dass Tim mir sagen würde, er könne mich in Zukunft nicht mehr treffen.

Und dann war es so völlig anders gekommen, als ich befürchtet hatte! Tim hatte mir gestanden, dass er mich liebe, und er hatte mich geküsst! Ich schloss die Augen bei der Erinnerung an diesen unglaublichen, wunderbaren, magischen Moment, in dem die Welt für ein paar Sekunden stillgestanden hatte, und stieß einen tiefen glücklichen Seufzer aus. Nie zuvor hatte mich ein Junge geküsst, und auch heute erschien es mir noch immer wie ein Traum, denn Tim war der Schwarm aller Mädchen in der Schule und ich nicht unbedingt eine Schönheit, wie Ariane, unsere Klassenprinzessin.

Als Beweis dafür, dass ich das alles nicht bloß geträumt hatte, gab es die Kette mit dem Herzanhänger, die ich heimlich in meiner Jackentasche mit mir herumtrug wie einen Talisman. Ich traute mich nicht, die Kette um den Hals zu legen. Christian könnte sie entdecken und dumme Bemerkungen machen und Mama mit ihrem Röntgenblick würde sie auch nicht lange verborgen bleiben. Diese Heimlichkeit war der Wermutstropfen in meinem Glück. Außer Melike und Lajos wusste niemand von Tim und mir und so musste es wohl bleiben.

Ich schauderte bei der Erinnerung an den vergangenen Samstag. Meine ganze Familie war mit auf das kleine Turnier nach Sulzbach gefahren, wo ich Fritzi zum allerersten Mal in einer Springpferdeprüfung Klasse A gemeldet hatte. Eigentlich hatte ich nicht damit gerechnet, dass auch Papa und Christian dabei sein würden, trotzdem war ich bis dahin noch ganz cool gewesen, denn der Parcours war nicht sonderlich schwer und für Fritzi kein Problem. Aber als Melike mir auf dem Abreiteplatz zugezischt hatte, dass Tim auf der Tribüne in der Halle sitze, war mir vor Schreck beinahe das Herz stehen geblieben. Ich hatte am ganzen Körper gezittert und nach Sprung fünf den Parcours vergessen wie eine blutige Anfängerin!

Fritzi hätte das Springen locker gewonnen, aber nachdem ich aus Versehen Sprung sechs von der falschen Seite aus gesprungen war, hatte es geklingelt und ich war ausgeschieden. Papa und Mama hatten »Schade« gesagt und »Das war wohl die Aufregung«. Danach hatten sie kein Wort mehr über meinen peinlichen Auftritt verloren, nur Christian ließ keine Gelegenheit aus, mich damit aufzuziehen. Er hatte nämlich einen tierischen Zorn auf mich, weil er nicht länger im Mittelpunkt stand, sondern ich. Außerdem hatte ich mit Quintano sogar noch ein Berittpferd von Pferdehändler Nötzli bekommen. Das alles hatte meinen großen Bruder tief gekränkt. Sollte er jetzt noch herausfinden, dass Tim mich geküsst und mir eine goldene Kette geschenkt hatte, dann wäre es aus.

»Ach Tim, ich wünschte, du wärst jetzt hier«, flüsterte ich und küsste das Medaillon, bevor ich es wieder sicher in meiner Jackentasche verstaute. Ich kämpfte mit den Tränen. Wenn Tim nicht ausgerechnet »Jungblut« mit Nachnamen hieße und ich nicht die Tochter von Michael Weiland gewesen wäre, dann hätte ich jetzt zu ihm auf den Sonnenhof reiten, ihn sehen und mit ihm lachen können. Warum musste alles nur so schrecklich kompliziert sein? Fritzi blickte mich aus seinen dunklen Augen abwartend an und scharrte ungeduldig mit einem Vorderhuf. Diese

Wiese bedeutete für ihn, dass er springen durfte, und das tat er für sein Leben gern.

»Heute leider nicht, mein Süßer«, sagte ich und stand auf. »Ohne Tim springen wir nicht.«

2. Kapitel

Als wir eine halbe Stunde später vom Ausritt zurückkamen, lag der Amselhof wie ausgestorben da. Papa und Mama waren wohl noch beim Steuerberater, und da Opa montags erst ab fünf Uhr Reitstunden gab, fehlten auch die Reitschüler, die an den anderen Nachmittagen durch den Schulstall wuselten. Ich lenkte Fritzi an der kleinen Reithalle vorbei zur hinteren Tür des Turnierstalls, saß ab und führte mein Pferd hinein. Die anderen Pferde streckten ihre Köpfe zur Stallgasse hinaus und wieherten ein Willkommen. Früher hatte Fritzi in der Scheune bei den Rentner- und Jungpferden gestanden, aber an dem Tag, als Lagunas verkauft worden war, hatte er in dessen ehemalige Box im Turnierstall umziehen dürfen. Es war die schönste und größte Box, mit einem Fenster nach draußen und einem auf die breite Stallgasse, und Fritzi genoss es, den lieben langen Tag rausgucken zu können.

Ich nahm ihm Sattel und Trense ab und wartete, bis er sich ausgiebig den Kopf an seinem Vorderbein gerieben hatte, bevor ich ihm das Halfter überstreifte und ihn in die Waschbox führte. Nach Lagunas' Unfall hatte Papa den Betonboden in der Waschbox durch einen rutschfesten Gummiboden ersetzen lassen. Twix schlabberte gierig Wasser aus einem Napf neben der Sattelkammertür.

Auf einmal hörte ich Robbie, unseren Berner Sennenhund, bellen, und es klang nicht gerade freundlich. Sofort schoss Twix an mir vorbei und Sekunden später bellte auch er. Schnell führte ich Fritzi in seine Box und folgte meinem Hund in den vorderen Teil der Stallungen.

Ich war tatsächlich mutterseelenallein auf dem Hof! Von unserem Bereiter Jens, dem Aknefrosch, keine Spur, obwohl er nach einem freien Wochenende normalerweise spätestens um neun Uhr morgens wieder zurück war. Komisch.

»Robbie! Twix!«, rief ich laut, aber die Hunde hörten nicht auf zu bellen. Ich fand sie auf der Stallgasse im Langen Stall vor einer Box, und Robbie, der sonst eine Seele von einem Hund war, war völlig außer sich und sprang wild bellend an der Boxentür hoch.

»Robbie, Twix«, wiederholte ich scharf, »seid ihr wohl ruhig! Kommt her!«

Robbie verstummte, warf mir einen kurzen Blick zu und gehorchte, wenn auch widerwillig knurrend. Twix hingegen bellte unverdrossen weiter.

Als ich näher kam, sah ich, was die beiden Hunde so aufregte. In der leeren Box standen zwei Männer und machten einen ziemlich unglücklichen Eindruck. Ein wütender, sechzig Kilo schwerer Berner Sennenhund kann zweifellos ziemlich Furcht einflößend sein, auch wenn er so gutmütig ist wie Robbie. Fast hätte ich bei ihrem Anblick laut losgelacht, aber dann kam mir der Gedanke, dass es sich durchaus um neue Kunden handeln könnte, die wir ziemlich dringend brauchten. Ich packte Robbie also am Halsband, schärfte ihm ein, brav zu sein und sich hinzusetzen, dann erwischte ich Twix und befahl ihm dasselbe.

»Entschuldigung«, sagte ich zu den Männern und befreite sie aus ihrem Gefängnis.

Der Ältere der beiden sagte etwas in einer fremden Sprache, das ausgesprochen unfreundlich klang, und warf den knurrenden Hunden einen misstrauischen Blick zu. Er war etwa Mitte fünfzig, nur ein kleines Stück größer als ich selbst, dafür aber so rund wie ein Fass. In seinem dunklen Anzug mit Krawatte und seinen schwarzen Lackschuhen war er hier im Stall völlig fehl am Platz. Der andere war viel jünger, groß und schlank, auch er trug einen schicken Anzug. Er sah nett aus und schien es Robbie nicht übel zu nehmen, dass der ihn in eine Pferdebox gejagt hatte.

»Ein Chofchund ist äben dazu da, um aufzupassen«, meinte er lächelnd. »Wirrr wollten auch nicht einfach so eindringen, aberrr es war niemand da.«

Er sprach einwandfrei Deutsch, aber mit einem deutlichen ausländischen Akzent.

»Ich war nur kurz mit meinem Pferd im Gelände«, erwiderte ich. Er sollte nicht den Eindruck haben, auf dem Amselhof stünden Tag und Nacht alle Türen offen. »Kann ich Ihnen helfen?«

Ich hatte plötzlich ein ungutes Gefühl, denn ich erinnerte mich an den unscheinbaren Mann in Anzug und Krawatte, den ich im vergangenen Sommer nichts ahnend zu Opa geführt hatte. Er hatte sich als der Gerichtsvollzieher entpuppt, der den Amselhof zwangsversteigern lassen wollte.

»Wirrr suchen Cherrn Michael Weiland«, antwortete der Freundliche. »Äs gäht um etwas Geschäftliches, das Cherr

Gasparian mit ihm besprechen möchte. Wo können wirrr ihn finden?«

Etwas Geschäftliches? Mein Blick fiel auf den Dicken. Über seinen flinken kleinen Äuglein, mit denen er sich aufmerksam umschaute, wucherten buschige Augenbrauen, und unter der Nase prangte ein dicker Schnauzbart, der ihm ein grimmiges Aussehen verlieh.

»Ich weiß nicht, wann mein Vater zurückkommt«, erwiderte ich zurückhaltend. »Suchen Sie eine Box?«

Ich bekam keine Antwort auf meine Frage. Der Dicke sagte etwas zu dem Freundlichen, wandte sich ab und spazierte die Stallgasse entlang. Da Robbie und Twix von mir zurückgepfiffen worden waren, wurde er mutiger, guckte neugierig in die Sattelkammer des Schulstalls, in die Reithalle und ging quer durch die Putzhalle zum Turnierstall.

Das gefiel mir gar nicht. Verärgert folgte ich ihm, meine Hand noch immer um Robbies Halsband geklammert. Der Hund spürte wohl mein Unbehagen, ein dumpfes Knurren drang aus seiner Kehle. Der Dicke blieb stehen und sagte wieder etwas zu seinem Kumpel.

»Äs stähen viele Boxen lär«, übersetzte der Freundliche. »Warum ist das so?«

»Es sind ein paar Leute ausgezogen in der letzten Zeit«, erwiderte ich, weil mir auf die Schnelle nichts Besseres einfiel. Zum ersten Mal in meinem Leben wünschte ich mir Jens her. Oder sogar meinen Bruder. Es war mir ganz und gar nicht geheuer, mit diesen beiden Fremden allein im Stall zu stehen, auch wenn Robbie und Twix nicht von meiner Seite wichen.

Ohne dass ich ihn daran hindern konnte, marschierte der Dicke schnurstracks in den Turnierstall und betrachtete Papas Turnierpferde. Er redete mit seinem Begleiter in einer Sprache, die ich nicht verstand.

»Was sagt er?«, fragte ich deshalb den Freundlichen. Der warf dem Dicken einen kurzen Blick zu, als ob er um Erlaubnis bat, mir zu antworten.

»Cherr Gasparian möchte mit Ihräm Vater sprächen«, erwiderte er dann höflich, und ich musste beinahe grinsen, denn ich war noch nie gesiezt worden. Er reichte mir eine Visitenkarte. »Danke, dass wirrr uns umsähen durften. Ihrrr Vater möchte doch bitte anrufen.«

»Okay.« Ich nickte und steckte die Karte ein. »Ich werde es ihm ausrichten.«

Der Dicke ging einfach an mir vorbei, der andere war so gut erzogen, mir die Hand geben zu wollen. Aber Robbie schien das als Angriff zu werten und stürzte mit einem grollenden Knurren und gefletschten Zähnen auf ihn los. Erst im letzten Moment gelang es mir, ihn zurückzuzerren. Seine Zähne schnappten in die Luft, nur ein paar Millimeter vom Arm des Mannes entfernt. Dem armen Kerl wich vor Schreck alle Farbe aus dem Gesicht und er lief seinem Chef eilig nach. Ich folgte den beiden in einigem Abstand und blickte von der geöffneten Stalltür aus hinter ihnen her. Sie gingen über den Parkplatz zu ihrem Auto. Sekunden später sprang der Motor an und der fette schwarze Mercedes rauschte vom Hof.

»Danke, Robbie«, sagte ich zu dem Berner Sennenhund, der nun wieder ruhig und freundlich mit dem Schwanz wedelte. »Puh! Ohne dich hätte ich jetzt ganz schön Schiss gehabt.«

Twix bellte und sprang an mir hoch.

»Ja, du warst auch toll«, versicherte ich ihm und kraulte

ihn hinter den Ohren. »Du hättest den Kerlen sicher ordentlich die Hosen zerfetzt, was?«

»Wau!«, erwiderte Twix und wedelte so heftig mit dem Schwanz, dass sein ganzes Hinterteil wackelte.

Ich lächelte und zog die Visitenkarte aus meiner Jackentasche. *Khoren Gasparian*, las ich. Sonst stand nur eine Telefonnummer darauf. Eigenartig. Ich drehte mich um und ging zurück in den Stall, um Fritzis Sattelzeug wegzuhängen.

3. Kapitel

Gerade als ich den Parkplatz überquerte, um hinüber ins Haus zu gehen, kam Melike angeradelt. Sie bremste scharf vor der offenen Stalltür, sprang vom Rad und lehnte es an die Mauer.

»Sag bloß, du bist schon geritten?«, rief sie atemlos mit einem Blick auf meine schlammverspritzten Reitstiefel.

»Ich bin nur schnell zur Wiese galoppiert und zurück, damit Fritzi etwas Bewegung hat«, erwiderte ich.

»Menno, ich hab mich so beeilt!«

»Tut mir leid. Aber ich wusste nicht, wann du kommst, und Opa hat mich heute Morgen gebeten, die Fünfuhrstunde mitzureiten.«

Melike verzog enttäuscht das Gesicht und ließ sich auf einen Heuballen fallen, der gegenüber von Fritzis Box lag. Ich wusste, dass sie gern mit mir ausgeritten wäre, um eventuell – rein zufällig – am Forsthaus vorbeizureiten, denn dort wohnte Dr. Lajos Kertéczy, für den sie heimlich schwärmte.

»Wir können auch noch morgen zu Lajos reiten. Er läuft dir schon nicht weg«, sagte ich zu meiner Freundin.

Sie wurde knallrot und zog die Nase kraus.

»Du bist doch echt doof, Elena Weiland«, erwiderte sie,

musste aber auch grinsen. Melike konnte nie lange sauer sein.

Ich wollte ihr gerade von den beiden eigenartigen Typen erzählen, die vorhin im Stall herumgeschlichen waren, als mein Großvater mit sorgenvoller Miene hereinmarschiert kam.

»Hallo, Opa«, sagte ich. »Ist etwas passiert?«

»Ja, allerdings«, erwiderte er. »Jens' Mutter hat eben angerufen. Jens hatte heute Morgen auf der Fahrt hierher mit seinem Auto einen schweren Unfall. Er musste operiert werden und liegt im Krankenhaus.«

»Ach du Scheiße!«, rief ich betroffen. Das war also die Erklärung dafür, weshalb der Aknefrosch heute nicht aufgetaucht war. Alles andere als eine gute Nachricht. Auch wenn Jens und ich nicht gerade dicke Freunde waren, so hatte er sich doch in den letzten Wochen mir gegenüber ziemlich anständig verhalten, besonders dann, wenn Christian mich schikanierte. Außerdem war er für Papa eine unverzichtbare Hilfe. Ohne einen Bereiter konnte Papa die Arbeit mit den vielen Turnier- und Nachwuchspferden kaum allein schaffen, schon gar nicht mitten in der Turniersaison.

»Weiß Papa das schon?«, fragte ich meinen Großvater besorgt.

Der schüttelte nur den Kopf und studierte die Tafel, die gegenüber der Sattelkammer an der Wand hing. Hier standen alle Namen unserer Pferde, und dahinter wurde notiert, was mit ihnen gemacht worden war: R für Reiten, L für Longieren, F für Führmaschine, G für Gelände, K für Koppel oder P für Paddock.

»Er hat leider sein Handy ausgeschaltet«, sagte Opa und

kratzte sich ratlos am Kopf. »Am besten, wir bringen die Pferde, die Jens reiten sollte, in die Führmaschine. Helft ihr mir dabei?«

»Klar!«, riefen Melike und ich gleichzeitig. Ich hatte schon oft dabei geholfen, die Pferde in die große, überdachte Freilauf-Führmaschine zu bringen, in der sechs Pferde bequem im Kreis laufen konnten, und ich wusste, wer sich mit wem vertrug und wer nicht. Melike und ich holten aus der Sattelkammer Gamaschen und Sprungglocken und machten ein Pferd nach dem anderen fertig: Cotopaxi, Paradiso, Mister Magic, Intermezzo, Nevertheless und Calvador würden die erste Runde gemeinsam gehen.

»Ich muss jetzt Unterricht geben«, sagte Opa zu Melike. »Kannst du ein Auge auf die Pferde haben?«

Melike nickte. Sie wusste, dass die Pferde nicht gänzlich unbeaufsichtigt in der Maschine laufen sollten. »Ich reite dann später.«

Ich ging in den Stall und sattelte Sirius, mein Schimmelpony, das mittlerweile ein wenig zu klein für mich war. Aber ich mochte mich auch nicht von ihm trennen und versuchte, ihn so oft wie möglich zu reiten. Mit Sirius hatte ich viele Springplatzierungen errungen und auch einige goldene Schleifen und Pokale in E- und A-Springen. Ich fand, es wäre undankbar, das Pony nun einfach abzuschieben, nur weil ich zu groß geworden war.

Zehn Minuten später führte ich ihn in die Reithalle. Auf der Mittellinie standen schon die sieben Reitschüler mit den Schulpferden, verschnallten mit Opas Hilfe Ausbinder und Steigbügel und hatten zum Teil einige Mühe, in den Sattel zu kommen. Es war eine Anfängerreitstunde, und die Reitschüler waren ausschließlich Mädchen, deren Mütter auf der Tribüne saßen und zuschauten. Ich saß schon längst auf Sirius und wartete geduldig, bis es losging. Opa war immer froh, wenn ich diese Stunde mitritt, denn dann konnte er mich an den Anfang der Abteilung setzen.

Ich war in Gedanken wieder einmal bei Tim und hörte nur mit einem Ohr auf Opas Befehle. Antraben, leichttraben, durch die ganze Bahn wechseln. Absatz tief, Bein lang, Zügel kürzer fassen, gerade sitzen, nicht nach unten gucken, falscher Fuß!

Zuerst ging alles noch ganz reibungslos, aber plötzlich meinte Saphir, er könnte etwas Stimmung in die langweilige Reitstunde bringen. Er scherte aus der Abteilung aus und buckelte ein bisschen. Seine Reiterin, die höchstens zehn war, hatte keine Chance. Ihre Beinchen reichten kaum bis unter das Sattelblatt und Saphir war ein großes Pferd. Ich sah, dass Opa am liebsten gebrüllt hätte, aber bei den Kindern hielt er sich zurück, vor allen Dingen dann, wenn ihre besorgten Mütter von der Tribüne aus zuschauten. Saphir spielte Rodeopferd, das Mädchen hatte Angst, und als das Pferd dann einen hinterhältigen Buckler machte, schoss es aus dem Sattel, segelte durch die Luft und plumpste mit einem dumpfen Aufprall in den Sand.

»Hui!«, machte Opa. »Abteilung Sche-ritt!«

Ich parierte durch. Opa hatte Saphir schnell wieder eingefangen, aber das kleine Mädchen lag wie ein Maikäfer auf dem Rücken in der Reitbahn und rührte sich nicht. Ihre Mutter ließ einen Schrei los und versuchte panisch, die Bandentür zu öffnen.

»Es ist nichts passiert!«, rief Opa und half dem Kind auf die Beine. »Aber dieses Monstrum von Weste ist ja die reinste Ritterrüstung!«

»Ohne die Weste darf Lisa nicht reiten! Sie könnte sich die Wirbelsäule verletzen«, erwiderte die Mutter in einem hysterischen Tonfall, und ich konnte meinem Großvater ansehen, dass er mit seiner Geduld am Ende war.

»Sie kann sich die Arme brechen, wenn sie unglücklich mit diesem Kasten stürzt.«

Saphir ließ unterdessen gelangweilt die Ohren hängen und tat unschuldig, aber die Kleine stand zitternd da, heulte Rotz und Wasser und war nicht mehr dazu zu bewegen, zurück in den Sattel zu klettern.

»Na, na, das war doch nicht so schlimm«, sagte Opa. »Jeder Reiter fällt mal runter. Das gehört zum Reiten dazu. Komm, ich werf dich wieder hoch.«

»Nein.« Das Mädchen schüttelte den Kopf und hatte vor lauter Aufregung Schluckauf bekommen. »Ich ha… ha… hab so eine Angst vor Saphir!«

»Also gut.« Opa blickte sich ungeduldig um. »Wer tauscht mit Lisa?«

Keiner. Klar. Saphir war bei den Anfängern wenig beliebt, denn er hatte mehr Temperament als die anderen Schulpferde, die mit halb geschlossenen Augen vor sich hin dösten, bis es weiterging.

»Ich!«, rief ich kurz entschlossen und sprang von meinem Pony. »Du kannst Sirius reiten, wenn du magst. Er ist total lieb.«

»Echt?«, fragte die Kleine unsicher und zog die Nase hoch.

»Sirius ist todbrav«, versicherte Opa. »Und von ihm fällst du nicht so tief.«

»Du fällst überhaupt nicht von Sirius runter«, sagte ich schnell, bevor das Mädchen schnurstracks aus der Halle rannte und wir noch einen zahlenden Reitschüler weniger hatten. Opa hatte einen ziemlich derben Humor, der bei ängstlichen Mädchen und ihren noch ängstlicheren Müttern nicht gut ankam. »Komm, wir schnallen die Ausbinder von Saphir um und dann geht's weiter.«

Ein paar Minuten später trabte ich auf Saphir am Anfang der Abteilung. Der dunkelbraune Wallach merkte sofort, dass er mit mir keine Mätzchen machen konnte, und benahm sich mustergültig. Lisa saß strahlend auf Sirius, der so brav war, wie ich vorausgesagt hatte.

Der Rest der Reitstunde verlief ohne Probleme und ich ließ meine Gedanken wieder zu Tim schweifen. Was er wohl gerade tat? Ob er mit der arroganten Ariane und den anderen blöden Hühnern im Reiterstübchen auf dem Sonnenhof saß? Von Ariane wusste ich, dass es ein ganz modernes Reiterstübchen auf der Reitanlage von Tims Vater gab, von dem aus man durch große Glasscheiben in die Reithalle schauen konnte. Zwar hatte Tim mir versichert, ich müsse mir keine Gedanken wegen Ariane machen, trotzdem nagte die Eifersucht jeden Tag an meinem Herzen. Ich hätte alles darum gegeben, einmal den Sonnenhof zu sehen, damit ich mir wenigstens vorstellen konnte, wo und wie Tim seine Nachmittage verbrachte, aber ich hatte null Chancen. Wenn mich dort jemand erkannte und meine Eltern oder Christian davon erfuhren, konnte ich Tim gleich vergessen.

Niedergeschlagen tauschte ich mit Lisa nach der Reitstunde die Pferde und führte Sirius zu seiner Box. Ich brachte sein Sattelzeug weg und kam gerade aus der Sattelkammer, als Lisa mit ihrer Mutter den Stall betrat.

»Sirius ist echt das tollste Pony, das ich jemals geritten

habe«, sagte die Kleine und lächelte schüchtern. »Heute hab ich zum ersten Mal beim Reiten überhaupt keine Angst gehabt.«

»Das freut mich«, erwiderte ich. Warum wollte Lisa reiten, wenn sie doch Angst hatte? Das konnte ich nicht ganz verstehen.

»Darf ich ihn noch mal streicheln und ihm einen Zucker geben?«

»Ja, klar. Da vorn ist seine Box.«

»Danke, dass du mit mir getauscht hast.«

»Kein Problem.« Ich half ihr, die Boxentür aufzumachen.

»Du reitest voll super«, sagte Lisa und streichelte Sirius.

»Na ja, ich reite auch jeden Tag, seitdem ich denken kann«, erwiderte ich bescheiden.

Lisa lächelte verzückt, als Sirius ihr wohlerzogen das Zuckerstückchen von der Handfläche nahm. Und in dieser Sekunde kam mir eine großartige Idee.

»Wenn du willst, kannst du Sirius bei der nächsten Reitstunde wieder reiten«, schlug ich vor. »Ich sag meinem Opa Bescheid.«

»Ehrlich?« Das Mädchen wandte sich um und starrte mich ungläubig an. »Aber er ist doch dein Pony.«

»Ich bin schon etwas zu groß für Sirius und ich muss ja jeden Tag Fritzi und Quintano reiten.«

»Musst du nicht erst deine Eltern fragen?«, wandte Lisas Mutter ein.

»Ja, schon. Aber ich glaube nicht, dass sie etwas dagegen haben«, sagte ich.

Da strahlten Lisa und ihre Mutter glücklich. Ich ließ die beiden bei Sirius, der sich bereitwillig mit Zucker vollstopfen ließ, holte gemeinsam mit Opa und Melike die Pferde von der Führmaschine und brachte die nächsten hinein. Danach sattelte ich Quintano und ritt später mit Melike zusammen in der Halle. Quintano ging super. Ich hatte vielleicht für Sirius eine tolle Lösung gefunden, wenn das mit Lisa klappen sollte.

Bester Laune lief ich später hinüber zum Haus und stellte fest, dass ich fast anderthalb Stunden lang nicht an Tim gedacht hatte.

4. Kapitel

Meine Hochstimmung verflog, als ich Papa mit düsterer Miene und dem Handy am Ohr aus dem Auto steigen und ins Haus gehen sah. Diesen Gesichtsausdruck kannte ich nur zu gut und er verhieß nichts Gutes. Hoffentlich hatten sie beim Steuerberater nicht wieder schlechte Nachrichten bekommen!

Ich lief zu Mama hinüber, die einen Sack Blumenerde aus dem Kofferraum des Kombis wuchtete. Sie waren wohl nach dem Besuch beim Steuerberater noch beim Landhandel gewesen, denn der Kofferraum war voll mit Blumenerde und kleinen Geranien und Petunien, mit denen Mama im Frühjahr die Beete bepflanzte.

»Ist etwas passiert?«, fragte ich sie vorsichtig.

»Jens hatte einen schweren Autounfall«, antwortete Mama und richtete sich auf. Sie schob sich eine Haarsträhne aus dem Gesicht, die sich aus ihrem Pferdeschwanz gelöst hatte. »Jemand hat ihm die Vorfahrt genommen. Er liegt im Krankenhaus und fällt ein paar Wochen oder sogar Monate aus. Dein Vater telefoniert seit einer Stunde herum, um einen Ersatz für ihn zu finden, aber das ist nicht so einfach.«

Ich half Mama, einen Sack Blumenerde auf die Terrasse zu schleppen, dann kam Stani, einer unserer polnischen Stallarbeiter, und trug die restlichen Säcke zum Blumenrondell zwischen Parkplatz, Reithalle und Springplatz. Ich folgte Mama ins Haus. Sie zog die Jacke aus und machte sich in der Küche an der Kaffeemaschine zu schaffen. Ich erzählte ihr von der Reitstunde und von meinem Angebot an Lisa, Sirius regelmäßig zu reiten.

»Vielleicht kaufen ihre Eltern ihn und dann haben wir einen Einsteller mehr«, schloss ich zufrieden. Aber auch diese frohe Botschaft entlockte Mama kein Lächeln. Sie war blass und gedrückt, und ich hatte das ungute Gefühl, dass mehr dahintersteckte als nur Jens' Unfall.

»Kannst du bitte den Kaffeetisch decken?«, fragte sie. »Im Kühlschrank steht ein Käsekuchen. Und vielleicht kannst du Sahne schlagen.«

»Ja, mach ich«, erwiderte ich.

Mama ging hinaus und verschwand im Bad. Ich holte drei Kaffeetassen, drei Teller und die Zuckerdose aus dem Schrank, dazu die Milch und den Käsekuchen aus dem Kühlschrank und stellte alles auf den Küchentisch. Dann goss ich einen Becher Schlagsahne in einen Rührbecher und nahm den Stabmixer aus der Schublade. Der Kaffeeduft, der durchs Haus zog, lockte meinen Bruder von seinem Computer weg. Er tauchte in der Küche auf, drängte sich an mir vorbei und setzte sich an den Tisch.

»Du hast eine Tasse und einen Teller für dich vergessen, du Starreiterin«, sagte er und grinste spöttisch. »Vergesslich wie du eben bist.«

Ich verstand seine Anspielung auf meinen verpatzten Ritt am letzten Wochenende und wollte gerade etwas erwidern, als Papa in die Küche kam und sich stumm an den Tisch setzte. Christian lud sich gierig ein Riesenstück

Käsekuchen auf den Teller und begann sofort zu futtern. Ich knallte verärgert die Sahne auf den Tisch und holte noch ein Gedeck aus dem Schrank, dann schenkte ich Kaffee in drei Tassen.

»Ich auch«, nuschelte Christian, den Mund voll mit Käsekuchen, und deutete auf seine Tasse.

Ich streckte ihm hinter Papas Rücken die Zunge heraus und setzte mich. Christian warf mir einen finsteren Blick zu und trat mir unter dem Tisch gegen das Schienbein.

»Aua!«, rief ich. »Du blöder Idiot! Ich bin nicht deine Angestellte!«

»Hört auf zu streiten«, sagte Papa. »Nimm dir selbst Kaffee, Christian.«

Mama kam aus dem Bad und setzte sich hin. Meine Eltern aßen schweigend ihren Kuchen, dann klingelte Papas Handy. Beim Essen durfte bei uns nicht telefoniert werden, deshalb stand Papa auf und ging hinüber ins Büro.

»Was ist denn los?«, fragte ich Mama.

»Ludwigs und Habermanns haben gekündigt«, erwiderte sie und seufzte.

»Aber wieso das denn?« Ich war überrascht. »Die sind doch schon ewig hier!«

»Sie sagten, dass sie der Schulbetrieb stört«, antwortete Mama. »Außerdem fehle ihnen ein qualifizierter Dressurunterricht. Opa sei kein richtiger Reitlehrer und Papa im Sommer dauernd auf Turnieren. Und den Boden in der Reithalle haben sie bemängelt.«

»Idioten«, schnaubte mein Bruder und angelte sich ein drittes Stück Käsekuchen. »All die Jahre hat sie der Schulbetrieb nicht gestört. Die sollen bloß abhauen.«

»Du sagst das so einfach.« Mama legte die Kuchengabel

aus der Hand. Ihr schien der Appetit vergangen zu sein. »Leider fehlen uns dann wieder vier Boxenmieten, die wir fest in unser Finanzierungskonzept eingeplant hatten.«

Ich kapierte. Um Opas Schulden bei der Bank zurückzuzahlen, mussten Papa und Mama jeden Monat eine bestimmte Summe Geld aufbringen. Ludwigs und Habermanns waren nicht die ersten Einsteller, die den Amselhof verließen. Im vergangenen Jahr waren beinahe zwanzig Pferde ausgezogen. Zwar hatte Papa durch den Verkauf von Lagunas einen großen Teil der Schulden abbezahlen können, aber noch immer schwebte das Schreckgespenst einer Zwangsversteigerung über dem Amselhof, wenn nicht pünktlich die vereinbarten Raten an die Bank gezahlt wurden. Letzte Woche hatte der eine Traktor repariert werden müssen, und Hufschmied, Futtermittelhändler und der Tierarzt wollten regelmäßig ihr Geld haben, mal abgesehen von all den anderen Kosten, die Monat für Monat anfielen.

»Dazu kommt, dass Tanja und Sabrina die anderen Mädchen fehlen«, fuhr Mama fort. »Hier auf dem Hof wäre alles alt und unmodern und kaum noch etwas los.«

Der Amselhof alt und unmodern? Ich konnte nicht glauben, dass das der wahre Grund für die Kündigung sein sollte.

»Und wo ziehen sie hin?«, fragte ich und steckte mir ein Stück Kuchen in den Mund.

»Hierhin«, sagte Papa von der Tür aus. Er warf ein paar zusammengefaltete Prospekte auf den Tisch und setzte sich wieder.

Christian klappte einen der Flyer auf und schnappte nach Luft.

»Der Sonnenhof«, las er laut vor. »Eine moderne und großzügige Reitsportanlage, verkehrsgünstig und zentral gelegen vor den Toren Frankfurts. Pah! Direkt an einem Industriegebiet und der Autobahnauffahrt!«

Mir blieb vor Schreck beinahe der Käsekuchen im Hals stecken und ich musste husten.

»Auf unserem familiär geführten Betrieb werden Sie und Ihr Pferd sich wohlfühlen, denn wir bieten alles, was das Reiterherz begehrt.« Christians Stimme klang angewidert. »Der ambitionierte Turnierreiter fühlt sich bei uns genauso wohl wie der Freizeitreiter … Qualifizierte Ausbildung und Förderung von Pferd und Reiter bis zur Klasse S …«

Mein Bruder zerknüllte den Prospekt und feuerte ihn auf den Boden.

»Da lachen doch die Hühner«, knurrte er zornig. »Moderne Reitsportanlage und qualifizierte Ausbildung, pah! Die haben auch keinen *Dressurausbilder*!«

»Auf jeden Fall liegen diese Prospekte beim Futtermittelhändler und in fast jedem Geschäft in der Gegend stapelweise aus. Außerdem gibt es in allen Pferdezeitschriften große Anzeigen für den Sonnenhof«, sagte Papa müde. »Es wäre mir egal, würde Jungblut uns damit nicht allmählich wirklich das Wasser abgraben. Allein in den letzten sechs Monaten sind vierzehn unserer Einsteller auf den Sonnenhof umgezogen. Und wir haben mehr als den halben Stall leer stehen.«

Ich spürte, wie sich mein Magen zu einem festen Knoten zusammenzog. Mir war mit einem Mal ganz elend zumute. Immer dann, wenn ich gerade hoffte, dass es eine winzig kleine Chance für Tim und mich geben könnte, musste irgendetwas passieren und diese Hoffnung zunichtemachen! Dieser Prospekt würde Christians Hass auf Tim noch größer werden lassen, falls eine Steigerung überhaupt noch möglich war.

»Dann machen wir eben auch Flyer und Anzeigen«, sagte mein Bruder heftig. »Was der kann, das können wir auch.«

»Nein, das können wir eben nicht«, widersprach Mama. »Diese Art Werbung kostet sehr viel Geld. Das können wir uns nicht leisten.«

Papa starrte düster in seine Kaffeetasse und schwieg.

»So ein Schwein!«, stieß Christian hervor und ballte mit finsterer Miene die Faust. »Der läuft überall rum und bequatscht unsere Einsteller, nur damit sie hier ausziehen und auf den Sonnenhof kommen. Ich hab ihn erst neulich mit Tanja gesehen.«

Ich wusste, dass er dabei nicht Richard Jungblut meinte, sondern Tim. Tanja Habermann war in Tims Klasse, es war also nicht gerade verwunderlich, dass Christian die beiden zusammen gesehen haben mochte. Aber Tim hatte ganz sicher nichts mit diesem Prospekt zu tun.

»Wie auch immer.« Papa schüttelte niedergeschlagen den Kopf. »Wir können nichts gegen seine aufdringliche Werbung tun. Eigentlich können wir nur hoffen, dass uns die restlichen Einsteller nicht auch noch weglaufen.«

Ich hatte einen der Prospekte mit hoch auf mein Zimmer genommen und schaute mir nun die Fotos vom Sonnenhof an. Tatsächlich sah alles sehr modern aus: Die Reithalle hatte große Fensterscheiben, das Dressurviereck einen hellen Sandboden, die Koppeln waren weiß eingezäunt wie bei einem amerikanischen Vollblutgestüt. Die Stallgassen waren breit, die Boxen hatten alle Außenfenster.

Und trotzdem wollte ich nicht dort wohnen und reiten. Irgendwie sah die Reitanlage steril und unpersönlich aus, es gab nur ein paar mickrige Bäumchen und direkt nebenan lag das Industriegebiet mit Supermärkten, Gebrauchtwagenhändlern und Bürogebäuden. Die Autobahn war nur einen knappen Kilometer entfernt und das Gelände bestand aus betonierten Feldwegen.

Auf dem Amselhof dagegen gab es herrliche alte Bäume, in denen der Wind rauschte und die im Sommer Schatten spendeten, es gab jede Menge Blumen, Rosenbüsche und Buchsbaumhecken und unser Springplatz lag direkt am Waldrand. Zugegeben, die verschiedenen Stalltrakte auf dem Amselhof waren verwinkelt, die Boxen nicht so hell und nicht jede hatte ein Fenster. Die Dächer waren nicht glänzend rot, sondern schäbig grau, und unsere Reithalle war auch nicht so schön wie die auf dem Sonnenhof mit der schneeweißen Bande und dem ultramodernen Hightech-Bodenbelag. Aber dafür besaß der Amselhof etwas, was dem schicken Sonnenhof von Richard Jungblut fehlte: Er hatte eine Seele.

Ich klappte den Prospekt zu. Auf der Rückseite war ein Bild von Tim und seiner Familie. Tims Vater hatte seinen Arm um die Schultern seiner Frau gelegt, mit der anderen Hand hielt er ein eingeflochtenes Schimmelpony, auf dem Tims jüngere Schwester saß. Die drei strahlten um die Wette wie die Honigkuchenpferde. Tim stand neben dem Pony, sein Lächeln wirkte gezwungen. Wahrscheinlich, dachte ich bei mir, hat er von seinem Vater gerade wieder eine Ohrfeige bekommen.

Meine letzte Begegnung mit Tims Vater im Stallzelt auf dem Turnier in Heidelberg war ziemlich unerfreulich verlaufen. Ich hatte Tim eben erzählt, dass Papa Lagunas verkauft hatte, als Richard Jungblut aufgetaucht war und seinem Sohn eine schallende Ohrfeige verpasst hatte. Nur, weil er mit mir gesprochen hatte! Spätestens seit diesem Vorfall bemitleidete ich Tim wegen seines schrecklichen Vaters.

Ich stieß einen Seufzer aus und starrte auf das Foto, das Tims Familie zeigte. Der Name Jungblut hatte noch nie etwas Gutes verheißen. Bis ich Tim besser kennengelernt hatte, hatte ich mich nicht für den Grund dieser jahrelangen Feindschaft zwischen unseren Familien interessiert. Aber auf dem Turnier in Viernheim im letzten Herbst hatte ich ein Pferd von Jungbluts eingefangen und so zum ersten Mal mit Tim gesprochen. Seitdem war alles anders, denn ich hatte mich in Tim verliebt, und es war entsetzlich, dass ich nicht einmal mit ihm reden durfte.

Plötzlich überkam mich tiefe Verzweiflung und so eine unerträglich starke Sehnsucht nach Tim, dass ich es nicht mehr aushalten konnte. Es war so ungerecht! Warum mussten Tim und ich für Ereignisse büßen, die stattgefunden hatten, bevor wir überhaupt auf der Welt gewesen waren und an denen wir nicht die geringste Schuld trugen? Ich lag auf meinem Bett und kämpfte mit den Tränen, wie so oft, wenn ich über Tim und mich nachdachte. Ob das eines Tages anders werden würde?

Mitten in meine traurigen Gedanken piepste mein Handy. Ich zuckte erschrocken zusammen, und mein Herz machte einen heftigen Satz, als ich im Display *Babsi ruft an* las. Unter dem Namen Babsi hatte ich nämlich Tims Handynummer abgespeichert, nur für den Fall, dass mein Bruder zufällig mal mein Handy in die Finger bekam. Mein Kummer war schlagartig verflogen.

»Hi!«, hauchte ich überglücklich ins Telefon.

»Hey«, erwiderte Tim leise. »Kannst du reden?«

»Ja, ich bin in meinem Zimmer. Wie geht's dir?«

»Na ja, bei uns hat wieder ein Bereiter die Fliege gemacht. Kein Wunder. Mein Vater ekelt jeden weg.« Seine Stimme klang nicht besonders fröhlich. »Für mich heißt das, dass ich die doppelte Arbeit hab. Wusstest du, dass wieder Leute von euch bei uns einziehen?«

»Ich hab's eben erfahren«, sagte ich. »Meine Eltern haben eure Prospekte vom Futtermittelhändler mitgebracht und erzählt, dass Habermanns und Ludwigs gekündigt haben. Christian meint, du hättest die Tanja bequatscht, damit sie auf den Sonnenhof kommen.«

»So ein Quatsch!« Tim schnaubte empört. »Als wäre ich scharf drauf, ihre beiden Klepper zu reiten. Das will sie nämlich.«

»Oje.« Ich konnte nicht anders, ich musste kichern, als ich mir Tim auf Larina, Tanjas dicker brauner Stute, oder auf Bailando, dem lahmarschigen schwarzen Andalusier von Tanjas Mutter, vorstellte.

»Lachst du etwa?«, fragte Tim gekränkt.

»Entschuldige«, gluckste ich belustigt, »aber ich hab mir grad vorgestellt, wie du den Andalusierhengst von Tanjas Mutter reitest und sie steht daneben in ihrer karierten Reithose und gibt dir Tipps. Hihi.«

»Du bist wirklich gemein«, stellte Tim fest, aber ich hörte an seiner Stimme, dass er auch grinste. Doch dann wurde er ernst, und das, was er sagte, brach mir fast das Herz.

»Elena, ich … ich weiß nicht, wie ich's sagen soll«, druckste er herum. »Ich … es tut mir total leid, aber ich kann mir wohl unsere Treffen in Zukunft abschminken.«

Ich musste schlucken. Und sofort schlich sich die Eifersucht in meinen Kopf wie ein hinterhältiger Virus. Tat es ihm wirklich leid oder hatte er einfach die Nase voll von der Heimlichtuerei? Tim könnte an jedem Finger eine Freundin haben, und auf dem Sonnenhof wimmelte es mittlerweile von Mädchen, mit denen es nicht so kompliziert und anstrengend war wie mit mir. Wieso sollte er auf mich warten? Eine Aussicht auf Besserung gab es nicht.

»Ich muss jeden Tag nach der Schule reiten und Unterricht geben. Und irgendwann muss ich auch meine eigenen Pferde trainieren. Ich weiß echt nicht, wie ich mich noch wegschleichen könnte.«

Ich bekam kaum mit, was er sagte. Sollte Ariane jemals erfahren, dass Tim und ich zusammen waren, so würde sie alles daransetzen, ihn mir auszuspannen, nur um mir eins auszuwischen. Ariane war schon immer neidisch auf mich gewesen, aber seitdem ich ihr vor ein paar Wochen die Meinung gesagt und Tim für mich Partei ergriffen hatte, hasste sie mich.

»Das hab ich mir schon gedacht«, erwiderte ich mit hohler Stimme. »Echt schade.«

So schön es war, auf einem Reiterhof zu leben – manchmal wünschte ich, auch so wie meine Klassenkameraden zu sein, die nach der Schule keine weiteren Verpflichtungen hatten als Hausaufgaben, Klavierunterricht oder Sport. Christian und ich mussten, genau wie Tim, bei der täglichen Arbeit auf dem Hof mithelfen. Anders als ein Tennisschläger oder ein Klavier wollten Pferde eben jeden Tag gefüttert, gemistet, gepflegt und bewegt werden, egal wie das Wetter war. Niemand fragte, ob man Lust hatte oder nicht. Ausreden galten nicht, denn auf einem Hof standen die Tiere im Vordergrund.

»Aber«, sagte Tim nun, »morgen Nachmittag hab ich Zeit. Mein Vater fährt für ein paar Tage weg, Pferde angucken. Ich wollte mit dem Traktor raus zur Wiese fahren und die Hindernisse holen. Kannst du mit Melike um halb drei da sein?«

Schlagartig waren meine trübsinnigen Gedanken verflogen. Was für eine Frage!

»Klar«, erwiderte ich aufgeregt. »Ich rufe Melike gleich an.«

»Super. Ich freu mich.«

»Ich freu mich auch«, sagte ich. »Tim?«

»Ja?«

Ich zögerte. Tim und ich telefonierten ziemlich oft, es war überhaupt nicht schwierig, mit ihm zu reden. Aber sobald es um meine Gefühle für ihn ging, fehlten mir meistens die Worte. So auch jetzt.

»Ich hab mir den Prospekt aufgehoben«, flüsterte ich zittrig. »Jetzt kann ich mir besser vorstellen, wo du immer bist. Und ich hab auch endlich ein Foto von dir …«

»Kein besonders schönes.« Er lachte leise. »Meine Mutter bastelt gerade an einer Website für den Sonnenhof. Da stelle ich dann ein netteres Bild von mir ein.«

Wir redeten noch ein bisschen, dann musste Tim auflegen. Aber zum Abschied sagte er etwas ganz Süßes zu mir. Und nur Sekunden nachdem er unser Gespräch beendet hatte, piepste mein Handy. Ich hatte eine SMS erhalten.

Eines Tages wird alles besser, schrieb Tim. *Aber solange lebe ich für die Treffen mit dir. Ich liebe dich!*

»Ich liebe dich auch«, flüsterte ich und musste prompt heulen.

Noch eine ganze Weile lag ich da und starrte an die Zimmerdecke. Mein Herz klopfte, als ich über seine Worte nachdachte, und obwohl ich einerseits schrecklich traurig war, war ich gleichzeitig glücklich.

Unten rief Mama nach mir.

»Ich komme!«, rief ich und sprang vom Bett auf.

Tim liebte mich! Und ich würde es so halten wie er und für unsere Treffen leben.

5. Kapitel

Tim hatte schon einige Hindernisständer und Stangen auf die Rolle an seinem alten roten McCormick-Traktor geladen, als Melike und ich, gefolgt von Twix, um kurz nach halb drei mit unseren Fahrrädern angekeucht kamen. Es war ein windiger, kühler Tag und mit dem Gegenwind war die Steigung hoch zur Wiese echt voll anstrengend. Aber mein ohnehin rasender Pulsschlag verdoppelte sich unwillkürlich bei Tims Anblick. Ob ich ihn wohl eines Tages ansehen konnte, ohne sofort dem Herzinfarkt nahe zu sein? Tim winkte uns, sprang vom Anhänger und kam quer über die Wiese auf uns zu.

»Hey!«, rief er. »Da seid ihr ja! Ich dachte schon, ich müsste den ganzen Kram allein aufladen.«

Er blieb vor uns stehen und sah mich an. Großer Gott, er sah so süß aus mit dem vom Wind zerzausten Haar und seinen leuchtend blauen Augen, mir verschlug es glatt den Atem und die Sprache.

»Ich hab extra die letzte Stunde geschwänzt, um pünktlich zu sein«, entgegnete Melike und guckte zwischen Tim und mir hin und her.

»Na los«, sagte sie, »küsst euch schon. Ich dreh mich auch um.«

»Sehr rücksichtsvoll von dir.« Tim schien ein bisschen verlegen, aber dann machte er einen Schritt auf mich zu, zog mich in seine Arme und küsste mich auf den Mund.

Mir war ganz schwindelig. Mein erster Kuss lag schon ein paar Wochen zurück, und ich war noch längst nicht daran gewöhnt, von Tim umarmt und geküsst zu werden. Er schmiegte sein Gesicht an meines.

»Seid ihr fertig?«, rief Melike. »Kann ich mich wieder umdrehen?«

»Noch drei Sekunden«, erwiderte Tim und musste lachen. Er ließ mich los, und ich taumelte, als ob ich Alkohol getrunken hätte.

Twix hatte sich verdrückt und jagte voller Begeisterung Mäuse, indem er die Löcher im Boden mit Pfoten und Zähnen aufbuddelte. Wir gingen zum Traktor hinüber und begannen, die restlichen Trainingshindernisse aufzuladen. Im Gegensatz zu dem Nachmittag im November, als wir die Ständer und Stangen abgeladen hatten, voll ausgelassener und gespannter Vorfreude auf das Abenteuer des »Projekts Fritzi«, wie Tim unser heimliches Training genannt hatte, war unsere Stimmung heute wehmütig und gedrückt. Es war das unwiderrufliche Ende der gemeinsamen Unterrichtsstunden und der Möglichkeit, uns regelmäßig zu treffen. Ich warf Tim immer wieder verstohlene Blicke zu und versuchte, mir sein Gesicht, sein Lächeln, seine Hände, ja einfach jedes Detail an ihm einzuprägen, um daran denken zu können, wenn ich allein und ohne ihn war.

»Elena, setz dich bitte auf den Traktor und fahr zum nächsten Hindernis rüber!«, rief er mir zu, und ich kletterte auf den Sitz des Traktors, der im Leerlauf vor sich hin tuckerte. Ich ließ die Kupplung zu schnell kommen, der McCormick machte einen Satz und der Motor erstarb.

»Mist«, sagte ich. »Wie krieg ich das Ding wieder an?«

»Warte. Es gibt einen Trick.« Tim sprang zu mir auf den Traktor und beugte sich über mich. »Rutsch mal ein Stück nach vorn.«

Er setzte sich hinter mich und griff um mich herum.

»Fuß von der Kupplung«, kommandierte er und ich gehorchte. Er betätigte irgendeinen Hebel unter dem Lenkrad und Sekunden später sprang der Motor des Traktors wieder an. »So, und jetzt etwas Gas geben und die Kupplung langsam kommen lassen. Mit Gefühl … nicht so ruckartig. Versuch's mal.«

Tim nahm seinen Fuß von der Kupplung, aber mein Bein war plötzlich so weich wie Pudding und der Traktor machte wieder einen Bocksprung und soff ein zweites Mal ab.

»Ich glaub, du machst das mit Absicht.« Tims Stimme klang amüsiert.

»Nein, ehrlich nicht«, widersprach ich und da drückte er mir mit kalten Lippen einen Kuss auf die Wange.

In diesem Moment durchzuckte mich die schmerzhafte Erkenntnis, dass dies hier ein Abschied war. Ich wünschte, ich könnte diesen Augenblick festhalten, für immer und ewig, und die Zeit würde stehen bleiben und wir würden bis in alle Ewigkeit zusammen hier auf dem Traktor mitten auf der Waldwiese sitzen. Doch die Angst ließ sich nicht verdrängen. Was, wenn dies das letzte Mal war, wenn die Heimlichtuerei, zu der wir gezwungen waren, alles zerstören würde?

Der Traktor sprang wieder an. Tim hielt mich noch für

ein paar Sekunden fest an sich gedrückt in seinen Armen und ich spürte seinen Atem in meinem Genick. Ob er genauso empfand? Ich wagte mich nicht, ihn zu fragen.

»Weiter geht's«, sagte Tim und ließ mich los.

Ich sprang mit zittrigen Knien und glühendem Gesicht vom Traktor hinunter. Wir luden die restlichen Hindernisse zügig auf, dann wälzten wir gemeinsam den Baumstamm zurück an den Waldrand. Die Einzige, die redete, war Melike, aber auch ihr fiel irgendwann nichts mehr ein.

Gerade als wir fertig waren, klingelte mein Handy. Ich zog es aus meiner Jackentasche, dabei fiel die Visitenkarte, die der dicke Mann mir gestern im Stall gegeben und an die ich überhaupt nicht mehr gedacht hatte, heraus und segelte zu Boden. Mama wollte wissen, wo ich war, und ich sagte ihr, Melike und ich seien auf dem Weg zu Lajos. Tim hatte sich gebückt und die Karte aufgehoben.

»Khoren Gasparian«, las er und zog nachdenklich die Stirn in Falten. »Der Name kommt mir irgendwie bekannt vor.«

»Der Typ war gestern mit so einem anderen Mann bei uns auf dem Hof«, erwiderte ich. »Ich hab ganz vergessen, es Papa zu sagen.«

»War das so ein Dicker mit buschigen Augenbrauen und einem dicken schwarzen Benz?«, erkundigte sich Tim und ich nickte. »Der war gestern Abend auch bei uns. Hat lange mit meinem Vater im Reiterstübchen gesessen und gequatscht. Aber ich weiß nicht, was er wollte.«

»Komisch.« Ich steckte die Karte wieder ein.

Tim warf einen Blick auf seine Armbanduhr. »Gleich vier Uhr«, stellte er fest. »Ich muss los.«

»Magst du nicht noch kurz mit zu Lajos kommen?«, schlug ich schnell vor in der Hoffnung, den Abschied noch ein wenig hinauszuzögern.

Aber Tim schüttelte den Kopf.

»Nein, ich hab keine Zeit. Ich muss die Hindernisse zu Hause ja noch abladen«, sagte er und wich meinem Blick aus. »Außerdem kann ich mir nicht vorstellen, dass euer Lajos mich gern sehen will, nach allem, was meine Eltern ihm angetan haben.«

Das klang bitter. Tim hatte erst vor ein paar Wochen von mir erfahren, was sein Vater damals Furchtbares getan hatte. Richard Jungblut hatte nämlich behauptet, Lajos und nicht er habe bei dem tragischen Unfall vor vielen Jahren, bei dem die Schwester meiner Mutter gestorben war, am Steuer gesessen.

Diese schreckliche Lüge war die Ursache für die Feindschaft zwischen unseren Familien, und der Leidtragende war Lajos Kertéczy gewesen, der zu Unrecht fünf Jahre im Gefängnis gesessen hatte.

»Unsinn«, wandte Melike ein. »Lajos ist voll in Ordnung. Komm doch mit, nur für ein paar Minuten.«

»Nein«, sagte Tim. Er kletterte mit finsterer Miene auf den Traktor, und ich schluckte meine Enttäuschung darüber, dass er mich wohl nicht mehr zum Abschied küssen würde, hinunter.

»Danke für alles! Ich ruf dich später an!«, rief ich ihm zu, aber er nickte nur mit zusammengekniffenen Lippen und gab so heftig Gas, dass die Hindernisständer auf dem Anhänger bedrohlich schwankten.

»Komm«, sagte Melike und ergriff meine Hand. »Lass uns zu Lajos fahren.«

Ich nickte, riss mich vom Anblick des entschwindenden Traktors los und folgte meiner Freundin zu unseren Fahrrädern. Die leere Wiese wollte ich nicht mehr sehen. Nie mehr.

6. Kapitel

Lajos war guter Laune, als wir wenig später auf den Hof des Forsthauses radelten. Er war gerade dabei, angespitzte Zaunpfähle und Bretter von einem Anhänger abzuladen, der an seinen Kombi angehängt war.

»Na, ihr beiden!«, rief er. »Ihr kommt gerade richtig, ich kann Hilfe gebrauchen.«

Twix stürzte sich schwanzwedelnd auf ihn und sprang an ihm hoch.

»Ja, du kommst auch gerade richtig.« Lajos lachte und bückte sich, um meinen Jack-Russell-Terrier zu streicheln. Twix ließ sich nicht von jedem anfassen, aber an Lajos hatte er einen Narren gefressen.

»Was machst du denn da?«, erkundigte Melike sich neugierig.

»Ich baue einen Auslauf für meine Pferdepatienten«, erwiderte Lajos. »Allmählich spricht es sich wohl herum, dass ich hier bin. Jeden Tag rufen Leute an, ich könnte noch zehn Boxen mehr gebrauchen. Aber ich brauche auch einen Platz, um die Pferde wenigstens hin und wieder longieren oder einfach mal laufen lassen zu können.«

In dem kleinen Stall, der an das Forsthaus angebaut war, gab es vier Boxen, die meistens belegt waren. Lajos war nicht nur Tierarzt und Pferdechiropraktiker, er hatte außerdem eine ungewöhnliche Begabung, denn er konnte mit seinen Händen erspüren, wo ein Pferd Schmerzen hatte. Viele Pferdebesitzer schickten ihre kranken Pferde zu Lajos, wenn andere Tierärzte mit ihrem Latein am Ende waren und keinen anderen Rat mehr wussten als den, das Pferd einzuschläfern.

»Wohin willst du denn den Auslauf bauen?«, fragte Melike.

Lajos wies mit einem Kopfnicken in Richtung Waldrand.

»Ich habe den ehemaligen Gemüsegarten gerodet. Es reicht gerade für einen Longierzirkel, aber das ist besser als nichts.«

»Okay.« Melike war unternehmungslustig. »Was sollen wir machen?«

Meine Freundin vergötterte Lajos und hätte wahrscheinlich mit bloßen Händen Bäume ausgerissen, wenn er sie darum gebeten hätte. Es war noch nicht lange her, da hatten Melike und ich ihn für einen Pferdedieb gehalten, der gestohlene Pferde in dem kleinen Stall mitten im Wald versteckte. Damals hatte Lajos noch anders ausgesehen als heute: Wegen seiner schulterlangen dunklen Haarmähne und des wilden Rauschebarts hatten wir ihn den »Waldschrat« getauft und heimlich bei der Polizei angerufen. In Wirklichkeit war alles völlig anders, und gelegentlich schämte ich mich heute noch, wenn ich daran dachte, was ich zu ihm gesagt hatte. Lajos war vor vielen Jahren der beste Freund meines Vaters gewesen, und zusammen mit meiner Mutter, ihrer Schwester Viola, Richard Jungblut und Linda Gottschalk, Tims Mutter, hatten sie viele Jahre gemeinsam auf dem Amselhof geritten und Spaß gehabt.

Bis zu dem verhängnisvollen Autounfall. Danach war nichts mehr so gewesen wie vorher und die Freundschaft zwischen Richard, Lajos und Papa war zerbrochen.

Doch davon wusste ich lange nichts. Genauso wenig wie von Lajos Qualitäten als Einrenker. Als ich damals im alten Forsthaus von Friedrich Gottschalk beobachtet hatte, wie Lajos ihn scheinbar überwältigte, hatte ich angenommen, er wollte diesen umbringen. Ich hatte ihm mit der Polizei gedroht, war aber beim Weglaufen dummerweise gestolpert und hatte mir den Fuß verstaucht. Damals hatte ich geglaubt, mein letztes Stündlein hätte geschlagen, doch dann hatte sich der Waldschrat als ziemlich nett entpuppt, und Friedrich Gottschalk hatte sich über meine Mordtheorien halb totgelacht. In Wahrheit hatte Lajos ihn eingerenkt. Das alles war ziemlich peinlich gewesen, aber Lajos hatte es mir nicht übel genommen. Ganz im Gegenteil. Bei unseren heimlichen Besuchen bei ihm hatte er erkannt, dass auch ich die Gabe besaß, mit meinen Händen die Erkrankung eines Pferdes erfühlen zu können.

»Ich habe schon Löcher für die Zaunpfähle gegraben und Zement angemischt«, sagte Lajos gerade. »Wenn ihr die Pfähle festhaltet, kann ich den Zement in die Löcher gießen.«

Melike nickte begeistert und griff nach dem ersten Pfahl. Ich hatte keine große Lust, aber vielleicht war diese Arbeit als Ablenkung ganz gut, um meiner Verwirrung und dem wilden Gefühlschaos in meinem Innern Herr zu werden.

»Was ist los mit dir, Elena? Ist etwas passiert?« Lajos blickte mich aus seinen dunklen Augen prüfend an. »Du siehst so gedrückt aus.«

»Nee, es ist nichts«, murmelte ich. »Alles okay.«

Aber Lajos ließ sich nicht täuschen.

»Wisst ihr was, Mädels«, sagte er, »ich schufte schon den ganzen Tag. Ich brauche jetzt erst mal einen Kaffee und etwas zu beißen. Kommt.«

Wir folgten ihm ins Haus, wo er uns dicke Scheiben seines köstlichen selbst gebackenen Brotes abschnitt, mit Salzbutter bestrich und dünne Scheiben Schinken darauflegte. Dazu schenkte er uns Kaffee ein. Wir saßen um den Tisch in der gemütlichen kleinen Küche. Melike mampfte mit Genuss, aber ich hatte keinen rechten Appetit. Mein Magen war wie zugeschnürt, trotz des verführerischen Dufts.

Twix sprang dreist auf Lajos' Schoß und rollte sich dort mit einem behaglichen Knurren zusammen.

»So«, sagte Lajos, während er mit einer Hand Twix' Nackenfell zauste. »Und jetzt mal raus mit der Sprache, Elena. Welche Laus ist dir über die Leber gelaufen?«

Ich legte das nicht angebissene Brot zurück auf den Teller und seufzte.

»Es ist wegen Tim«, rückte ich heraus. Ich vertraute Lajos und wusste, dass er kein Sterbenswörtchen an meine Eltern verraten würde. Das hatte er auch in der Vergangenheit nicht getan, obwohl er über Tim und mich und unser Fritzi-Training Bescheid wusste.

»Wir haben eben den Parcours abgebaut. Seit Papa Fritzi reitet, müssen wir ja nicht mehr heimlich trainieren.«

»Und jetzt haben Elena und Tim keine Gelegenheit mehr, sich zu sehen«, ergänzte Melike kauend.

Ich spürte, wie mir die Tränen in die Augen stiegen, und kämpfte sie mit aller Macht zurück. Bloß nicht heulen! Wenn ich jetzt damit anfing, würde ich nicht mehr aufhören können, das wusste ich.

»In der Schule kann ich nicht mit Tim sprechen, weil ich Angst haben muss, dass Christian uns sieht«, sagte ich niedergeschlagen. »Und nachmittags haben wir keinen Grund mehr, uns zu treffen.«

»Hm.« Lajos lehnte sich zurück und trank einen Schluck Kaffee. »Warum triffst du dich nicht hier bei mir mit Tim?«

»Das hab ich ihm auch schon vorgeschlagen«, erwiderte ich. »Aber er will nicht. Er hat Angst, dass du ihn nicht sehen willst wegen der alten Sache mit seinem Vater damals.«

»So ein Quatsch!« Lajos schüttelte den Kopf. »Was kann Tim denn wohl für Dinge, die passiert sind, bevor er überhaupt auf der Welt war! Sag ihm, er ist mir jederzeit willkommen. Ich würde mich sogar freuen, ihn kennenzulernen.«

»Danke«, murmelte ich.

Lajos war echt schwer in Ordnung. Er beugte sich über den Tisch, legte mir seine Hand unter das Kinn und blickte mich ernst an.

»Kopf hoch, Elena«, sagte er freundlich. »Ich weiß, dass es für euch beide nicht leicht ist. Aber etwas Geduld gehört zur Liebe dazu.«

»Etwas Geduld! Es wird ja immer schlimmer anstatt besser!« Ich blickte ihn kurz an. Sein Gesicht verschwamm vor meinen Augen, aber es gelang mir, die Tränen hinunterzuschlucken. Ich erzählte Lajos von den Sonnenhof-Prospekten und davon, dass unsere Einsteller nach und nach den Amselhof verließen, um ihre Pferde zu Jungbluts zu stellen.

»Es stimmt ja, dass der Amselhof nicht so supermodern und schick ist wie der Sonnenhof.« Meine Stimme zitterte leicht. »Wir haben kein piekfeines Reiterstübchen, keinen Ebbe-und-Flut-Dressurplatz und keine weißen Zäune um unsere Koppeln. Ja, hier und da regnet es durch die Dächer und nicht alle Boxen haben ein Fenster nach draußen, aber es …«

Ich verstummte und biss in mein Brot. Klar, es kränkte mich tierisch, wenn die Leute schlecht vom Amselhof sprachen, aber der Kern meines Problems war ein völlig anderer.

»Christian hasst Tim deswegen immer mehr«, sagte Melike an meiner Stelle. »Als ob der was dafür könnte!«

Lajos kratzte sich einigermaßen ratlos am Kopf. »Das ist wirklich eine schwierige Situation. Ich kann dir und Tim eigentlich nur raten, abzuwarten. Irgendwann seid ihr beide alt genug, und dann kann euch niemand mehr etwas vorschreiben.«

»Ich werde gerade mal vierzehn«, erinnerte ich ihn. »Tim wird wohl kaum vier Jahre auf mich warten!«

»Es kann sich doch so viel ändern«, antwortete Lajos. »Was sind schon vier Jahre?«

»Eine Ewigkeit«, flüsterte ich mutlos. »Eine endlose, grässliche Ewigkeit. Und irgendwann hat Tim keine Lust mehr, auf mich zu warten.«

Wir kamen nicht mehr dazu, Lajos beim Einbetonieren der Zaunpfähle zu helfen, denn Mama rief wieder an und erinnerte mich daran, dass ich noch Quintano reiten musste.

Als Melike und ich auf dem Amselhof ankamen, waren Opa, Christian, Stani und Heinrich damit beschäftigt, Hindernisse auf dem großen Springplatz aufzubauen. Besser gesagt, sie waren gerade damit fertig.

»Na, hat die Prinzessin einen schönen Nachmittag beim Pferdeflüsterer gehabt, während wir uns hier die Finger blutig schuften?«, bemerkte Christian spitz.

Ich beachtete ihn nicht und schob mein Fahrrad weiter. Von mir aus konnte mein Bruder zur Hölle fahren.

»Ich zieh mir schnell Reitklamotten an«, sagte ich zu Melike und schwang mich wieder auf mein Rad. »Bin in zehn Minuten im Stall.«

»Soll ich Ihrer vergesslichen Hoheit unterdessen das Ross satteln?«, rief Christian und verbeugte sich vor mir.

Am liebsten hätte ich zu ihm gesagt, er solle sein Maul halten, aber auf so eine Antwort wartete er nur, um einen Streit vom Zaun zu brechen. Mein Bruder konnte es nur schlecht verkraften, dass er nicht mehr allein im Mittelpunkt von Papas Aufmerksamkeit stand. Er nahm mir übel, dass Herr Nötzli mir Quintano anvertraut hatte und nicht ihm, er ärgerte sich über die unglaublichen Fortschritte von Fritzi, über den er sich immer lustig gemacht hatte, und es nagte nach wie vor an ihm, dass durch seine Schuld beinahe der Verkauf von Lagunas geplatzt wäre.

Ich trat in die Pedale und kurvte am Blumenrondell vorbei zum großen Parkplatz, auf dem nur wenige Autos standen. Ein Auto jedoch stach mir sofort ins Auge: der schwarze Mercedes mit dem ausländischen Kennzeichen. Die Tür der Gaststätte ging auf. Papa kam heraus, gefolgt von dem dicken, schnauzbärtigen Mann und seinem Begleiter. Was wollten die beiden hier, nachdem sie gestern den ganzen Abend auf dem Sonnenhof mit Richard Jungblut geredet hatten? Misstrauisch beobachtete ich, wie sie noch ein paar Minuten mit Papa sprachen, bevor sie sich die Hände schüttelten und zu ihrem Auto gingen. Ich schob mein Fahrrad weiter und stellte es neben der Haustür ab.

»Elena!«, rief Papa. »Warte mal!«

Ich fand, dass er ziemlich gut gelaunt aussah. Ob das mit

dem dicken Schnauzbart zu tun hatte? Vielleicht wollte er ein paar Pferde auf den Amselhof bringen. Papas Handy klingelte.

»Du reitest Quintano heute mal draußen auf dem Platz«, sagte er, bevor er das Gespräch entgegennahm. »Um halb sechs, okay?«

»Ja, okay.« Ich zwang mich zu einem Lächeln und ging ins Haus. »Ich ziehe mich gerade um.«

Mit einem Ohr hörte ich, was Papa am Telefon sprach. Er erklärte jemandem den Weg vom Frankfurter Kreuz aus nach Steinau und von dort aus zum Amselhof.

»Kriegen wir einen neuen Einsteller?«, erkundigte ich mich.

»Das nicht«, erwiderte Papa. »Aber gleich kommt ein junger Mann, der eventuell einspringt, bis Jens wieder gesund ist.«

»Ist ja super«, sagte ich ohne große Begeisterung, aber Papa war schon in die Küche gegangen, um Mama die frohe Botschaft zu verkünden.

7. Kapitel

Der Wind hatte die Wolken davongefegt. Nun war es beinahe windstill und die tief stehende Sonne schien warm und freundlich von einem hellblauen Aprilhimmel, als ich auf Quintano zum Springplatz hinausritt.

Der braune Wallach war das reinste Nervenbündel gewesen, als er im vergangenen Spätsommer auf den Amselhof gekommen war, und so gut wie unreitbar. Papa hatte alles ausprobiert, Jens und Christian hatten auf dem Pferd gesessen, aber Quintano bekam Panik, sobald ein Mann auf seinem Rücken saß. Sein Besitzer, der Schweizer Pferdehändler Gerhard Nötzli, mit dem Papa oft Geschäfte machte, hatte Quintano bereits wieder abholen wollen, doch dann war er einmal auf den Amselhof gekommen, als ich allein auf Fritzi in der Halle ritt.

Herr Nötzli hatte mich gebeten, ihm Quintano vorzureiten, und das hatte ich getan. Ich war sogar mit dem Pferd gesprungen, und der Pferdehändler hatte mir – einem dreizehnjährigen Mädchen – ein ganz und gar ungewöhnliches Angebot gemacht. Er wollte, dass ich Quintano ritt und auf Turnieren vorstellte, dafür zahlte er mir jeden Monat zweihundert Euro und übernahm sämtliche anfallenden Kosten.

Mein Bruder hatte sich wie Rumpelstilzchen vor Zorn

beinahe zerrissen, als er von dieser Abmachung gehört hatte, aber auch er musste mittlerweile zugeben, dass der nervöse Quintano mit mir sehr gut ging. Er war längst nicht mehr so schreckhaft und schien sich wohlzufühlen, wenn ich in seinem Sattel saß. Das Springen mit ihm war für mich noch immer ein aufregendes Erlebnis. Auch mit Fritzi war ich schon über hohe Hindernisse gesprungen, oder mit Calvador, dem besten Turnierpferd meines Vaters, aber Quintano sprang ganz anders. Man musste ganz still sitzen und bloß nicht zu viel Druck mit dem Schenkel machen, denn dann stürmte das Pferd kopflos auf und davon. Melike behauptete, sie würde für eine Million Euro nicht auf Quintano sitzen wollen, aber das hielt ich für leicht übertrieben.

Ich ritt Quintano erst im Schritt um den großen Springplatz, dann gurtete ich nach, nahm die Zügel auf und trabte an. Papa kam über den Hof, wenig später auch Mama. Sie sah oft zu, wenn ich Quintano ritt; ich glaube, es war ihr ein bisschen unheimlich, mich auf diesem temperamentvollen Pferd zu sehen.

Quintano war heute wieder sehr lebhaft. Es war das erste Mal nach dem langen Winter, dass er draußen auf dem Platz gehen durfte, und da gab es natürlich jede Menge zu gucken. Papa ließ mich über das kleine Kreuz, später über einen niedrigen Steilsprung und einen kleinen Oxer springen. Danach ging es in eine Reihe – fünf kleine Steilsprünge hintereinander, dazwischen lag auf dem Boden jeweils eine Stange. Das schulte nicht nur das Auge des Reiters, sondern vor allen Dingen das Vorderbein und den Rücken des Pferdes.

Allmählich wurde Quintano ruhiger und lockerer, er kaute am Gebiss und war sehr aufmerksam. Gerade als ich den Parcours das erste Mal sprang, bemerkte ich einen jungen dunkelhaarigen Mann, der neben Mama, Christian und Melike an der Umzäunung des Springplatzes lehnte und Quintano und mir interessiert zuschaute. Papa ging zu ihm hinüber und sprach mit ihm, dann gab er Christian irgendeinen Auftrag, denn mein Bruder rannte davon. Mithilfe des jungen Mannes erhöhte Papa die Hindernisse um ein paar Löcher, bis der Parcours M-Höhe hatte.

»So, Elena, jetzt noch mal!«, rief Papa. »Reite genauso wie eben! Mach keinen Druck, nur weil die Hindernisse jetzt etwas höher sind.«

Ich nickte, fasste die Zügel kürzer und ließ Quintano angaloppieren. Der Wallach zog mit gespitzten Ohren die Sprünge an und flog wie eine Feder über die hohen Steilsprünge und die breiten Oxer. Ich musste nur ein bisschen die Hand stehen lassen, schon verkürzte er den Galoppsprung, sodass es optimal passte. Es war eine Freude, ein solch großartiges Springpferd zu reiten, und wenn Papa noch einmal alles höher gemacht hätte, so hätte ich keine Sekunde gezögert. Quintano hatte unglaublich viel Springvermögen. Nachdem wir den Parcours fehlerfrei gemeistert hatten, parierte ich zum Trab durch und klopfte meinem Pferd dankbar den Hals.

»Das war sehr gut!« Papa lächelte zufrieden. »Mir fällt überhaupt nichts ein, was ich kritisieren könnte. Ich glaube, wir nennen dich auf dem Turnier mit ihm gleich in den M-Springen.«

Ich strahlte und hielt neben Papa und dem jungen Mann an, der mich neugierig anblickte. Er trug Reithosen und Chapsletten und war ein bisschen älter, als ich aus der Ferne geschätzt hatte, vielleicht Mitte zwanzig. Mit den dunklen lockigen Haaren und hellen blauen Augen sah er total gut aus. Was für ein Unterschied zum Aknefrosch!

»Elena, das ist Liam O'Brien«, stellte Papa ihn vor.

Ich beugte mich nach vorn, um ihm die Hand zu reichen.

»Hey«, sagte er und lächelte anerkennend. »Du bist echt toll geritten. Er ist nicht so einfach zu reiten, oder?«

Bei dem Kompliment wurde ich doch tatsächlich rot. »Och, es geht. Ich komm ganz gut mit ihm zurecht.«

Glücklicherweise tauchte in diesem Moment mein Bruder mit Cotopaxi auf und ritt zu Papa und Liam hin. Ich ließ Quintano noch ein bisschen traben, denn ich wollte unbedingt sehen, wie gut dieser Liam reiten konnte. Aus den Augenwinkeln beobachtete ich, wie er die Reitkappe, die er in der Hand gehalten hatte, aufsetzte. Dann verkürzte er die Steigbügel, zog den Sattelgurt nach und schwang sich aufs Pferd. Cotopaxi war eines von Papas besten Nachwuchspferden, aber nicht besonders schwierig zu reiten. Liam O'Brien saß wie angegossen im Sattel. Schon nach ein paar Runden im Trab und Galopp war zu erkennen, dass er ein exzellenter Reiter war. Ich blieb noch so lange auf dem Platz, bis er ein paar Sprünge gemacht hatte, dann ritt ich hinüber zum Stall. Melike folgte mir.

»Liam O'Brien!«, rief sie und rollte schwärmerisch die Augen. »Schon der Name ist total cool, findest du nicht? Und wie süüüß er das R rollt! Echt irre!«

»Ire«, antwortete ich und nahm Quintano den Sattel ab.

»Was?«, fragte Melike irritiert.

»Ire«, wiederholte ich. »Ich denke, dass der Typ aus Irland kommt.«

»Oh, aus Irland. Die Grüne Insel – wie romantisch! Vielleicht leben seine Eltern in einem Zigeunerwagen, weißt du, so wie in diesem Film mit dem Schimmel.« Meine Freundin war Feuer und Flamme. Sie wiederholte den Namen »Liam O'Brien« ein paarmal wie eine Beschwörungsformel.

Ich grinste kopfschüttelnd vor mich hin, während ich meinem Pferd die Beine abspritzte und es in den Stall führte. Der gute alte Lajos war bei Melike bis auf Weiteres abgemeldet. Da kam Liam schon angeritten, gefolgt von Papa und Christian.

»Ich nehm dir das Pferd ab«, hauchte Melike beflissen und angelte nach Cotopaxis Zügeln.

»Danke. Nett von dir.« Liam zwinkerte meiner Freundin zu, nicht ahnend, was er damit anrichtete, und verschwand mit Papa im Stall.

»Er hat mir zugezwinkert«, quiekte Melike. »Hast du gesehen, was er für süße Hände hat? Mein Gott, ich hab noch nie einen Typen mit so süßen Händen gesehen!«

»Du hast echt einen Knall«, stellte ich fest und nahm ihr Cotopaxi ab, bevor der mit Sattel und Trense in seine Box verschwinden konnte. »Außerdem dachte ich, Lajos hätte die süßesten Hände, Augen und Haare der Welt.«

»Lajos!« Melike seufzte dramatisch und sank auf die Putzkiste. »Der ist leider wirklich ein bisschen zu alt für mich. Zu schade. Hm … was meinst du, Elena, wie alt ist Liam O'Brien?«

»Auch zu alt. Mindestens dreißig«, erwiderte ich todernst.

»Nein, nein, so alt ist er noch nicht. Höchstens dreiundzwanzig«, widersprach meine Freundin mir. »Ich habe festgestellt, dass die meisten Reiter viel älter aussehen, als sie sind. Und weißt du auch warum?«

»Nein.« Ich nahm Cotopaxi die Gamaschen ab.

»Sie sind dauernd an der frischen Luft. Sonne, Eiseskälte, Wind und Wetter«, erklärte Melike eifrig ihre Theorie. »Da vergerbt das Gesicht ganz schnell und sie kriegen Falten wie Matrosen oder Schafhirten. Außerdem sind sie dünn und drahtig. Dicke Leute werden nicht so schnell faltig. Und weil die meisten Reiter auch noch rauchen und Alkohol trinken, altern sie quasi im Zeitraffer, verglichen mit jemandem, der im Büro arbeitet.«

Mir war zwar den ganzen Tag nicht unbedingt nach Lachen zumute, aber jetzt musste ich derart lachen, dass ich Seitenstechen bekam. In diesem Moment kam Papa mit Liam O'Brien zurück in den Stall. Christian führte Circle of Life, die fünfjährige Stute, die bei uns den Spitznamen Conny hatte, hinter ihnen her.

Melike sprang wie von der Tarantel gestochen von der Putzkiste auf. Ich verbiss mir das Lachen und betrachtete Liam unauffällig. Sein Gesicht war kein bisschen gegerbt oder faltig, allerdings war er tatsächlich recht drahtig und nur ein wenig größer als ich. Melike und ich gingen hinaus zum Springplatz und meine Freundin laberte ununterbrochen vor sich hin.

»Liam O'Brien ... Oh, Elena, schau doch, wie absolut *göttlich* er reitet! Es macht ihm überhaupt nichts aus, dass Conny so rumspinnt. Ach, ich könnte ihm stundenlang zusehen, wenn er reitet.«

Ich rammte ihr meinen Ellbogen in die Seite, aber Melike war nicht zu stoppen. Liam ritt wirklich sehr gut, auch mit der schwierigen Stute kam er problemlos zurecht, aber ich fand, er ritt nicht unbedingt besser als Papa oder Tim. Melike übertrieb hemmungslos.

»Meinst du, dein Vater stellt ihn ein?«, überlegte sie laut. »Ob er wohl eine Freundin hat?«

»Wer? Mein Vater?«, fragte ich zurück und kicherte.

»Du bist blöd!«, antwortete Melike und wir grinsten uns an. Es gab doch wirklich nichts Besseres auf der Welt als eine richtig gute Freundin.

Liam O'Brien würde als Ersatz für Jens bleiben, erst einmal für drei Monate, verkündete Papa, als er später zum Abendbrot ins Haus kam und sich an den Tisch setzte. Der junge Mann konnte gute Referenzen vorweisen, denn er hatte bereits in vielen großen Springställen gearbeitet, unter anderem bei einem bekannten Pferdehändler im Vogelsberg, von dem Papa Liams Telefonnummer bekommen hatte.

»Cool«, sagte Christian.

Ich freute mich auch, vor allen Dingen darauf, Melike später die frohe Botschaft mitzuteilen.

»Es wundert mich etwas, dass er sofort bei uns anfangen kann.« Mama stellte den Brotkorb auf den Tisch und setzte sich. »Muss er nicht noch irgendwo kündigen?«

Papa hörte auf zu lächeln und hob kurz die Augenbrauen.

»Wieso musst du überall Probleme sehen, wo keine sind?«, fragte er in einem gereizten Tonfall, den ich nur zu gut kannte. So hatte Papa in den Monaten vor dem Verkauf von Lagunas beinahe nur noch gesprochen. Ein falsches Wort hatte oft genügt, um ihn explodieren zu lassen. Mama erinnerte sich offenbar auch daran, denn sie sagte nichts mehr.

»Liam ist seit ein paar Monaten selbstständig, fährt durch die Gegend«, erklärte Papa und nahm sich eine Scheibe Brot. »Ich bin wirklich froh, dass Reinhold mir heute Mittag den Tipp gegeben hat. Hin und wieder muss man ja auch mal Glück haben.«

»Seine Eltern hatten ein Gestüt in Irland, aber sein Vater ist tödlich verunglückt, als Liam noch ein Junge war. Da musste die Mutter den Hof verkaufen«, wusste Christian. »Er hat ein paar Jahre in Amerika gearbeitet, in Florida, und ist da auch Turniere geritten. Das würde ich auch gern machen.«

»Du kannst doch grad mal genug Englisch für deine Computerspiele«, bemerkte ich. »Was willst du denn in Amerika?«

»Ich kann ganz sicher besser Englisch als du«, fauchte Christian.

»Hab ich bei SchülerVZ gelesen«, erwiderte ich und grinste. »Da hast du kein Wort richtig geschrieben.«

Christian wurde vor Zorn ganz rot im Gesicht und öffnete schon den Mund zu einer Antwort, aber Mama warf ihm einen scharfen Blick zu und er schwieg, nur seine Augen schossen wütende Blitze.

»Wer waren die beiden Männer, mit denen du heute Nachmittag in der Gaststätte gesprochen hast, Micha?«, fragte Mama in dem Moment meinen Vater und mir fiel wieder die Visitenkarte ein.

»Khoren Gasparian, ein armenischer Geschäftsmann«, antwortete Papa. »Er besitzt eine Reitanlage in seiner Heimat, auf der er mit holsteinischen und hannoverschen Blutlinien Springpferde züchtet, und ist jetzt auf der Suche nach einem Hof in Deutschland. Es klang ganz interessant, was er erzählt hat.«

»Will er etwa den Amselhof kaufen?« Christian riss die Augen auf.

»Nein, das nicht.« Papa schüttelte den Kopf. »Er möchte Geld investieren. Wenn ich es richtig verstanden habe, sucht er einen Reiter, der schon internationale Turniererfahrung hat und der dann für Armenien reiten soll. Dafür kauft er Pferde, investiert in den Hof, kauft einen Lkw und so weiter.«

»Mir war er nicht sonderlich sympathisch«, sagte Mama, und ich pflichtete ihr im Stillen bei, als ich daran dachte, wie dieser Typ durch unseren Stall marschiert war und in jede Ecke geglotzt hatte.

»Sympathie hin oder her«, erwiderte Papa und lehnte sich zurück. »Der Gedanke ist interessant, einen Partner zu haben, der bereit ist, sehr viel Geld in den Hof und in die Anschaffung guter Pferde zu stecken. Gasparian will bis zu den nächsten Weltmeisterschaften eine Mannschaft zusammenstellen, die für Armenien reitet. Das ist sein großer Traum, und dafür ist er bereit, ein paar Millionen auszugeben.«

»Wow!« Christian rutschte aufgeregt auf seinem Stuhl hin und her, seine Augen leuchteten begeistert. »Ein paar Millionen! Dazu noch einen nagelneuen Lkw und richtige internationale Kracher! Das ist doch unsere Riesenchance, Papa! Wir hätten keine Schulden mehr und du könntest auf der ganzen Welt reiten!«

»Ja, das ist wirklich eine verlockende Aussicht«, bestätigte Papa.

Ich warf Mama einen raschen Seitenblick zu. Für mich wäre es der absolute Horror, womöglich jeden Tag diesem schmierigen Dicken über den Weg zu laufen. Ich konnte mir auch nicht vorstellen, dass Mama begeistert davon wäre, wenn Papa überhaupt nicht mehr zu Hause sein würde.

Mein Bruder malte sich hingegen schon aus, wie es wäre, mit einem riesengroßen Lkw auf die Turniere zu fahren, aber Papa setzte seinen Träumen ein schnelles Ende.

»Ich habe aber abgelehnt«, sagte er. »Mir ist nicht ganz wohl bei dem Gedanken, mich in die Abhängigkeit eines völlig Fremden zu begeben. Außerdem denke ich nicht daran, die armenische Staatsbürgerschaft anzunehmen und für Armenien auf Turnieren zu reiten.«

Christian starrte meinen Vater ungläubig an.

»Das glaub ich jetzt nicht!«, stieß er hervor. »Wie kannst du so was ablehnen, Papa? Auf einen Schlag wären wir alle Probleme los und wir …«

»Dafür würde es eine ganze Menge neuer Probleme geben«, unterbrach Papa ihn. »Ich möchte selbstständig bleiben und mir nicht dauernd sagen lassen, was ich zu tun habe.«

Sein Handy klingelte. Papa stand auf und ging hinaus, um zu telefonieren. Christian konnte es nicht fassen, dass Papa eine solche Gelegenheit einfach ausgeschlagen hatte, und schimpfte wie ein Rohrspatz. Mama erhob sich, und ich sprang ebenfalls auf und half ihr, den Tisch abzuräumen. Ich war froh, dass Papa abgelehnt hatte, und fragte mich insgeheim, was für ein Spiel dieser Gasparian spielte, denn schließlich hatte er gestern den ganzen Abend mit Richard Jungblut zusammengesessen. Aber das konnte ich meiner Familie natürlich unmöglich erzählen.

8. Kapitel

»Na? Wie fühlt sich das an?« Der Kieferorthopäde lächelte mich an. Ich fuhr mir mit der Zungenspitze über die Zähne. Was für ein Gefühl! Ich hatte diesen Tag herbeigesehnt und nun war er da. Nach drei langen Jahren waren heute die hässlichen Brackets entfernt worden.

»Hier!« Er hielt mir einen Spiegel hin und ich betrachtete ungläubig meine weißen regelmäßigen Zähne.

»Cool«, sagte ich und grinste breit. »Sieht super aus!«

»Ein echtes Zahnpastalächeln«, bestätigte der Zahnarzt. »Wie schnell doch drei Jahre vorbeigehen, hm?«

Unwillkürlich dachte ich an das, was Lajos neulich zu mir gesagt hatte. *Was sind schon vier Jahre?* Ich sprang von dem Behandlungsstuhl auf, stürmte hinaus ins Wartezimmer und präsentierte Mama meine makellos weißen Zähne.

»Siehst du«, sagte sie zufrieden. »Das hat sich doch gelohnt. Und was machen wir jetzt noch?«

»Ich muss in die Schule«, erinnerte ich sie.

»Hast du Lust dazu?«, erwiderte sie zu meinem Erstaunen. »Ich dachte, wir machen uns jetzt noch einen netten Freitagvormittag in Frankfurt. Friseur, shoppen … nur wir zwei, hm?«

Sie zwinkerte mir zu. »Ist doch schließlich ein besonderer Tag für dich.«

Da hatte sie allerdings recht. Ich konnte mich nicht daran erinnern, mal einen ganzen Vormittag ohne Hektik in Frankfurt herumgelaufen zu sein. Normalerweise kaufte Mama für uns Klamotten im Einkaufszentrum und die Haare schnitt sie Christian und mir meistens selbst. Aber heute war alles anders, und ich kam mir total erwachsen vor, als ich anderthalb Stunden später aus dem Friseursalon auf die Straße trat. Die Friseurin hatte mich dazu überredet, meine langweiligen Spaghettihaare zehn Zentimeter abzuschneiden und danach mit einem Lockenstab in Locken zu verwandeln. Mein neuer Look beeindruckte mich sehr, und ich konnte an keinem Schaufenster vorbeigehen, ohne mich mit gebleckten Zähnen anzulächeln, bis Mama mich lachend weiterzog. Auf ihrem Plan standen noch ein paar Klamottenläden, die ich bisher nur aus den Erzählungen von Ariane und ihren Freundinnen kannte, die regelmäßig dort einkauften. Aber als wir gegen Mittag zurück nach Steinau fuhren, lagen auf dem Rücksitz einige Tüten mit ein paar echt coolen Klamotten.

Gerade als Mama auf den Hof einbog, piepste mein Handy. Tim hatte mir eine SMS geschickt!

Hab dich heute in der Schule nicht gesehen. Alles okay bei dir? Mein Vater ist weg, hätte heute Zeit! T.

Damit hatte ich nicht gerechnet! Offenbar war heute mein Glückstag!

»Na, wirst du schon vermisst?«, erkundigte Mama sich und ich nickte nur.

So schnell es ging, half ich ihr die Tüten auszuladen und bedankte mich für den tollen Vormittag. Ich wollte nur noch hoch in mein Zimmer, um Tim antworten zu können, bevor er sich etwas anderes für heute Nachmittag vornahm.

Christian kam zur Haustür herein und zerrte sich den Helm vom Kopf. Sein Blick fiel auf die Einkaufstüten, dann auf mich.

»Prinzessin Vergesslich hat heute die Schule geschwänzt und war shoppen«, stellte er säuerlich fest.

»Schau mal!« Ich zeigte ihm meine metallfreien Zähne, aber das schien ihm nicht sonderlich zu imponieren. Er polterte in die Küche und beschwerte sich bei Mama, dass er nie wegen eines Zahnarzttermins die Schule ausfallen lassen durfte.

»Ich weiß nicht, wie oft du freitags nicht in die Schule musstest, weil du auf ein Turnier gefahren bist«, hörte ich Mama sagen.

Christians Antwort wartete ich nicht ab, sondern rannte die Treppe hoch und verschwand in meinem Zimmer. Mit zitternden Fingern tippte ich eine Antwort an Tim.

Das ist super. Wo und wann?

Es dauerte kaum eine Minute, bis er antwortete.

Um drei. Schlag was vor.

Große Auswahlmöglichkeiten hatten wir nicht.

Am Forsthaus bei Lajos, schrieb ich also zurück und wartete gespannt auf Tims Antwort. Aber bevor die kam, rief Melike an.

»Babsi und ich treffen uns um drei bei Lajos«, sagte ich, weil Melike wusste, wer in Wirklichkeit hinter dem Namen Babsi steckte. »Kommst du mit?«

»Äh, hm, ich glaub eher nicht«, druckste Melike verlegen herum.

Noch vor ein paar Tagen hätte sie sich keine Gelegenheit entgehen lassen, Lajos zu besuchen, aber der war auf ihrer Süßeste-Typen-Hitliste von Liam abgelöst worden. Ich grinste nur und war nicht sauer. Mein Handy piepste.

»Wir sehen uns dann später«, sagte ich schnell und beendete das Gespräch, um zu lesen, was Tim geschrieben hatte. Seine Antwort auf meinen Vorschlag war kurz und knapp.

Okay, lautete sie und ich war happy.

Papa hatte Fritzi am Vormittag schon geritten, deshalb würde ich mit Sirius zum Forsthaus reiten. Ich hatte mir eines der nagelneuen T-Shirts angezogen, dazu die knallorangefarbene Kapuzenjacke von Hollister und war damit ungesehen in den Stall gelangt. Mama würde sicher nicht begeistert sein, wenn ich mit den neuen Klamotten ins Gelände ritt. Sie konnte ja auch nicht ahnen, dass ich alles andere als einen kleinen Ausritt unternehmen würde.

Als ich um die Ecke bog, stellte ich fest, dass ich nicht allein im Stall war. Liam putzte auf der Stallgasse pfeifend ein Pferd. Im Gegensatz zum ewig mürrischen Aknefrosch war er immer gut gelaunt und nie ungeduldig mit den Pferden. Vielleicht hatte Melike Glück und er würde bleiben, auch wenn Jens wieder gesund war.

»Hey, Elena!«, rief er mir zu.

»Hi, Liam«, erwiderte ich und ging an ihm vorbei zur Sattelkammer.

»Was hast du mit deinen Haaren gemacht?«, fragte Liam und stieß einen anerkennenden Pfiff aus. »Du siehst aus wie ein Filmstar!«

Obwohl ich wusste, dass er übertrieb, gefiel mir sein Kompliment.

»Ich war beim Friseur«, erwiderte ich verlegen.

»Und die Zahnspange ist weg«, bemerkte er. »Ein kleines Entlein wird zu eine schöne Swan! Die Männer werden vor dir auf die Knie liegen.«

Ich musste kichern und wurde tomatenrot. Melike hatte schon recht, sein drolliger Akzent war echt voll süß.

Ich beeilte mich, Sirius zu satteln, damit ich nicht noch Papa über den Weg lief. Zehn Minuten später trabte ich vom Hof Richtung Wald.

Als ich um zehn vor drei am Forsthaus ankam, war Tim noch nicht da. Lajos stand auf einer Leiter und montierte irgendetwas an der Wand über der Stalltür.

»Was hängst du da auf?«, erkundigte ich mich. »Eine Satellitenschüssel?«

»Nein. Das ist ein Bewegungsmelder für die Alarmanlage. Ich mache mir Sorgen wegen der Pferdediebstähle. Vor zwei Wochen wurden zwei wertvolle Zuchtstuten mit ihren Fohlen aus einem Stall in der Nähe von Taunusstein gestohlen und erst neulich ein junger Hengst, den sein Besitzer für viel Geld auf einer Auktion gekauft hatte«, antwortete Lajos und schraubte weiter. »Die Pferde verschwinden einfach spurlos.«

»Aber was machen die Diebe mit den Pferden?«, fragte ich verwundert. »In Deutschland können sie sie doch nicht mehr verkaufen.«

»Vermutlich werden sie ins Ausland gebracht. Da fragt keiner nach Papieren und Brandzeichen. Und kleine Fohlen haben ja noch gar kein Brandzeichen und keinen Chip.« Lajos kletterte die Leiter herunter. »Du kannst dein Pony in den Roundpen stellen.«

Ich nahm Sirius Sattel und Trense ab und brachte ihn in

den mittlerweile fertiggestellten Longierzirkel, wo er sich über ein paar kümmerliche Grashalme hermachte, die am Zaun wuchsen.

»Hey«, sagte Lajos, als er mich nun genauer betrachtete. »Du siehst heute so schick aus. Wie ein Fotomodell.«

»Tim kommt gleich hierher«, erzählte ich aufgeregt und fummelte an meinen Haaren herum, die von der Reitkappe ganz platt gedrückt worden waren. Dann fegte ich ein Stäubchen von meiner Reithose. Ich hörte das Motorengeräusch von Tims Mofa und mein Herzschlag beschleunigte.

»Oh! Da kommt er schon! Sehe ich gut aus?«, fragte ich Lajos nervös.

»Aber ja«, versicherte er mir todernst. »Wenn Tim sich nicht schon in dich verliebt hätte, dann würde er es spätestens jetzt tun. Ich muss kurz ins Haus.«

Er zwinkerte mir zu, klopfte mir auf die Schulter und verschwand eilig. Ich blickte ihm verwirrt nach und wusste nicht recht, ob Lajos das ernst gemeint hatte oder mich auf den Arm nehmen wollte. Aber jetzt war es sowieso zu spät, denn Tim hatte sein Mofa abgestellt und bog um die Ecke.

»Hi«, sagte er und lächelte ein wenig unsicher. Ihm war es nicht ganz geheuer, hier zu sein und dem Mann zu begegnen, der wegen seines Vaters vor vielen Jahren schlimme Dinge erleben musste. Es war schon echt mutig von ihm, hierherzukommen.

»Tim!« Ich lief zu ihm hin. »Schau mal! Überraschung!« Ich strahlte ihn mit meinen weißen, zahnspangenlosen Zähnen an.

»Oh, wow! Du siehst super aus!« Er zog mich in seine Arme.

Ich schloss die Augen und spürte im nächsten Moment seine Lippen auf meinen.

»Daran könnte ich mich gewöhnen«, flüsterte ich und öffnete die Augen wieder. Sein Gesicht so nah zu sehen, war jedes Mal aufs Neue überwältigend. Wir blickten uns an.

»Ich mich auch.« Er strich mit seiner Hand über meine Wange und küsste mich noch mal. Plötzlich war alles andere vergessen. Ich war einfach nur wahnsinnig glücklich.

Lajos kam aus dem Haus. Er schlich sich nicht an, sondern polterte laut herum, damit wir ihn hören konnten. Ich ergriff Tims Hand.

»Lajos«, sagte ich, »das ist Tim Jungblut. Tim, das ist Lajos.«

Ich sah ein winziges, erschrockenes Flackern in Lajos' Augen und wusste, was ihm durch den Kopf ging, denn ich hatte bei Mama im Schrank alte Fotos gesehen. Richard Jungblut hatte früher genauso ausgesehen wie Tim heute. Aber Lajos hatte den Schreck schnell überwunden und lächelte freundlich. Die beiden reichten sich die Hand. »Ich freue mich, dich kennenzulernen, Tim. Elena und Melike haben mir schon so viel von dir erzählt, dass ich richtig neugierig geworden bin.«

»Ich freue mich auch«, erwiderte Tim und wirkte erleichtert. »Ich hab nämlich mindestens genauso viel von Ihnen gehört, Dr. Kertéczy.«

»Oh, bitte sag Lajos zu mir!« Lajos grinste und wandte sich dann an mich. »Wir wär's, Elena, magst du dir mal meinen Neuzugang anschauen?«

Ich nickte, und wir folgten ihm in den kleinen Stall, in dem es nur vier Boxen gab. Lajos öffnete die Tür einer Box, in der ein dunkelbraunes Pferd stand, das sofort unfreundlich die Ohren anlegte.

»Das ist ein Traberhengst aus Frankreich. Er war ein Champion und hat viele Rennen gewonnen, aber plötzlich wurde er nur noch Letzter«, erklärte er und wandte sich an Tim. »Die meisten Pferde, die zu mir kommen, waren vorher in zig Kliniken. Ich bin sozusagen ihre letzte Chance.«

»Und was fehlt ihm?«, erkundigte Tim sich.

»Tja, ich weiß es noch nicht genau.« Lajos wiegte nachdenklich den Kopf. »Er geht nicht richtig lahm. Röntgenologisch ist alles in Ordnung, er hat auch keine ausgerenkten Wirbel, aber er frisst schlecht, ist aggressiv und in einer körperlich schlechten Verfassung.«

Tatsächlich hatte das Pferd ein raues Fell, die Rippen und die Hüftknochen standen deutlich hervor. Wir schauten uns noch die anderen Pferde an, dann zeigte Lajos Tim den Rest des Hofes. Danach setzten wir uns auf die Veranda, tranken Limo, und Tim aß mit Heißhunger von dem Kuchen, den Lajos selbst gebacken hatte.

Ich hatte keinen Appetit. Tim und ich saßen auf der Bank dicht nebeneinander, und das war so aufregend, dass es mir den Magen zuschnürte. So hätte es immer und ewig bleiben können! Ich seufzte zufrieden. Direkt vor uns lag der Waldsee, er schimmerte freundlich und blau im hellen Sonnenlicht. Die Vögel zwitscherten in den Bäumen ringsum und tiefer im Wald rief ein Kuckuck. Ich hörte nur mit einem Ohr zu, was Lajos und Tim sprachen.

»… wenn er Kohle hätte, würde mein Vater noch eine zweite Reithalle bauen«, sagte Tim gerade. »Und jetzt hat er tatsächlich jemanden gefunden, der richtig Geld lockermachen will.«

»Dieser Gasparian?«, fragte ich, und Tim nickte.

»Er war vor ein paar Tagen wieder bei uns, aber mein Vater hat ihm abgesagt«, sagte ich zu Tim. »Mein Bruder ist fast ausgerastet. Er hat sich wohl schon in einem schicken neuen Lkw zum Turnier brausen sehen.«

»Dafür hab ich den Kerl mit seinem schmierigen Kumpel jetzt am Hals.« Tim schnaubte. »Die hatten mir noch gefehlt.«

»Über wen sprecht ihr?«, erkundigte Lajos sich. Abwechselnd erzählten wir ihm von dem reichen Armenier, der einen Hof in der Nähe suchte, um dort Geld zu investieren.

»Papa will selbstständig bleiben und nicht für Armenien reiten«, schloss ich. »Lieber lässt er ein paar Boxen leer stehen.«

»Meinem Vater ist das alles egal«, entgegnete Tim düster. »Gestern Abend sind sie sich wohl einig geworden, denn wir fahren am Wochenende nach Stuttgart, um einen Lkw auszusuchen. Außerdem will Gasparian einen ganz neuen Stalltrakt auf dem Sonnenhof bauen. Als ob wir nicht schon genug Boxen hätten!«

Tim verdrehte die Augen. Ich wusste, dass er zu Hause wie ein Angestellter arbeiten musste, und das für weniger als ein Taschengeld. Sein Vater war eigentlich Pferdehändler, und wenn noch spätabends Kundschaft kam, musste Tim die Pferde vorführen.

»Mein Vater ist so wild darauf, mit dem Typ Geschäfte zu machen, dass er nicht mal mit der Wimper gezuckt hat, als der Übersetzer gesagt hat, sie wären vorher bei euch gewesen und dem Dicken habe der Amselhof eigentlich besser gefallen.« Tim musste grinsen. »Der Hof habe ›Charme‹

und ›Flair‹ und eine viel schönere Lage. Das hat meinen Alten tierisch gewurmt.«

Er lachte leise, aber es klang nicht besonders fröhlich.

»Ein paar Boxen mehr könnte ich zwar auch dringend gebrauchen«, sagte Lajos, »aber ich kann Micha verstehen. Ich wollte mich auch nicht in so eine Abhängigkeit begeben.«

Genau in dieser Sekunde hatte ich einen Geistesblitz.

»Wieso kommst du nicht zu uns auf den Amselhof?«, schlug ich Lajos vor. »Wir haben mehr als genug Platz für dich und deine Patienten, und Papa und Mama hätten wieder ein paar Boxen vermietet. Außerdem haben wir Robbie. Der ist besser als jede Alarmanlage. Da schleicht kein Pferdedieb heimlich in den Stall.«

Lajos und Tim blickten mich überrascht an. Für einen Moment war es ganz still.

»Daran habe ich überhaupt noch nie gedacht.« Lajos legte die Stirn in Falten, aber dann erschien ein breites Lächeln auf seinem Gesicht. »Mensch, das ist die Idee!«

Er sprang auf und warf dabei fast den kleinen Tisch um; Tim und ich griffen mit beiden Händen zu, um das zu verhindern. Lajos strahlte mich an.

»Ich rufe gleich mal deinen Vater an«, sagte er euphorisch. »Dafür hast du bei mir was gut, Goldstück!«

»Denk dran, dass ich *allein* hier bei dir bin!«, rief ich ihm noch nach.

»Klar doch.« Lajos zwinkerte mir zu und verschwand im Haus. Tim und ich blieben allein zurück.

»Goldstück«, wiederholte Tim lächelnd. Er legte seinen Arm um mich und ich ergriff seine Hand. Ein Fisch sprang aus dem Wasser des Sees; es klatschte, als er wieder eintauchte. Auf dem Dach des Forsthauses gurrte ein Taube.

»So müsste es immer sein«, sagte Tim. »So herrlich ruhig und friedlich. Bei uns daheim ist es furchtbar hektisch geworden. Früher, als wir noch keine Einsteller hatten, da ging es noch. Aber jetzt – ich sag dir, es ist ein Albtraum. Man ist nie allein.«

Wir blickten versonnen auf die silbrig schimmernde Wasseroberfläche des Waldsees und genossen es, einfach nur zusammen zu sein.

Die wundervolle Ruhe hielt nur ein paar Minuten, dann zerriss das Klingeln von Tims Handy die Stille.

»Oh Mist«, sagte er nach einem Blick auf das Display. »Mein Vater!«

Widerwillig nahm er das Gespräch entgegen. Ich konnte die Stimme von Richard Jungblut so deutlich hören, als stünde er neben uns.

»Wo zum Teufel bist du, du Faulenzer?«, schrie er. »Egal, wo du dich gerade herumtreibst, wenn du nicht in spätestens einer Viertelstunde hier auf dem Hof bist, dann kannst du was erleben!«

Tim drückte seinen Vater einfach weg und schaltete sein Handy stumm.

»Du kriegst Ärger«, sagte ich mit einem schrecklich schlechten Gewissen. »Schon wieder wegen mir.«

»Nein, nicht deinetwegen«, erwiderte Tim. »Mein Vater findet immer einen Grund, glaub mir. Aber es ist leider besser, wenn ich ihn nicht zu lange warten lasse.«

Tim war Hals über Kopf aufgebrochen. Die zwei Stunden waren viel zu schnell herumgegangen. Ich hatte schon oft von Tim Abschied genommen, an das schreckliche Gefühl der Verlassenheit, das mich regelmäßig überfiel, sobald er meinen Blicken entschwunden war, würde ich mich allerdings niemals gewöhnen können. Wie lange würde es dauern, bis ich ihn das nächste Mal treffen, seine Hand halten und ihn küssen durfte? Manchmal erschien es mir leichter, ihn überhaupt nicht zu sehen, anstatt ihn zu sehen, aber nicht mit ihm sprechen zu dürfen. Ich mochte gar nicht daran denken, was ihn daheim erwartete. Was für ein Gefühl musste es sein, Angst davor zu haben, nach Hause zu kommen? Mein Bruder hatte wirklich überhaupt keinen Grund, auf Tim neidisch zu sein.

Auf dem Heimritt grübelte ich darüber nach, weshalb die Zeit so unterschiedlich verging. Schönes verging wie im Flug und ätzende Dinge dauerten quälende Ewigkeiten! Außerdem fiel es mir immer schwerer, mich zu verstellen. Wie gern hätte ich Mama von Tim erzählt, oder Papa davon, dass Richard Jungblut mit diesem fetten Gasparian einig geworden war. Stattdessen musste ich den Mund halten und schweigen. Ich wünschte, ich würde nächsten Monat achtzehn werden und nicht vierzehn. Dann wäre ich erwachsen, und niemand könnte mir mehr verbieten, mich mit Tim zu treffen!

9. Kapitel

»Es war damals echt die genialste Entscheidung, mit unseren Pferden auf den Sonnenhof zu ziehen«, verkündete Ariane genau in dem Augenblick, als ich das Klassenzimmer betrat. Sie saß auf ihrem Tisch, wieder einmal herausgeputzt wie zu einer Modenschau, umgeben von ihren Getreuen, die ihr andächtig lauschten. Ich beachtete sie nicht und ging zu meinem Platz.

Ariane hatte mich ein paar Wochen lang in Ruhe gelassen, aber seit einigen Tagen sprühte sie regelrecht vor Bosheit. Es verging kein Vormittag, an dem sie nicht vom Sonnenhof und von Tim schwärmte, als ob sie wüsste, wie weh mir jedes ihrer Worte tat.

Die Nachricht, dass Richard Jungblut einen reichen Sponsor an Land gezogen hatte, der den Ausbau des Sonnenhofs finanzierte und ihm einen Lkw und neue Pferde kaufen würde, war längst keine Neuigkeit mehr. In Reiterkreisen, auf den Turnieren und den Stallgassen der Reitanlagen war der Sonnenhof seit vier Wochen Gesprächsthema Nummer eins und jeder wusste ein bisschen mehr von Gasparians sagenhaftem Reichtum und den wunderbaren Veränderungen auf dem Sonnenhof.

Christian kochte insgeheim vor Zorn deswegen, aber

Papa verlor darüber keinen Ton, und ich war mir sicher, es tat ihm nicht leid darum.

Lajos war damals noch am gleichen Abend auf den Amselhof gekommen und hatte bis spät in die Nacht mit Papa und Mama über meinen Vorschlag diskutiert. Sie hatten sich darauf geeinigt, dass er für seine Pferdepatienten einen separaten Stalltrakt mit zehn Boxen pachten würde. Die große Sattel- und Futterkammer, die dazugehörte, aber seit Jahren nicht benutzt wurde und nur mit Gerümpel vollgestellt war, würde er sich zu einem Behandlungsraum umbauen. Ich fand es großartig, Lajos nun jeden Tag sehen und von ihm lernen zu können. Deshalb konnte mich das, was Ariane sagte, nicht ärgern.

»Letzte Woche sind die neuen Böden in der Halle und auf dem Springplatz fertig geworden. Das fühlt sich an, als würde man am Strand entlangreiten«, schwärmte sie lauthals. »Wenn ich an die Buckelpiste in der düsteren Dreckshalle vom Amselhof denke, dann schüttelt's mich.«

Ich spürte, dass sie mir einen Blick zuwarf, aber ich ließ mich nicht provozieren, denn genau das wollte sie mit ihren blöden Sprüchen erreichen.

Ricky und die anderen dummen Hühner kicherten.

»Herr Jungblut hat die Schrottgäule, die sie uns auf dem Amselhof angedreht haben, im Paket verkauft«, fuhr Ariane nun fort und schüttelte ihre blonde Lockenmähne. »Dafür hat mein Vater mir eines der besten Pferde von Jungbluts gekauft. Gestern war der Landestrainer bei uns auf dem Hof und hat gesagt, dass ich mit Con Amore auf jeden Fall in den Kader komme.«

Ich horchte auf, denn das war auch für mich neu. Con Amore war eines der erfolgreichsten Springpferde von

Richard Jungblut, und leider hatte Ariane mit diesem Pferd tatsächlich gute Chancen, in den D-Kader aufgenommen zu werden, in dem ich auch war.

»Mein Vater hat uns allen total coole Teamjacken machen lassen«, quakte Ariane. »Team Sonnenhof. Damit gleich jeder weiß, wo wir herkommen.«

»Oh, cool!«, riefen die anderen im Chor. »Was für eine Farbe haben die Jacken denn?«

Ich verdrehte die Augen. Als ob Ricky oder Tessa oder sonst eine von den Hühnern sich echt für die Farbe der Teamjacken interessieren würde! Doch der Giftpfeil, den Ariane in meine Richtung geschossen hatte, traf wie beabsichtigt voll in mein Herz. Ich gehörte nicht zu dem »Wir«, und auch, wenn Tim und ich oft telefonierten, so waren es Ariane und die anderen Mädchen, die die Nachmittage mit meinem Freund verbrachten – und nicht ich. Wieso hatte Tim mir gestern nicht erzählt, dass Arianes Vater Con Amore gekauft hatte?

»Tim gibt mir jeden Tag Unterricht«, säuselte sie. »Er ist der beste Trainer der Welt. Und er meint, ich würde voll gut mit Conny zurechtkommen und hätte ruck, zuck die M-Platzierungen, die ich für den Kader brauche.«

»Der Tim wäre für mich echt ein Grund, auch mit dem Reiten anzufangen«, piepste Tessa und rollte ihre schwarz geschminkten Kuhaugen. »Der ist ja soooo süß!«

»Allerdings.« Ariane holte ihr nagelneues iPhone aus der Tasche. »Wartet mal, ich zeig euch ein Foto von Tim und mir. Hier. Das war gestern im Reiterstübchen …«

Sie reichte ihr iPhone herum, die anderen steckten die Köpfe zusammen, kicherten und machten »Ah« und »Oh« und »Wie süüüüß«.

Mir drehte sich der Magen um. Die Eifersucht explodierte in meinem Innern und umklammerte mein Gehirn mit Krakenarmen. Am liebsten hätte ich mich auf Ariane gestürzt, ihr verdammtes iPhone zertrampelt. Ich ballte meine Hände unter dem Tisch zu Fäusten und bohrte die Fingernägel in meine Handballen, um nicht laut aufzuschreien. Stimmte das? Gab Tim Ariane Unterricht, so wie mir und Fritzi? Ich hatte immer gedacht, das wäre etwas Besonderes, etwas, was er nur für mich getan hatte! Und was waren das für Fotos? Ich musste es wissen, sofort, auf der Stelle.

Frau Wernke, unsere Klassenlehrerin, kam herein, aber ich riskierte es trotzdem, Tim eine SMS zu schreiben. Ich musste ihn in der nächsten Pause oder nach der Schule unbedingt sehen und mit ihm sprechen, sonst würde ich sterben.

Während der Stunde ging es nur um öde Grammatik. Ich kam zum Glück kein einziges Mal dran. Bis zur Pause hatte Tim mir keine SMS zurückgeschrieben und ich war den Tränen nahe. Spielte er ein falsches Spiel mit mir? Er konnte mir schließlich erzählen, was er wollte. Ich musste ihm glauben und vertrauen, denn ich konnte ja nicht einfach auf dem Sonnenhof auftauchen.

Irgendwie schleppte sich der Vormittag dahin. In der fünften Stunde hatten wir Sport, und da kam mir eine geniale Idee.

Wie erwartet war es kein Problem, mich während des Sportunterrichts aus der Turnhalle in die Mädchenumkleideräume zu schleichen. Obwohl es fette Hinweisschilder gab, man solle seine Wertsachen in den Spinden einschließen, taten das nur die wenigsten Schüler. Auch Ariane hatte ihre Tasche einfach nur mit ihren Klamotten an einen der Haken gehängt.

Aus der Turnhalle hörte ich gedämpfte Stimmen und Rufe, das Quietschen der Turnschuhe auf dem Hallenboden und hin und wieder einen Pfiff. Mit klopfendem Herzen durchwühlte ich Arianes Tasche und fand das iPhone. Ich hatte so ein Gerät zwar schon gesehen, aber noch nie in der Hand gehabt und brauchte eine Weile, bis ich kapierte, wie man es bediente. Ariane hatte es mit einem Passwort geschützt, aber glücklicherweise besaß sie nicht viel Fantasie – es war ihr Geburtsdatum, das ich von früher kannte, als sie mich noch zu ihren Geburtstagsfeiern eingeladen hatte.

Meine Finger zitterten, während ich die Fotos anklickte, und ich zuckte zusammen, als Tim mir plötzlich entgegengrinste. In dieser Sekunde glaubte ich, die Welt müsse untergehen. Ariane hatte nicht gelogen! Die Tränen schossen mir schmerzhaft in die Augen. Da saß mein Freund breit grinsend zwischen Laura und Ariane und schien es klasse zu finden, dass die beiden ihn von links und rechts gleichzeitig auf die Backen küssten. Schluchzend blätterte ich die Fotos weiter. Ariane hatte Tim zig Mal fotografiert: auf der Stallgasse, auf dem Pferd, mit seiner Mutter, mit anderen Leuten. Das Gefühl, von Tim belogen worden zu sein, nahm mir den Atem. Ich war wie gelähmt. *Es ist einfach grässlich bei uns,* hallte seine Stimme in meinem Kopf. *Dauernd sind diese blöden Weiber um mich herum.*

Das hatte sich für mich so angehört, als ob es ihm nicht gefiel, und diese Erkenntnis hatte mich ein wenig beruhigt. Auf diesen Fotos sah das aber völlig anders aus. Tim als Hahn im Korb, der Arianes Aufmerksamkeit in vollen Zügen zu genießen schien!

Plötzlich hörte ich Schritte und erwachte aus meiner Erstarrung. Bevor ich das iPhone zurück in Arianes Tasche stecken konnte, erschien in der Tür des Umkleideraums einer der anderen Sportlehrer. Ich erschrak so sehr, dass mir das Gerät aus der Hand rutschte und auf den Boden fiel.

»Geht es dir nicht gut?«, erkundigte sich der Lehrer besorgt. Mit meinem verheulten Gesicht sah ich wahrscheinlich echt krank aus. Verdammt! Wenn jemand herausfand, dass ich in Arianes Tasche und ihrem Handy herumgeschnüffelt hatte, würde ich ein ernsthaftes Problem bekommen, vielleicht sogar einen Eintrag ins Klassenbuch. Ariane würde sofort schnallen, weshalb ich das getan hatte, und dann war ich geliefert!

»Ich hab Bauchweh«, log ich geistesgegenwärtig. »Ich wollte meine Mutter anrufen, damit sie mich abholt, aber sie geht nicht dran.«

Ich bückte mich nach dem Telefon und stellte entsetzt fest, dass sich ein fetter Sprung quer über die Glasscheibe des Displays zog. Auch das noch! Der Sportlehrer hatte keine Ahnung, dass das Telefon nicht mir gehörte, deshalb stopfte ich es schnell zurück in Arianes Tasche und stand auf.

»Ich gehe wieder rein«, flüsterte ich mit Leidensmiene. »Vielleicht erreiche ich sie später.«

Er betrachtete mich prüfend und nickte dann.

Ich ging mit wackeligen Knien in den Flur und weiter Richtung Turnhalle und betete innerlich, dass er nicht mit in die Turnhalle latschen und dadurch die allgemeine Aufmerksamkeit auf mich lenken würde. Wenn Ariane erst feststellte, dass ihr Telefon einen Sprung hatte, würde sie eins und eins zusammenzählen und sich daran erinnern, dass ich draußen gewesen war. Vielleicht würde sie zur Polizei gehen! Ariane und ihren blöden Eltern war alles zuzutrauen. Warum hatte dieser Idiot von Sportlehrer auch genau in dieser Minute in den Umkleideraum schauen müssen? Hätte er mich nicht halb zu Tode erschreckt, wäre mir das Telefon nicht runtergefallen und alles wäre okay. Jetzt war mir nicht nur mehr wegen Tim zum Heulen zumute. Ich hatte etwas wirklich Doofes getan, und ich ahnte, dass das noch üble Konsequenzen haben könnte.

Ich rannte nach dem Sportunterricht direkt zum Bus und fuhr nach Hause. Meine Eltern waren so mit ihren eigenen Problemen beschäftigt; ihnen fiel gar nicht auf, dass ich laut Stundenplan eigentlich erst eine Stunde später ausgehabt hätte.

Wie meistens aßen wir auch heute in der Gaststätte bei Oma, die jeden Mittag für Opa, unsere Familie, Liam, Stani und Heinrich kochte.

Christian war mal wieder außer sich vor Zorn. Bei SchülerVZ hatte jemand gepostet, dass Tim mit Juke Box in den hessischen C-Kader berufen worden war. Das Pferd war ihm von der Herrmann-Hauser-Stiftung, die talentierte Nachwuchsreiter in ganz Deutschland förderte, zur Verfügung gestellt worden. Heinrich und Stani sagten wie üblich keinen Ton, und Liam war heute ungewöhnlich schweigsam, deshalb bestritt mein Bruder die gesamte Unterhaltung.

Aber seine empörten Tiraden und Papas mahnende Entgegnungen rauschten an mir vorbei. Es war mir egal, ob Tim im C-Kader war oder ob der reiche Kerl Jungbluts einen neuen Lkw gekauft hatte. Meine Welt war in tausend Stücke zersprungen. Tim hatte mich angelogen! Automatisch schaufelte ich das Essen in mich hinein und merkte nicht einmal, was ich überhaupt aß, es hätten auch Pferdeäpfel sein können. Alles war nur noch schrecklich! Tim ließ sich von Ariane und Laura abknutschen und dabei sogar noch fotografieren! Er gab Ariane Unterricht und hatte mir das am Telefon verschwiegen. Außerdem hatte er sich noch immer nicht auf meine SMS gemeldet.

Nach dem Mittagessen schleppte ich mich hinüber ins Haus und verkroch mich mit Twix auf mein Zimmer. Ich ließ mich aufs Bett fallen und starrte trübsinnig vor mich hin. Seit unserem letzten Treffen bei Lajos hatte ich Tim nur noch in der Schule gesehen, aber nie mehr als ein paar Worte im Vorbeigehen mit ihm gewechselt. Immer redete er sich damit heraus, er habe zu viel Arbeit. Ich hatte ihm das, ohne zu zögern, geglaubt, aber nun stellte sich heraus, dass er offenbar genug Zeit hatte, um mit Ariane, Laura und den anderen Tussen im Reiterstübchen abzuhängen! Der Schmerz über diese bodenlose Enttäuschung war so heftig, dass ich mich zusammenrollte und anfing zu schluchzen.

10. Kapitel

Es klingelte an der Haustür, wenig später polterten dumpfe Schritte die Treppe hoch und jemand klopfte an die Tür meines Zimmers.

»Was wollen Sie von meiner Tochter?«, hörte ich Papa sagen.

»Machen Sie die Tür frei!«, donnerte die andere Stimme. »Wir haben einen Haftbefehl. Ihre Tochter hat fremdes Eigentum beschädigt!«

Oh Gott! Jetzt würde alles herauskommen! Ich konnte mich nicht rühren, nicht einmal schlucken, und lag wie versteinert in meinem Bett. Die Tür flog auf, das Licht ging an und blendete mich. Im Türrahmen erkannte ich undeutlich zwei Polizisten in Uniform.

»Elena Weiland?«, fragte der eine mit tiefer Stimme.

Ich fühlte mich wie eine Maus in der Falle und nickte ängstlich. Was wollten die hier mitten in der Nacht?

»Du bist verhaftet. Steh auf und zieh dich an.«

»Wa… wa… was? Wieso denn?«, stammelte ich.

»Aufstehen! Mitkommen!«, kommandierte der Polizist kalt.

Wenig später schnappten Handschellen um meine Handgelenke. Die beiden Polizisten zerrten mich durch den Flur, die Treppe hinunter und zur Haustür. Im Vorbeigehen erhaschte ich einen kurzen Blick auf Mama und Papa. Ich wollte sie um Hilfe bitten, aber sie schauten mich so fassungslos und enttäuscht an, dass mir meine Bitte im Hals stecken blieb. Sie wussten alles!

Draußen wartete das Polizeiauto mit zuckendem Blaulicht. Und direkt daneben – ich traute meinen Augen kaum – standen Ariane und Tim. Tim hatte seinen Arm um Ariane gelegt, sie grinste mich triumphierend an. Er wich meinem Blick aus, als ob er sich für mich schämen würde. Das war entsetzlich!

»Wie peinlich siehst du denn aus, du Bauerntrampel?«, bemerkte Ariane herablassend.

Ich sah an mir hinunter, und mir wurde bewusst, dass ich barfuß war und meinen alten, verwaschenen Kinderschlafanzug mit Pferdchen drauf anhatte, der mir zwei Nummern zu klein war. Ich blickte sie nicht an, wollte etwas zu Tim sagen, ihn fragen, weshalb er mich angelogen und etwas mit Ariane angefangen hatte, doch die Polizisten stießen mich unsanft weiter. Nur nicht weinen, nicht vor Ariane! Ich biss mir auf die Lippen und stieg in das Polizeiauto ein.

Wenig später waren wir auf dem Polizeirevier. Ich musste meine Finger nacheinander auf ein Stempelkissen und danach auf ein weißes Papier drücken.

»Warum machen Sie das?«, fragte ich mit Piepsstimme.

»Gegen dich liegt eine Anzeige vor«, erwiderte der Polizist, der so ähnlich aussah wie der Sportlehrer, der mich im Umkleideraum überrascht hatte. »Wenn wir deine Fingerabdrücke am Handy von Ariane finden, gehst du ins Gefängnis. Und das für ziemlich lange Zeit. Oder gibst du es zu?«

»Was soll ich zugeben?« Mein Hals war wie zugeschnürt. Ich konnte nur an Tim und Ariane denken. Vielleicht lachten sie jetzt über mich, freuten sich, weil sie mich los waren!

»Was wolltest du mit Arianes iPhone?«, fragte der Polizist.

Ich zitterte am ganzen Körper, es war kalt und ich fror. Wo waren Mama und Papa? Warum waren sie nicht mitgekommen? Der Polizist drehte die Lampe so, dass sie mir direkt ins Gesicht leuchtete. Ich zwinkerte und blinzelte. Wenn ich jetzt zugab, dass ich mir die Fotos von Tim angeschaut hatte, dann würden es alle erfahren, alle – Ariane, Christian, meine Eltern.

»Genauso stur wie ihr Vater!« Plötzlich erkannte ich Richard Jungblut und mir wurde vor Schreck ganz kalt. Was zum Teufel tat der hier auf der Polizeiwache? Er grinste spöttisch.

»Im Gefängnis ist es nicht besonders nett für kleine Mädchen.«

»Ich will nicht ins Gefängnis!«, rief ich. »Ich hab doch gar nichts gemacht! Bitte, ich will nicht ins Gefängnis!«

Jemand ergriff mich an den Schultern und schüttelte mich.

»Nein!«, schrie ich voller Panik. »Ich will nicht! Bitte keine Handschellen, bitte nicht!«

»Elena, he, wach auf!«

Christians Stimme drang in mein Unterbewusstsein. Endlich gelang es mir, die Augen zu öffnen. Ich war schweißgebadet und zitterte am ganzen Körper vor Angst. Mein Bruder stand über mich gebeugt an meinem Bett und rüttelte mich an den Schultern. Ich schnappte nach Luft und brauchte ein paar Sekunden, um zu begreifen, dass ich in meinem Bett lag und nicht auf einer Polizeiwache Tims Vater gegenübersaß. Vor Erleichterung fing ich an zu weinen.

»Was hast du denn geträumt?« Christian ließ mich los und sah mich neugierig an. »Du hast was von Gefängnis und Handschellen gefaselt und ich habe deinen Schrei sogar in meinem Zimmer gehört.«

»Ich kann mich nicht dran erinnern«, flüsterte ich beschämt.

Er war wohl der Allerletzte, dem ich das erzählen würde, aber ich war ihm trotzdem dankbar, dass er mich geweckt und damit aus diesem grässlichen Albtraum gerissen hatte. Glücklicherweise hatte ich wohl nicht Tims Namen gerufen, denn das wäre megapeinlich geworden.

»Ich will wieder schlafen«, sagte ich und zog die Decke hoch.

»Von mir aus. Aber halt für den Rest der Nacht die Klappe.« Christian gähnte und stand auf. »Handschellen, also so was!«

Am nächsten Morgen musste ich nicht in die Schule, denn ich durfte mit Papa nach Viernheim fahren, damit ich Fritzi bei seinem ersten Start in einer Springpferdeprüfung der Klasse M zuschauen konnte.

Christian hatte am Frühstückstisch noch ein bisschen wegen meines nächtlichen Albtraums herumgestichelt, aber jetzt war er weg. Ich kontrollierte zum hundertsten Mal mein Handy – keine Antwort von Tim. Gestern Abend hatte ich noch lange mit Melike telefoniert und ihr alles brühwarm erzählt.

»Egal, was passiert«, hatte sie mich beschworen, »du gibst nichts zu! Das wär nämlich echt die Katastrophe hoch drei. Und du rufst Tim erst mal nicht mehr an. Er soll sich bei dir melden.«

Das klang so simpel und Melike hatte sicher recht, aber es war alles andere als einfach. Meine eifersüchtigen Gedanken fraßen mich allmählich auf, und dann lauerte da noch das Gespenst von Arianes kaputtem iPhone.

»Elena!«, rief Mama von unten. »Bist du fertig?«

»In fünf Minuten!«, rief ich zurück und rannte ins Bad. Ich verdrängte die Gedanken an Ariane und das kaputte iPhone. Heute war Fritzis großer Tag! Das zählte mehr als alles andere.

Der Erste, der mir auf dem Turnier über den Weg lief, war Tims Vater. Er stand mit dem dicken Gasparian am Rand des Abreiteplatzes, und mir sackte bei der Erinnerung an meinen Traum das Herz in die Kniekehle. Richard Jungblut beachtete mich allerdings nicht, sein Blick hing wie der aller Zuschauer an Fritzi, der sich großartig präsentierte.

Der Hengst sah toll aus. Sein dunkelbraunes Fell glänzte wie lackiert. Liam hatte ihm die Mähne zu kleinen Zöpfchen geflochten und seine Hufe geschrubbt, sodass sie schneeweiß und ohne einen einzigen Mistfleck waren. Liam stand zwischen den beiden Aufwärmhindernissen auf dem Abreiteplatz und erhöhte sie nach Papas Anweisungen, deshalb hatte ich nichts zu tun.

Die Sonne brannte schon am späten Vormittag heiß vom wolkenlosen Himmel, aber in meinem Innern herrschte kaltes graues Nieselwetter, und vor meinem Auge liefen die Fotos, die ich auf Arianes Handy gesehen hatte, wie in einer Endlosschleife ab. Tim und Ariane, Tim und Laura, Tim, Tim, Tim. Wieso tat er mir das nur an?

Alles war wie immer auf einem Turnier: die Pferde mit ihren Reitern, die Pfleger, die geschäftig mit den Pferden zwischen Lkw-Parkplatz und Abreiteplatz hin und her liefen, die Lautsprecheransagen, die über den Turnierplatz schallten, der Traktor, der vor Beginn der Prüfung den Sandboden des Springplatzes glatt zog. Ja, alles war wie immer und dennoch völlig anders. Niemals würden Tim und ich gemeinsam auf einem Turnier sein.

»Wie viele sind es noch?« Mama trat neben mich an die Umzäunung, über dem Arm hielt sie Papas Jackett, das er kurz vor dem Einreiten überziehen würde.

»Ich weiß nicht.« Ich hatte gar nicht mitbekommen, dass die Prüfung schon begonnen hatte.

»Sag mal, was ist denn eigentlich mit dir los, Mäuschen?«, fragte Mama und warf mir einen ihrer scharfen Röntgenblicke zu. »Hast du Ärger in der Schule?«

»Nee«, antwortete ich wortkarg. »Mir geht's nicht so gut.«

Bevor sie weitere unangenehme Fragen stellen konnte, parierte jedoch Papa vor uns durch und ließ sich das Jackett reichen.

»Fritzi ist richtig gut drauf.« Er zwinkerte mir zu. »Drück uns die Daumen.«

»Klar.« Ich zwang mich zu einem Lächeln und klopfte Fritzi den Hals.

Dann musste Papa in den Parcours. Wir suchten uns einen Platz, von dem aus man einen guten Blick über den Turnierplatz hatte, und Mama zückte die Kamera, denn sie wollte Fritzis ersten großen Auftritt filmen.

»Am Start ist die Nummer 114, Fritz Power, ein fünfjähriger Hannoveraner Hengst von For Pleasure aus einer Mutter von Grannus-Granit«, sagte der Ansager vom Richterturm aus. »Im Sattel Michael Weiland vom Reitverein Amselhof Steinau.«

Die Glocke ertönte zum Zeichen dafür, dass der Start frei war. Papa ließ Fritzi angaloppieren. Und dann vergaß ich für 68 Sekunden Tim, Ariane, das iPhone und meinen Albtraum, denn Fritzi sprang wie ein Pferd vom anderen Stern. Mühelos und geschmeidig flog er über die breiten Oxer und hohen Steilsprünge, er ließ sich nicht von dem knallblauen offenen Wassergraben irritieren und machte die fliegenden Wechsel wie selbstverständlich. Durch das spärliche Freitagvormittagspublikum, das vorwiegend aus anderen Reitern, Pferdebesitzern und Pferdekennern bestand, ging bei jedem Sprung ein beeindrucktes Raunen und mir wurde ganz warm ums Herz. Mein Fritzi! Papa hatte ihn schon längst aufgegeben gehabt, aber ich hatte an das schwer verletzte Fohlen geglaubt und es gesund gepflegt. Und nun endlich dieser Triumph! Er beendete den M-Parcours ohne Fehler.

»Das Ergebnis für die Kopfnummer 114«, schallte es über den Platz. »Eine Wertnote von 9,0 ohne Abzug, damit gleichzeitig Endergebnis!«

Mama strahlte und umarmte mich. Papa grinste auch, als er Fritzi im Schritt am langen Zügel aus dem Parcours gehen ließ. Liam wartete schon mit Qantas, den Papa als Nächstes reiten würde.

»Elena!«, rief Papa und saß ab. »Reite ihn noch ein bisschen Schritt.«

Ich lief zu Fritzi hin, klopfte und herzte mein Pferd und

gab ihm ein verdientes Zuckerstückchen. Papa ergriff mein Knie und warf mich in den Sattel.

»Und?«, erkundigte er sich. »Ist die Besitzerin zufrieden mit ihrem Jockey?«

»Allerdings!« Ich musste lachen. »Das war echt superklasse!«

Ich ritt Fritzi im Schritt auf dem Abreiteplatz hin und her, bis der letzte der 52 Starter den Parcours beendet hatte. Niemand hatte mehr eine annähernd so gute Wertnote erhalten, und damit hatte Fritzi seine erste Springpferde-M gewonnen. Auch Qantas und Lancelot waren noch platziert und Papa war bester Laune.

Am Nachmittag hatte ich noch immer keine Antwort von Tim erhalten und meine Freude über Fritzis großartigen Sieg löste sich in Luft auf. Ich hatte Quintano auf der Stallgasse angebunden und flocht seine Mähne ein. Melike reichte mir die Mähnengummis.

»Tim muss sich jetzt als Erster melden«, sagte Melike, nachdem ich sie zum tausendsten Mal gefragt hatte, was ich denn jetzt tun sollte. »Lass ihn zappeln.«

»Und wenn er gar nicht zappelt? Vielleicht passt es ihm ganz gut, dass ich mich nicht mehr melde.« Ich ließ die Arme sinken. »Du hättest diese Fotos sehen müssen, Melike! Ausgerechnet diese blöde Ariane. Und ich kann *nichts* tun!«

Ich war der Verzweiflung nahe. Das Schlimmste an der ganzen Sache war meine Hilflosigkeit.

Um mir die Zeit bis zum Abendessen zu vertreiben und nicht zu viel an Tim und Ariane zu denken, flocht ich noch ein paar andere Pferde ein, die morgen mit aufs Turnier gehen sollten. Dann putzte ich Sattelzeug und meine Stiefel, aber irgendwann war alles erledigt und Melike musste nach Hause.

Gerade als ich den Stall verließ, bog eine silberne Limousine mit einem Pferdeanhänger in den Hof ein und hielt auf dem Parkplatz. Ein Pferd wieherte, es rumpelte. In den vergangenen Wochen und Monaten hatten wir eigentlich nur Leute mit ihren Pferden ausziehen und nicht kommen sehen, deshalb war es etwas Besonderes. Die Fahrerin des BMW stieg aus, setzte die Sonnenbrille ab und blickte sich suchend um. Sie war schlank und rothaarig und sehr elegant angezogen.

»Hallo!«, rief sie und ich blieb stehen. »Kannst du mir sagen, wo ich Dr. Kertéczy finde?«

»Ja, klar. Ich kann ihn holen.«

»Ach, das ist nett. Es wäre gut, wenn er uns beim Abladen helfen könnte.«

Ich nickte nur und sagte nichts. Da hatten Leute eigene Pferde und waren nicht in der Lage, sie allein vom Hänger abzuladen. Unglaublich!

Aber das hatte ich auf dem Amselhof auch schon öfter erlebt.

Die Frau lächelte mich an, dann blickte sie sich um. »Das ist ja ein echtes Paradies! Und wie unglaublich ruhig es hier ist! Unsere Pferde stehen in Dietzenbach, da rauschen alle paar Minuten Flugzeuge über unsere Köpfe.«

Sofort änderte ich meine Meinung über die Frau, auch wenn sie nicht selbst ihre Pferde abladen konnte. Lobesworte für den Amselhof hatte ich in letzter Zeit nur noch selten gehört. Aber zu dieser Jahreszeit war es wirklich besonders schön: Blumen, Büsche und die ersten Kletterrosen an der Reithalle und der Mauer der Gaststätte blühten in verschwenderischer Fülle, die Apfel- und Kirschbäume in Omas Garten hatten sich für einige Tage in wattige weiße und rosa Wolken verwandelt und die Koppeln und Rasenflächen leuchteten sattgrün.

Die Beifahrertür öffnete sich und eine um ein paar Jahre jüngere Kopie der Frau entstieg dem Auto. Die gleiche Frisur, der gleiche blasse Teint mit einer Masse von Sommersprossen. Beigefarbene Reithose, Dressurstiefel, Markensonnenbrille, Acrylfingernägel, Lipgloss. Christian würde ausflippen. Sie entsprach genau seinem Beuteschema.

»Hi! Ich bin Elena Weiland«, sagte ich zu dem Mädchen.

»Ich heiße Ilona Adelmann. Oh, hier ist es echt schön. So ein bisschen wie bei Astrid Lindgren.« Sie blickte sich um, dann musterte sie mich neugierig. »Reitest du auch?«, wollte sie wissen.

»Ja, klar.«

Lajos kam aus dem Stall und begrüßte die Frau und ihre Tochter freundlich.

»Wir sind etwas zu spät«, entschuldigte sich Frau Adelmann. »Aber Wolkentänzer hat sich nicht verladen lassen. Es ist jedes Mal ein Drama, seitdem er im Lkw gestürzt ist.«

»Das ist kein Problem. Fahren Sie am besten hinten an meinen Stall, da kann man auf Sandboden ausladen.«

»Ich kann so schlecht mit dem Hänger rückwärtsfahren«, gab die Frau zu und lachte.

»Dann mache ich das, wenn Sie erlauben, gnädige Frau«, erwiderte Lajos galant.

Beinahe hätte ich einen Lachanfall bekommen, als ich ihn so reden hörte, aber der Frau schien das nicht komisch vorzukommen.

»Hilfst du mir, Elena?«, fragte er mich und ich nickte und machte mich auf den Weg auf die andere Seite des Amselhofs. Der Stall, in dem Lajos' Patienten untergebracht waren, befand sich auf der rückwärtigen Seite der Reithalle.

Wenig später wusste ich, weshalb Frau Adelmann Hilfe beim Abladen brauchte. Das eine Pferd stand ganz still auf dem Hänger, aber das zweite gebärdete sich wie ein Wildpferd. Es scharrte mit den Hufen, warf sich gegen die Wand und wieherte schrill.

»Früher war er problemlos zu verladen, aber seit diesem Unfall ...« Ilonas Mutter schüttelte kummervoll den Kopf.

»Es hat Klaustrophobie, Platzangst«, konstatierte Lajos und überlegte einen Moment.

»Ich gehe in den Hänger und binde ihn los«, schlug ich vor.

»Nein, auf keinen Fall«, entgegnete er. »Geh und hol Liam, bitte.«

Ich sauste los. Liam war nicht im Stall und auch nicht auf dem Platz. Eine Weile lief ich suchend und rufend herum, dann fand ich ihn in der Sattelkammer. Er saß auf dem Hocker an die Wand gelehnt und schlief tief und fest, ja er schnarchte sogar leise vor sich hin. Im ersten Moment musste ich grinsen. Papa hatte neulich zu Mama gesagt, er kenne keinen Menschen, der so schnell und egal wo einschlafen könne wie Liam O'Brien. Das komme wohl daher, dass er jede Nacht bis in die Puppen unterwegs sei. Tatsächlich war Liam mir schon ein paarmal mit dem Auto entgegengekommen, wenn ich morgens zur Bushaltestelle im Ort radelte.

Ich erinnerte mich an meinen Auftrag und klatschte in

die Hände. Liam zuckte zusammen und fuhr erschrocken hoch.

»Oh!«, machte er nur und grinste schuldbewusst. »Ich hab nur über was nachgedacht.«

»Klar«, erwiderte ich, »und dabei geschnarcht.«

Ich erklärte ihm, weshalb ich ihn gesucht hatte, und er kam sofort mit hinaus. Gemeinsam luden er und Lajos das tobende Pferd aus. Liam wurde hinterhergezerrt, als Wolkentänzer sich plötzlich in Bewegung setzte und rückwärts die Hängerklappe hinunterschoss.

»Shit!«, rief er. Der Führstrick entglitt seinen Fingern und er fiel hin.

Ich stand ein paar Meter entfernt neben Frau Adelmann und Ilona, und Wolkentänzer kam direkt auf uns zugestürmt.

»Vorsicht!«, rief Frau Adelmann noch, aber ich schnappte mit einer schnellen Bewegung den schleifenden Strick. Das Pferd zerrte auch mich ein paar Meter hinter sich her. Durch den heftigen Ruck flog das Handy aus meiner Jackentasche. Dann blieb das Pferd abrupt stehen und blickte sich zitternd und mit geblähten Nüstern um.

»Ganz ruhig«, sagte ich leise. »Alles in Ordnung. Hoho.«

Ich bückte mich nach meinem Handy. Da kam Robbie um die Ecke. Der Lärm, das Gepolter und die fremden Stimmen hatten ihn wohl geweckt. Sein Anblick veranlasste das Pferd zu einem erschrockenen Satz zur Seite. Es knackte hässlich und mein Handy hauchte sein Leben unter sechshundert Kilo Pferd aus.

»Oje, das tut mir leid!«, sagte Frau Adelmann betroffen.

»Ist nicht so schlimm«, log ich mit zusammengebissenen Zähnen.

Das war die absolute Katastrophe! Wieso hatte ich auch den Reißverschluss der Tasche nicht zugemacht, bevor ich die Heldin spielte? Liam nahm mir den Fuchs ab und ich sammelte die Reste meines Handys aus dem Sand. Hoffentlich war wenigstens noch die SIM-Karte in Ordnung. Ich stopfte alles in meine Tasche und ging mit gesenktem Kopf in den Stall. In der Putzhalle lief mir Christian über den Weg.

»Sind da gerade die Pferde für Lajos gekommen?«, fragte er mich.

»Ja«, erwiderte ich nur und ging weiter. Manchmal ging einfach alles schief! Hoffentlich war meine Pechsträhne morgen zu Ende, denn morgen würde ich zum ersten Mal mit Quintano auf einem Turnier starten. Und spätestens morgen würde ich auch Tim wiedersehen.

Bevor ich Tim sah, liefen mir Ariane und ihr Vater über den Weg. Sie hatte wohl zum neuen Pferd ein komplett neues Outfit von Papi spendiert bekommen: weiße Reithose, braune Lederstiefel, dazu farblich passend ein braunes Jackett mit einem dunkel abgesetzten Samtkragen und eine braune Kappe. Ausstaffiert wie Reiter-Barbie stolzierte sie an mir vorbei und blickte hochmütig über mich hinweg.

Auch ihr Vater würdigte mich keines Blickes. Nachdem ich im März ganz dreist in sein Büro marschiert und ihm die siebentausend Euro, die er meinem Vater schuldete, abgeknöpft hatte, und das auch noch im Beisein von Tims Vater, war ich für ihn Luft.

Halb hatte ich befürchtet, Ariane würde sich auf mich stürzen, mir eine Riesenszene machen und die Polizei oder zumindest ihren Vater auf mich hetzen, aber nichts geschah. Mir fiel mit Donnergepolter ein Riesenstein vom Herzen, und es störte mich kein bisschen, dass Melike vorhin an der Meldestelle tatsächlich Arianes Namen hinter dem von Con Amore gelesen hatte. Von mir aus konnte sie Shutterfly oder Küchengirl reiten und von Marcus Ehning persönlich trainiert werden, Hauptsache, sie verdächtigte mich nicht, ihr iPhone ruiniert zu haben.

»Da drüben ist Tim!«, zischte Melike plötzlich und packte mich am Arm.

Ich stand seit unserer Ankunft auf dem Turnier unter höchster Anspannung, und als ich Tim nun am Turnierplatz entlang auf mich zukommen sah, setzte mein Herz vor Schreck ein paar Schläge aus.

»Ich gehe den Parcours ab«, sagte ich schnell, machte auf dem Absatz kehrt und sprang über die Umzäunung auf den Reitplatz. Wahrscheinlich konnte ich ihm nicht den ganzen Tag aus dem Weg gehen, denn obwohl es ein großes Turnier war und allein im L-Springen über achtzig Pferde starteten, begegnete man sich zwangsläufig irgendwo. Ich musste mich anstrengen, um Papa zuzuhören, der Christian und mir Tipps gab, wo wir abkürzen und Zeit sparen konnten.

Auf einmal verfinsterte sich die Miene meines Bruders.

»Da ist ja das Jungblut-Arschloch«, knurrte er.

Ich hielt meinen Blick starr auf das Hindernis Nummer 5a gerichtet. In der Nacht hatte ich kaum geschlafen. Vielleicht hatte Tim mir mittlerweile zurückgesimst, aber ich hatte es mangels Handy nicht lesen können! Ach, wie viel einfacher wäre es doch, wenn ich in irgendeinen anderen Jungen und nicht ausgerechnet in Tim Jungblut verliebt wäre.

Bis das Springen begann, hielt ich mich dicht in der Nähe von Christian und meinem Vater auf, denn dort würde Tim mich nicht ansprechen, es sei denn, er war lebensmüde.

Christian war mit Grandino als achter Starter an der Reihe und schaffte eine schnelle Runde, allerdings kassierte er ausgerechnet am letzten Sprung einen Abwurf.

»Tim hat mir eine SMS geschrieben«, sagte Melike zu mir. »Er will wissen, warum du ihn nicht anguckst. Soll ich ihm was zurückschreiben?«

Wir hatten uns auf die andere Seite des großen Platzes gestellt. Von hier aus hatte man eine gute Sicht und niemand konnte sich unbemerkt heranschleichen.

»Nein.« Ich schüttelte heftig den Kopf.

»Sicher?«, vergewisserte sich meine Freundin.

»Tausendprozentig sicher«, erwiderte ich. »Ich hab echt keinen Bock, mich weiter von ihm belügen zu lassen.«

Mein Zorn auf ihn war gespielt, aber nur so konnte ich den Tag überstehen, ohne zu heulen.

»Ariane ist als Nächste dran.« Melike nickte in Richtung Einritt. »Hoffentlich fliegt sie in den Wassergraben.«

»So viel Glück habe ich nicht«, entgegnete ich düster und musste schlucken, denn Tim ging neben Arianes Pferd her und sprach noch kurz mit ihr. Er gab ihr wahrscheinlich ähnliche Tipps, wie Papa sie Christian und mir gegeben hatte, und schon der Gedanke daran schmerzte wie Messerstiche. Zu meinem großen Bedauern kam Ariane ausgesprochen gut mit Con Amore zurecht und übernahm mit einem schnellen fehlerfreien Ritt die Führung in der Prüfung. Sie machte eine Riesenschau, strahlte in die Kamera, mit der ihre aufgedonnerte Mutter ihren Ritt gefilmt hatte, und ich wünschte ihr die Pest, die Pocken und drei Jahre Durchfall an den Hals.

Melike und ich machten uns auf den Weg zum Lkw, um Quintano zu satteln. Dummerweise ritt Ariane gerade denselben Weg und Tim lief neben ihr her. Da kam uns Liam entgegen.

»Entschuldige bitte«, sagte ich zu Melike, »aber es ist ein Notfall!«

Ich strahlte Liam an und zischte ihm zu: »Könntest du mich bitte mal schnell umarmen?«

Der junge Mann schaute mich etwas verwundert an, dann grinste er und tat, worum ich ihn gebeten hatte. Ich schlang auch die Arme um ihn und lachte, als habe er etwas extrem Witziges gesagt.

»Wie komme ich zu der Ehre?«, fragte Liam belustigt.

»Erklär ich dir später«, flüsterte ich. Aus den Augenwinkeln sah ich Arianes erstaunten Blick, Tim sah ich gar nicht an.

»Du kannst mich jetzt wieder loslassen«, sagte ich zu Liam, als die beiden verschwunden waren.

»Schade!« Er ließ mich los. »Wenn du wieder meine Hilfe brauchst, jederzeit gern.« Er zwinkerte mir zu und ging kopfschüttelnd weiter Richtung Turnierplatz.

Mein Herz raste, und ich fühlte mich superelend.

»Glaubst du, Tim hat das gesehen?«, fragte ich Melike unglücklich.

»Allerdings«, erwiderte meine Freundin. »Ihm sind fast die Augen aus dem Kopf gefallen. Auch wenn ich ein klitzekleines bisschen eifersüchtig wegen Liam bin, vielleicht war das gerade das Richtige.«

Da war ich mir nicht so sicher, aber jetzt war es zu spät, um darüber nachzudenken.

Ich war so durch den Wind, dass ich mich kaum konzentrieren konnte. Ariane führte noch immer, als ich an der Reihe war, und das Einzige, an das ich denken konnte, war, wie unerträglich ihre Angeberei in den nächsten Tagen und Wochen sein würde, wenn sie heute das Springen tatsächlich gewinnen sollte.

Ich vergaß Papas Ermahnung, in meinem ersten Springen mit Quintano weite Bögen und auf Sicherheit zu reiten. Ich vergaß, dass ich bei meinem letzten öffentlichen Auftritt den Parcours vergessen hatte. Ich dachte an nichts anderes mehr als daran, dass ich schneller sein musste als Ariane. Quintano schien zu wissen, um was es ging, das spürte ich schon, als ich in den Parcours trabte. Er spitzte aufmerksam die Ohren und tänzelte aufgeregt.

»So«, sagte ich zu ihm, nachdem ich die Richter gegrüßt hatte, »jetzt lass mich nicht im Stich!«

Es war der pure Wahnsinn, und erst jetzt merkte ich, welche Qualitäten in dem braunen Wallach steckten. Als erfahrenes Springpferd reagierte er fein auf jede meiner Hilfen, und schon nach Sprung drei wusste ich, dass ich mich auf ihn verlassen konnte. Wir schafften die engste Wendung von Hindernis drei auf vier, indem wir noch vor dem Buchsbaumkübel herumkamen; Quintano sprang schräg über den Oxer und hatte damit noch einmal mindestens zwei Galoppsprünge eingespart. Kombination, überbautes Wasser, Steilsprung – alles kein Problem. Wir waren schnell, aber ich hatte den Wallach unter Kontrolle. Vor uns lag nur noch der letzte Oxer, und ich erkannte schon von Weitem, dass ich Quintano einfach nur laufen lassen musste, es würde perfekt passen. Ariane hatte Con Amore an dieser Stelle noch einmal aufgenommen, aber ich ließ mein Pferd galoppieren und wir flogen über den Oxer und durchs Ziel.

»Das war ein fehlerfreier Ritt in einer Zeit von 43,7 Sekunden«, hörte ich den Ansager. »Damit übernimmt die Startnummer 427 die Führung im laufenden Wettbewerb.«

Ich klopfte Quintano zufrieden den Hals und ließ ihn aus dem Parcours traben. Papa erwartete mich am Einritt.

»Das war gut«, sagte er. »Zwar nicht ganz das, was ich wollte, aber es hat geklappt.«

»Papa, er war so super!«, rief ich atemlos. »Auf den letzten Oxer, da hab ich schon von Weitem gesehen, dass es genau passen würde! Wahnsinn!«

Wieder und wieder klopfte ich Quintano den Hals und bemerkte daher nicht den Blick, den Papa und Mama wechselten. Ich lockerte den Sattelgurt und ritt im Schritt um den Abreiteplatz.

»Boah, das war megageil!«, rief Melike strahlend. »Du hast Ariane volle sechs Sekunden abgenommen! Sie kocht vor Zorn!«

Ha! Genau das hatte ich beabsichtigt. Keiner der Reiter, die noch nach mir kamen, schaffte Quintanos Zeit. Auch Christian nicht, obwohl er alles aus Ronalda herausholte. Der Richter heftete in der Siegerehrung die goldene Schleife an Quintanos Trense, mein Bruder gewann die zweite Abteilung und Ariane musste sich mit der silbernen Schleife begnügen. Was für ein Triumph! Plötzlich lachte die Sonne wieder und ich war für ein paar Augenblicke einfach nur richtig glücklich.

Doch schon auf der Heimfahrt holte mich die Erinnerung an meinen Albtraum wieder ein. Ich konnte den Anblick von Tim, wie er seinen Arm um Arianes Schulter legte, nicht aus meinem Kopf verbannen. Es störte mich, dass es ein Foto von den beiden zusammen gab, aber keines von uns.

11. Kapitel

Fritzi sprang am Samstagvormittag ebenso souverän wie am Vortag in der Springpferdeprüfung, die gleichzeitig eine Qualifikation für das Bundeschampionat im September war.

Diesmal legten die Richter sogar noch etwas drauf und vergaben eine 9,2 als Wertnote. Während ich Fritzi im Schritt herumritt und auf die Siegerehrung wartete, sah ich den dicken Herrn Gasparian mit Papa sprechen. Wie immer war der andere Mann als Übersetzer dabei.

Ich sah, dass Papa lächelte und mehrfach den Kopf schüttelte, und ahnte, um was es bei dem Gespräch ging.

»Das kann er voll vergessen, der dicke Sack«, sagte ich zu Fritzi. »Würd ja noch fehlen, dass er dich kauft und diesem ekligen Richard Jungblut zum Reiten gibt.«

Der junge Hengst schnaubte, als ob er verstanden hätte. Aber nicht nur der Sponsor von Tims Vater betrachtete Fritzi, auch viele andere Zuschauer und Reiter schauten neugierig mein Pferd an, denn eine 9,2 war eine außergewöhnlich hohe Wertnote, die nicht oft vergeben wurde. Das machte mich stolz. Ich hatte immer gewusst, dass Fritzi etwas ganz Besonderes war.

Am Mittag aßen wir zusammen auf dem Turnier. Mama war gekommen und hatte Opa und sogar Lajos mitgebracht, die mich in meinem ersten M-Springen sehen wollten. Melike saß mit glühenden Backen zwischen Lajos und Liam auf der Bank und schmachtete abwechselnd den einen und den anderen an.

»Gasparian hat mir ein Angebot für Fritzi gemacht. Ich habe abgelehnt, aber vielleicht solltest du es dir überlegen, Elena«, erzählte Papa und blinzelte mir zu. »Es war sehr großzügig.«

»Nie im Leben!«, antwortete ich mit vollem Mund. »Außerdem hat Herr Nötzli das Vorkaufsrecht.«

»Das habe ich ihm gesagt.« Papa nickte.

»Alle reden hier über nichts anderes als über Jungbluts Sponsor«, meldete sich Christian zu Wort. »Ich kann das bald nicht mehr hören.«

»Dann hör eben nicht hin«, riet Papa ihm.

Christian schnaubte zornig. Ich wusste genau, was in meinem Bruder vorging. Mindestens zwanzig Mal am Tag musste er auf dem Weg vom Parkplatz zum Turniergelände an dem gigantischen silbernen Ungetüm vorbei, das eine luxuriöse Wohnkabine hatte und Platz für zehn Pferde bot. *Richard & Tim Jungblut Showjumping* war fett auf alle Seiten lackiert, und das fraß Christian innerlich auf. Er platzte fast vor Neid.

»Sie haben mindestens sieben neue Pferde dabei«, beschwerte sich mein Bruder. »Und ich gurke immer noch auf denselben alten Kracken herum wie seit drei Jahren.«

»Wenn du noch ein bisschen meckerst, musst du auch die alten Kracken nicht mehr reiten«, entgegnete Papa scharf. »Dann kannst du nämlich zu Hause bleiben.«

Christians Gesicht verzerrte sich vor Zorn. Er sprang auf, ließ seinen nur halb leer gegessenen Teller stehen und verschwand. Mein Vater wollte ihm schon folgen, aber Mama legte ihre Hand auf seinen Arm.

»Lass ihn«, sagte sie leise. »Er wird sich schon wieder beruhigen.«

Das glaubte ich nicht. Bei jedem anderen wäre es für Christian nicht ganz so schlimm gewesen, aber dass es ausgerechnet Tim Jungblut war, der mit neuen Pferden, Lkw, Teamjacken und anderem Pipapo überhäuft wurde, das brachte ihn schier um den Verstand.

Das M-Springen rückte näher. Als Siegerin der 1. Qualifikation der Kleinen Tour durfte ich heute als Letzte starten, hatte also noch jede Menge Zeit. Ich ging mit Papa und Christian den Parcours ab und suchte mir dann mit Melike, Mama und Lajos ein Plätzchen im Schatten, denn es war tierisch heiß geworden. Tim war auch nur Zuschauer: aufgrund seiner Leistungsklasse und Erfolge war er in dieser Tour nicht startberechtigt.

»Ich war seit einer Ewigkeit auf keinem Turnier mehr«, sagte Lajos unvermittelt, und mir fiel ein, dass er früher selbst ziemlich erfolgreich Springen geritten war, zusammen mit Papa und Tims Vater. Damals waren sie die besten Freunde gewesen. Mit glänzenden Augen verfolgte Lajos die Reiter im Parcours. Es schien ihm Spaß zu machen und keine traurige Erinnerung in ihm zu wecken.

»Kannst du dich an dieses Pferd erinnern, das Ludwig irgendwo ausgegraben und im Tausch gegen zwei Ponys mitgebracht hatte?«, wandte er sich an Mama.

»Natürlich!« Mama lachte. »Es war eine richtige Schindmähre mit einem riesigen Kopf und Hufen wie Tellerminen. Niemand wollte es reiten.«

»Außer mir.« Lajos grinste. »Ich habe es gemocht.«

»Calico!«, fiel Mama ein. »Du hast mindestens hundert LM-Springen mit ihm gewonnen.«

»Na, hundert ist vielleicht etwas übertrieben, aber es waren eine ganze Menge.«

Mama und Lajos redeten über alte Zeiten, dann kam Opa noch dazu und sie erinnerten sich an gemeinsame Turniere und die Pferde von früher. Nur einen Namen erwähnten sie kein einziges Mal, nämlich den von Richard Jungblut. Ich mochte es gern, wenn Mama über ihre Jugendzeit sprach, und hörte mit einem Ohr zu.

»Da kommt Christian!«, sagte Melike.

Die Gespräche verstummten, alle schauten hinunter in den Parcours. Christian machte ein verbissenes Gesicht und ließ Grandino gleich in einem hohen Tempo den Parcours beginnen. Er ritt viel zu schnell und alles andere als überlegt. Bei Oxer Nummer vier sprang Grandino zwei Längen zu früh ab und landete mitten in den Stangen. Es krachte, Holz splitterte, die Glocke läutete. Christian musste warten, bis das Hindernis wieder aufgebaut war und er es noch einmal anreiten durfte. Doch anstatt jetzt einen Gang herunterzuschalten, ritt er weiter unvernünftig schnell.

Grandino war ein alter Hase und viel zu erfahren, um sich ein zweites Mal von seinem Reiter in ein Hindernis setzen zu lassen. Er stoppte vor der Triplebarre, weil es wieder viel zu groß geworden wäre. Christian nahm wütend die Gerte in die Hand und zog sie Grandino ein paarmal über, außerdem gab er ihm heftig die Sporen und riss ihn hart ins Maul. Ich vernahm einen schrillen Pfiff. Das war Papas Signal an meinen Bruder, auf der Stelle aufzugeben und den Parcours zu verlassen. Christian gehorchte, wenn auch widerwillig. Er hob die Hand zum Zeichen dafür, dass er aufgab, und ritt mit hochrotem Gesicht hinaus. Allerdings blieb er nicht bei Papa stehen, um sich seine verdiente Strafpredigt anzuhören, sondern galoppierte einfach an ihm vorbei Richtung Parkplatz. Papa stapfte mit Gewittermiene hinter ihm her.

»Der Reiter wird gebeten, auf den Richterturm zu kommen!«, schallte es über den Turnierplatz. Das würde Ärger geben. Unreiterliches Verhalten, wie mein Bruder es an den Tag gelegt hatte, zog eine Strafe nach sich, zumindest eine Verwarnung. Ich wollte jetzt nicht in Christians Haut stecken!

Dummerweise musste ich mein Pferd fertig machen; mir blieb also nichts anderes übrig, als den beiden zu folgen. Schon von Weitem hörte ich Papas Stimme. Liam führte Grandino zwischen den Lkws herum. Der braune Wallach keuchte, sein Hals war weiß vor Schaum, und er blutete am Bauch, wo Christians Sporen ihn verletzt hatten.

»… gucke ich mir nicht mehr länger an!«, schrie Papa aufgebracht. »Schau dir mal dein Pferd an! Wie kannst du so etwas machen?«

»Ich wollte eben gewinnen!«, schrie Christian zurück. »Ich will immer gewinnen, wenn ich reite!«

»So gewinnt man kein Springen«, erwiderte Papa ein paar Dezibel leiser. »Nicht mit Gewalt und nicht mit Zorn im Bauch, das solltest du mittlerweile kapiert haben.«

»Der blöde Gaul hätte doch wegspringen können!« Christian machte es immer schlimmer. Wäre er schlau gewesen, hätte er jetzt einfach seine Klappe gehalten, aber er war viel zu wütend, um nachzudenken.

»Dem Pferd kannst du wahrhaftig keinen Vorwurf machen«, sagte Papa. »Du bist schlecht und hirnlos geritten und hast Grandino mitten in den Oxer gesetzt!«

Christian trat gegen den Reifen des Lkw. Seine wahnsinnige Wut suchte ein Ventil.

»An meinen Pferden lässt du deinen Zorn in Zukunft nicht mehr aus, Freundchen, das kann ich dir flüstern!«, hörte ich Papa sagen. »Solange du dich nicht besser im Griff hast, wirst du keine Turniere mehr reiten! Ende der Diskussion!«

Christian zerrte seine Reitkappe vom Kopf und feuerte sie in den Lkw, wo die dort angebundenen Pferde erschrocken hin und her sprangen, sodass der ganze Lastwagen wackelte.

»Ich scheiß aufs Reiten!«, brüllte er zornig, und dann geriet unglücklicherweise ich in sein Blickfeld. »Soll doch die dämliche Goldprinzessin deine Pferde reiten, ich hab keinen Bock mehr drauf!«

Er versetzte mir im Vorbeigehen einen so heftigen Schubs gegen die Schulter, dass ich hinfiel. Papa war mit ein paar Schritten bei ihm. Er war so wütend, wie ich ihn noch nie gesehen hatte. Ich wusste, es hatte nichts mit mir zu tun, sondern damit, wie Christian sein Pferd behandelt hatte, denn das konnte Papa überhaupt nicht vertragen. Er schnappte den Arm meines Bruders und hob schon die Hand, um ihm eine zu scheuern, besann sich aber im letzten Moment.

»Geh mir aus den Augen!«, knurrte er stattdessen. »Ich will dich hier nicht mehr sehen!«

Damit ließ er ihn stehen und kam zurück zum Lkw. Er half mir, Quintano zu satteln, erwähnte den Vorfall aber mit keiner Silbe mehr.

Liam hatte Grandino unterdessen abgesattelt und abgewaschen, jetzt ließ er ihn etwas grasen, damit sein Fell trocknete. Ich ritt Richtung Abreiteplatz, auf dem auch Ariane unterwegs war. Sie würde direkt vor mir starten, da Papa Christian mit Ronalda wohl streichen würde. Diesmal war es nicht Tim, der sich um Ariane kümmerte, sondern Richard Jungblut selbst. Er stand neben Papa zwischen den Sprüngen, doch die beiden Erzrivalen, die früher die besten Freunde gewesen waren, beachteten einander so wenig wie Ariane mich.

Auf dem Abreiteplatz herrschte eine eigenartig angespannte Stimmung, von der Quintano aber nichts spürte. Er war frisch und ein wenig übermütig, buckelte sogar hin und wieder. Ich hatte ein gutes Gefühl auf ihm. Ariane wurde aufgerufen und ritt zum Einritt. Tims Vater ging neben ihr her, redete dabei auf sie ein und sie nickte immer wieder.

»Für Con Amore ist das ein Kinderspiel«, sagte ich zu Papa.

»Für Quintano auch«, erwiderte er gelassen. »Mach dir deswegen keine Gedanken. Reite einfach so wie gestern.«

Ariane ritt sicher und konzentriert, das musste ich zugeben. Sie lag gut in der Zeit. Aber als sie auf das letzte Hindernis zuritt, zog sie einmal zu viel an den Zügeln, Con Amore kam zu dicht an den Sprung und seine Vorderhufe streiften die oberste Stange. »Pluff« machte es, als die Stange in den Sand fiel, und damit hatte sie vier Strafpunkte.

Ich trabte an ihr vorbei in die Bahn. Und wie schon früher, als ich mit Sirius E- und A-Springen geritten war, verschwand alles um mich herum und es gab nur noch mein Pferd, die Hindernisse und mich. Ich grüßte, nahm die Zügel auf und ließ Quintano angaloppieren, als die Glocke ertönte. Da war es wieder, dieses herrliche Gefühl, dieses beglückende Einssein mit einem großartigen Pferd! Ich spürte Quintanos geballte Kraft, seine Energie und seinen Willen, aber auch seine Freude wie ein Echo meiner eigenen. Sein Vorbesitzer hatte ihn verdorben, weil er aus falschem Ehrgeiz zu früh zu viel von ihm verlangt hatte, doch nun war er bereit. Er sprang für mich, weil er selbst Spaß daran hatte, und es war so, als ob er mit mir in Gedanken sprechen würde.

Macht es dir Spaß?

Ja!

Lass mir etwas mehr Zügel!

So?

Ja, gut so! Und jetzt pass auf, ich schaff das links herum!

Oh, wow! Das war toll!

Warte, warte … jetzt lass mir mehr Luft!

Wir näherten uns der breiten Triplebarre, Quintano reagierte auf mein kurzes Einsitzen im Sattel, indem er den letzten Galoppsprung verkürzte und mit einem gewaltigen Satz über den hohen und breiten Sprung federte. Ich hatte schon nach rechts geschaut, wo das nächste Hindernis stand, und er spürte, welche Richtung wir einschlagen mussten. Es war grandios! Den letzten Steilsprung, an dem so viele Reiter in dieser Prüfung gescheitert waren, schafften wir ohne Mühe und kamen mit der besten Zeit ins Ziel.

»Danke, Quinny«, sagte ich und klopfte ihm mit beiden Händen den Hals. »Du warst spitze!«

Ich war überwältigt. Mein erstes M-Springen, und dann gleich ein Sieg! Quintano hatte für mich gekämpft und gewonnen, aber ich hatte verstanden, dass er es nur deshalb getan hatte, weil es ihm auch Spaß machte. Zwingen konnte ihn niemand.

Papa erwartete mich strahlend am Einritt, neben ihm hüpfte Melike aufgeregt von einem Bein aufs andere. Mama rief mir Glückwünsche zu, Opa und Lajos hielten die Daumen hoch. Der Landestrainer der Juniorenkader war ebenfalls unter den Zuschauern gewesen, er kam nun an und gratulierte mir auch.

»Das war ein großartiger Ritt, Elena«, sagte er zu mir. »Wenn ich nicht wüsste, dass es dein erstes M mit diesem Pferd war, dann würde ich es nicht glauben.«

»Es war mein erstes M überhaupt«, erwiderte ich lächelnd und noch etwas atemlos. Dann mussten Quintano und ich schon zur Siegerehrung zurück auf den Platz.

Christian war wie vom Erdboden verschwunden. Niemand hatte ihn auf dem Turniergelände gesehen, er meldete sich auch nicht auf seinem Handy, was Mama ziemlich beunruhigte.

Es wurde beschlossen, dass Mama, Melike, Lajos und ich mit dem kleinen Lkw, den Liam gefahren hatte, und den Pferden, die schon gegangen waren, nach Hause fahren sollten. Opa wollte Mamas Auto nehmen und Papa und Liam später nach dem S mit dem großen Lkw nachkommen. Es gab noch eine kleine Umladeaktion, bis die richtigen Pferde auf dem richtigen Lkw standen, dann ging es los.

Mama steuerte den Lastwagen, Melike schwärmte gemeinsam mit Lajos von meinem Ritt und ich war in Gedanken bei Quintano. Was war das gewesen? Hatte ich telepathische Fähigkeiten oder mir das alles nur eingebildet? Das Pferd und ich hatten uns auf irgendeine seltsame Weise unterhalten. So etwas war mir weder mit Sirius noch mit Fritzi passiert, da verliefen meine Unterhaltungen sehr viel einseitiger.

Auf dem Amselhof angekommen ging Mama sofort hinüber ins Haus, um zu schauen, ob Christian zu Hause war. Melike, Lajos und ich luden Fritzi, Quintano, Grandino, Lancelot, Qantas und Circle of Life ab. Immer wieder blickte ich Quintano an, aber der Braune mit der schmalen weißen Blesse blieb stumm. Als ich ihm die Beine abspritzte, rieb er seinen Kopf an meiner Schulter, wie das Pferde eben so tun, und auch sonst benahm er sich völlig normal. Ich zweifelte echt an meinem Verstand.

»Ich glaub, Grandino hat ein dickes Bein«, sagte Melike, die mit dem Pferd meines Bruders vor der Waschbox wartete.

Tatsächlich! Das linke Vorderbein war angeschwollen und Grandino schonte es. Wir riefen nach Lajos. Er kam sofort, hockte sich auf der Stallgasse neben das Pferd und tastete das Bein ab. Grandino zuckte zusammen.

»Die Beugesehne ist verletzt«, verkündete Lajos und zeigte auf den schwammigen Bogen, der sich bereits zwischen dem Vorderfußwurzelgelenk und dem Fesselgelenk gebildet hatte. Normalerweise war die Sehne klar und fest wie ein gespanntes Seil.

»Gut, dass du es gleich bemerkt hast, Melike«, sagte Lajos und stand auf. »Solange solche Verletzungen frisch sind, kann man sie noch recht gut behandeln. Ich werde ihm ein

Coldpack draufmachen. Vielleicht kannst du ihm das Bein ein paar Minuten mit Wasser kühlen.«

»Papa wird toben«, bemerkte ich. »Das ist sicher passiert, als Christian Grandino in den Oxer gesetzt hat.«

»Möglich.« Lajos nickte und runzelte die Stirn. »Eine böse Sache.«

Eine Sehnenverletzung war immer eine ausgesprochen langwierige Angelegenheit, das wusste ich. Oft war damit die Karriere eines Springpferdes beendet. Weil Melike ihr eigenes Pferd noch longieren musste, übernahm ich Grandino und ließ kaltes Wasser über sein verletztes Bein laufen. Dem Wallach schien das gutzutun, denn er stand ganz entspannt da und ließ die Ohren und die Unterlippe hinunterhängen.

»Was tust du da, Elena?« Mama betrat den Stall und blieb vor der Waschbox stehen.

Ich erklärte es ihr und sie stieß einen Seufzer aus.

»Auch das noch«, sagte sie und streichelte Grandinos Gesicht. »Armer alter Kerl. Das hat er nicht verdient.«

»Ist Christian da?«, erkundigte ich mich.

»Ja. Er hat sich in seinem Zimmer eingeschlossen und will mir nicht sagen, wie er nach Hause gekommen ist«, erwiderte Mama.

Lajos kam um die Ecke, in den Händen ein Coldpack, das er wohl gerade aus dem Tiefkühlfach geholt hatte.

»Das genügt erst mal«, sagte er zu mir. »Reib ihm das Bein trocken.«

Ich führte Grandino auf die Stallgasse, band ihn an und holte ein altes Handtuch aus der Sattelkammer. Nachdem ich das Bein vorsichtig trocken gerubbelt hatte, legte Lajos ihm die Kühlgamasche an und wickelte noch eine Stallbandage drum herum. Mama war wieder ins Haus hinübergegangen, und Melike longierte Dicky, der eigentlich Jasper hieß und ihrer Mutter gehörte, auf dem Longierplatz draußen. Lajos und ich blieben allein im Stall zurück.

»Was ist eigentlich mit dir los, Elena?«, fragte Lajos beiläufig. »Dafür, dass du vorhin dein allererstes M-Springen gewonnen hast, guckst du ziemlich unglücklich.«

Ich blickte ihn an und überlegte, ob ich ihm von meinem eigenartigen Erlebnis erzählen sollte oder lieber nicht. Er musste denken, ich hätte ein Rad ab. Andererseits gab es wohl keinen anderen Menschen außer Lajos, mit dem ich überhaupt über so etwas sprechen konnte.

»Vorhin im Parcours«, begann ich also zögernd, »da hat Quintano mit mir gesprochen. Es hört sich komisch an, ich weiß, aber ich habe seine Stimme klar und deutlich in meinem Kopf gehört. Wir haben uns richtig … unterhalten. ›Gib mir etwas mehr Zügel‹, hat er gesagt, und als ich gedacht habe: ›So?‹, da hat er geantwortet: ›Ja, gut so!‹«

Lajos starrte mich an, bis mir unbehaglich wurde.

»Du denkst, ich spinne, stimmt's?«, fragte ich unsicher.

»Nein, das denke ich nicht«, erwiderte Lajos langsam. »Ich kannte mal einen alten Jockey, der in seiner Karriere sicherlich fünftausend Pferde geritten hatte. Und der hat mir so etwas auch mal erzählt. Er sagte, mit manchen Pferden konnte er sich unterhalten, von anderen kam kein Ton, keine einzige Schwingung. Die waren nicht zwangsläufig besser oder schlechter, aber vielleicht nicht so sensibel.«

Obwohl es warm war, bekam ich eine Gänsehaut. Ich musste schlucken.

»Du meinst, ich hab also keine … Halluzinationen?«

»Nein, das glaube ich nicht.«

Ich war mir nicht ganz sicher, aber irgendwie wäre es mir fast lieber gewesen, Lajos hätte mich ausgelacht und mir einen Vogel gezeigt. Es war schon unheimlich, wie ich mit meinen Händen Krankheiten und Schmerzen bei Pferden erfühlen konnte, aber das war jetzt fast ein bisschen zu viel.

12. Kapitel

Am Montagmorgen war kein Unterricht. Alle Klassen unserer Schule versammelten sich um acht Uhr auf den Sportplätzen zu den Bundesjugendspielen, für die seit Wochen trainiert worden war. Meine Klasse war zuerst auf der Aschenbahn mit dem Hundert-Meter-Lauf dran.

Ariane beachtete mich nicht. Über meine Siege am Wochenende wurde so wenig gesprochen wie über das kaputte iPhone, und darüber war ich ziemlich erleichtert. Ich hielt Ausschau nach Melikes Klasse, aber die war gerade am entgegengesetzten Ende des Sportplatzes mit Weitsprung beschäftigt.

Ich lief die hundert Meter in 15,9 Sekunden, ohne mich dabei sonderlich anzustrengen. Die Bundesjugendspiele waren mir völlig egal, ich hatte ganz andere Sorgen als eine Sieger- oder Ehrenurkunde. Einige Ehrgeizige aus unserer Klasse rechneten tatsächlich dauernd ihre Punkte aus, während wir anderen tatenlos herumstanden und darauf warteten, dass es mit der nächsten Disziplin weiterging.

Die Sonne brannte heiß vom wolkenlosen Himmel, und alle Schüler, die nicht gerade laufen, werfen oder springen mussten, suchten sich ein schattiges Plätzchen. Wir saßen und lagen auf dem Rasen unter dem weit ausladenden Blätterdach einer großen Kastanie herum und schlugen die Zeit tot, bis unsere gestresste Sportlehrerin endlich angejoggt kam und verkündete, dass wir in zwanzig Minuten an der Weitsprunggrube sein sollten.

In diesem Augenblick sah ich Tim! Er stand mit seiner Realschulklasse in der Mitte des Sportplatzes herum. Nicht weit von ihm entfernt warteten mein Bruder und seine Klassenkameraden aus dem Gymnasium. Die Jahrgangsstufe 10 war die letzte, die zum Hundert-Meter-Lauf antreten musste.

Jetzt war Tim an der Reihe. Er startete mit drei anderen Läufern und kam als Erster durchs Ziel. Ich hörte Pfiffe und Applaus, ein paar Jungs klopften ihm auf den Rücken, und Tim zeigte kurz sein goldiges Grinsen, das unwillkürlich mein Herz zum Klopfen brachte, obwohl es gar nicht mir gegolten hatte. Am liebsten wäre ich quer über den Sportplatz zu ihm hingerannt und hätte ihn umarmt, aber das durfte ich nicht.

Einige der Jungs aus Christians Klasse riefen spöttische Bemerkungen zu den Realschülern hinüber. Tim schüttelte nur den Kopf und winkte ab. Die Sticheleien gingen trotzdem weiter. Ich hatte ein ungutes Gefühl. Christian war auf hundertachtzig. Die Schmach vom Wochenende hatte seinem Hass auf Tim neue Nahrung gegeben, und nachdem Tim mit Juke Box gestern noch den vierten Platz im Großen Preis errungen und damit die notwendige S**-Platzierung hatte, für die er nun als einer der jüngsten Reiter in ganz Deutschland das Goldene Reiterabzeichen erhalten würde, suchte mein Bruder nur eine passende Gelegenheit, um mit ihm Streit anzufangen.

»Kommt, Kinder!«, rief unsere Sportlehrerin, hüpfte energiegeladen vor uns herum und wedelte mit den Händen. Die Bundesjugendspiele waren die Sternstunde in ihrem Jahr, und sie verzog missbilligend das Gesicht, als wir ächzend und stöhnend wie eine Seniorenturngruppe aus dem Altersheim auf die Beine kamen und uns murrend zur Weitsprunggrube hinüberschleppten.

»Etwas mehr Motivation bitte!«, rief sie aufmunternd, aber es war einfach zu heiß, um motiviert in einen Sandkasten zu springen oder sinnlos auf einer Aschenbahn herumzurennen. Manche aus meiner Klasse stellten sich superdämlich an, deshalb zog sich die ganze Angelegenheit unnötig in die Länge und unsere Sportlehrerin wurde allmählich sauer.

Mein Sprung klappte gleich beim ersten Mal, ich trat nicht wie die meisten anderen über die Absprunglinie. Ich stellte mich wieder zu den anderen Achtklässlern und blickte mich nach Melike um. Ohne mein Handy fühlte ich mich wie abgeschnitten vom Rest der Welt.

Mein Blick fiel auf eine Gruppe von Jungs, die sich auf der Wiese hinter dem Häuschen mit den Umkleidekabinen versammelt hatten. Ich erkannte ein paar Leute aus der Zehnten und mir schwante plötzlich Schlimmes. Ohne meine Lehrerin um Erlaubnis zu bitten, verließ ich meine Klasse und spurtete los. Ich rannte quer über den Sportplatz und drängte mich durch die Menge der Schaulustigen, die einen Kreis gebildet hatten. Zu meinem Entsetzen sah ich in der Mitte des Kreises Christian und – Tim! Mir blieb die Luft weg.

Sie maßen sich gegenseitig und bewegten sich langsam im Kreis.

»Ich hau dir aufs Maul, du asozialer Penner!«, zischte Christian, der die Hände zu Fäusten geballt hatte.

»Na dann los, Weiland«, sagte Tim gelassen. »Schlag endlich zu! Ich kann's kaum erwarten!«

Und da stürzte sich Christian auf seinen verhassten Gegner. Seine ganze aufgestaute Wut brach aus ihm hervor. Mit beiden Fäusten prügelte er auf Tim ein, aber der wehrte seine Schläge leicht ab.

»Ist das alles, was du drauf hast?«, rief er spöttisch.

»Stimmt, du hast ja Erfahrung darin, verprügelt zu werden«, entgegnete mein Bruder grimmig. »Das ist bei eurer Proletenfamilie an der Tagesordnung.«

»Los, Chris! Schlag zu! Mach ihn platt!«, stachelten ihn ein paar Klassenkameraden an, allerdings nur gedämpft, um nicht zu schnell die Aufmerksamkeit der Lehrer auf den Kampf zu ziehen.

Plötzlich war Melike neben mir. Sie ergriff meinen Arm.

»Ich hol einen Lehrer«, stammelte ich, aber da war es schon zu spät. In der gleichen Sekunde waren die beiden schon aneinander. Stumm und verbissen schlugen sie aufeinander ein, wälzten sich am Boden, kamen wieder auf die Füße. Christians Lippe war aufgeplatzt und blutete, sein rechtes Auge schwoll bereits zu und Tim lief das Blut übers Kinn. Niemand achtete mehr darauf, leise zu sein. Begeistert und blutgierig feuerten die sensationslüsternen Zuschauer die beiden Kämpfenden an. Mittlerweile hatte sich die halbe Schule ringsum versammelt, die Lehrer hatten Mühe, bis in die Mitte durchzudringen.

»Was ist denn hier los?«, schrie einer. »Schluss damit jetzt! Hört auf, ihr zwei!«

Einer der Sportlehrer bekam meinen Bruder zu fassen,

ein anderer stürzte sich auf Tim und bog ihm unsanft die Arme nach hinten.

»Was fällt euch ein?«, rief einer der Lehrer empört. »Prügelt euch hier wie auf der Dorfkirmes!«

Christian und Tim standen keuchend da, die Vernunft hatte aber wohl wieder die Oberhand gewonnen.

Mir strömten die Tränen über das Gesicht, ich zitterte vor Entsetzen am ganzen Körper. Es war für mich schier unerträglich, Tim bluten zu sehen. Bei meinem Bruder hielt sich das Mitleid hingegen in Grenzen, er hatte es schließlich darauf angelegt.

»Tim!«, rief ich.

Sein Blick wanderte suchend über die Menge, die sich allmählich zerstreute. Ein Lächeln flog über sein zerschundenes Gesicht, als er mich sah, aber in diesem Moment drängte sich jemand rücksichtslos an mir vorbei und schubste mich zur Seite.

»Tim, oh Gott!«, kreischte Ariane. »Du blutest ja!«

Ich sah wie in Zeitlupe, wie sie ihm um den Hals fiel, ihn herzte und ihn auf die Backe küsste. Irgendetwas zerbrach in meinem Innern. Melike legte einen Arm um mich, sie sagte irgendetwas, aber ich machte mich von ihr los. Das war mehr, als ich ertragen konnte.

Ich ging erst langsam, dann begann ich zu rennen. Jemand rief hinter mir meinen Namen, aber ich drehte mich nicht um. Irgendwie kam ich zu den Schließfächern, schloss mit zitternden Fingern den Spind auf, in dem ich meine Kleider und meinen Rucksack verstaut hatte. Die Zeit, mich umzuziehen, nahm ich mir nicht. Nur weg hier, weg!

»Elena!«

Plötzlich stand Tim vor mir. Blutverschmiert, mit zerzaustem Haar und so unglaublich süß, dass mir das Herz brach.

»Elena, bitte, was ist denn nur los?«, fragte er atemlos. »Warum antwortest du mir nicht auf meine SMS?«

»Dasselbe könnte ich dich fragen«, schluchzte ich und zerrte meinen Rucksack aus dem Spind. »Lass mich einfach in Ruhe!«

»Was zum Teufel ist passiert?« Tim ließ sich nicht so abspeisen. »Seit Tagen ist totale Funkstille! Hab ich was falsch gemacht?«

Die Tränen strömten. Ich konnte sie nicht aufhalten.

Verdammt! Er war so süß und ich liebte ihn so sehr, aber er war nur ein mieser Lügner und hatte mich tief enttäuscht.

»Geh zu Ariane und zu Laura und lass dich von denen abknutschen und dabei auch noch fotografieren!«, fuhr ich ihn an. »Ich hab echt keinen Bock auf so was!«

»He, das ist doch Unsinn«, sagte er leise. »Lass es mich erklären …«

»Nein!« Ich zuckte herum. Meine Stimme klang schrill, und ich hasste mich dafür, dass ich nicht cool und überlegen sein konnte. »Ich will nichts hören! Warum hast du mir nicht erzählt, dass Teicherts Con Amore gekauft haben? Und auch dass du ein Pferd von der Stiftung bekommen hast, erfahre ich von meinem Bruder! Was sind wir denn für Freunde, wenn du mir solche Sachen nicht erzählst?«

Tim starrte mich ein paar Sekunden stumm an, Verwirrung malte sich auf seinem demolierten Gesicht, aber ich war jetzt richtig in Fahrt.

»Mir erzählst du, dass Ariane und die anderen dich tierisch nerven, und dann sehe ich auf Fotos, wie du mit denen Spaß hast und rumknutschst! Und eben fällt sie dir vor allen

Leuten um den Hals! Was soll ich dir denn noch glauben? Was? Ich kann das nicht ertragen, echt nicht!«

Und dann rannte ich einfach los. Tränenblind drängte ich mich durch die anderen Schüler, die mir erstaunt und grinsend Platz machten.

Aber Tim ließ sich nicht abschütteln.

»Elena!«, rief er hinter mir. »Dafür gibt es eine total harmlose Erklärung!«

Ich wollte sie nicht hören. Ich wollte gar nichts mehr hören und nur noch weg von den gaffenden Leuten, dem Sportplatz und Tim. Schluchzend stolperte ich die Treppen hoch zum Ausgang.

»Dann lies wenigstens meine SMS!«, rief er mir nach, und der verzweifelte Tonfall in seiner Stimme drang sogar durch mein vernebeltes Bewusstsein, aber es tröstete mich nicht.

Ich *konnte* seine SMS nicht lesen, selbst wenn ich gewollt hätte, denn ich hatte kein Handy mehr. Es war vorbei. Am liebsten hätte ich mich vor das nächste Auto geworfen, nur damit dieser fürchterliche Schmerz in meinem Innern aufhörte, doch auch da hatte ich wieder mal Pech: Es kam keins.

Zu meiner Erleichterung war Mama nicht da, als ich nach Hause kam. Ich schnappte meinen Hund, ging auf mein Zimmer, ließ die Rollläden herunter und verkroch mich in meinem Bett. Nichts mehr sehen und hören. Ich weinte, bis ich keine Tränen mehr hatte. Ariane konnte Tim vor allen Leuten umarmen und küssen – ich würde das nie, nie, nie tun dürfen! Immer würden wir zur Heimlichkeit verdammt sein, immer würde ich die Dumme sein und befürchten müssen, Tim würde mit anderen Mädchen mehr Spaß haben als mit mir. Dazu hatte ich keine Kraft mehr.

Ich hörte unten im Haus das Telefon klingeln, aber ich schaffte es nicht, aufzustehen. Es interessierte mich auch nicht. Irgendwann schlief ich ein und wachte erst auf, als Twix an der Tür kratzte, um hinausgelassen zu werden. Verwirrt blickte ich mich in meinem Zimmer um. Nur durch eine Ritze der Rollläden fiel etwas Licht, aber ich hatte völlig das Zeitgefühl verloren und wusste nicht, wie spät es war.

Plötzlich ging die Tür auf und meine Mutter erschien im Türrahmen.

»Elena!«, sagte sie. »Hier bist du! Was ist denn passiert?«

Großer Gott, was sollte ich ihr sagen?

»Deine Lehrerin hat eben angerufen und gesagt, du seist vom Sportplatz verschwunden, ohne dich abzumelden.«

»Ich hatte so Bauchweh«, flüsterte ich.

Mama ging zum Fenster und zog gnadenlos die Rollläden hoch. Grelles Sonnenlicht flutete ins Zimmer, ich presste die Augen zusammen.

»Du kannst doch nicht einfach aus der Schule weglaufen.« Mama klang ziemlich sauer. »Was sind denn das für Manieren? Du bekommst einen Verweis, weil du unerlaubt das Schulgelände verlassen hast!«

Das war mir so was von egal. Sie hätten mich auch von der Schule werfen können, es hätte mich nicht gejuckt. Die Welt ging unter, mein Herz zerbrach in tausend Stücke, und Mama regte sich auf, weil ich diese dämlichen Bundesjugendspiele verpasst hatte!

»Was ist denn los, Elena?«, bohrte Mama weiter. »Du bist schon seit ein paar Tagen komisch. Hast du wirklich nur Bauchweh?«

Ich nickte und zog die Nase hoch. Bauchweh. Kopfweh.

Herzweh. Mama stellte noch ein paar Fragen, auf die ich aber keine wirklichen Antworten gab. Für einen Moment überlegte ich, wie sie wohl reagieren würde, wenn ich ihr die Wahrheit ins Gesicht sagte. *Mama, ich liebe Tim Jungblut und er liebt mich. Wir haben uns sogar schon geküsst und er hat mir eine goldene Kette mit einem Medaillon geschenkt. Es macht mich total fertig, dass ich ihn nur heimlich treffen kann.*

»Unten steht übrigens ein Päckchen für dich«, sagte sie schließlich, als keine Antwort mehr von mir kam. »Frau Adelmann hat es mir vorhin gegeben.«

Wahrscheinlich war es eine Tafel Schokolade, weil ihr blöder Gaul mein Handy zertrampelt hatte. Mama seufzte, ging hinaus und machte die Tür wieder hinter sich zu. Twix sprang zurück ins Bett.

»Musst du nicht mal Pipi machen?«, fragte ich meinen Hund und kraulte seine seidigen Öhrchen. Er blickte mich aus seinen feuchten haselnussbraunen Augen sanft an und fuhr mir mit der Zunge übers Gesicht. Ich lass dich doch jetzt nicht allein, schien er damit sagen zu wollen. Ich zog ihn dankbar in meine Arme und er kuschelte sich mit einem zufriedenen Knurren dicht an mich.

Auch Papa machte abends beim Abendbrot aus dem angedrohten Verweis eine halbe Staatsaffäre. Zu Christians zerschlagener Visage sagte er dagegen nicht viel. Mein Bruder würde mindestens auch einen Eintrag kriegen, aber da wurde mit zweierlei Maß gemessen: Jungs prügeln sich eben mal. Punkt. Es war so ungerecht! Insgeheim vermutete ich, dass Papa sich sogar freute, weil Christian dem Sohn seines Todfeindes ordentlich eine verpasst hatte. Ich hörte mir stumm die Vorwürfe an und knabberte lustlos an einem Brot herum. Irgendwie musste ich Melike noch erreichen.

Nach dem Abendbrot ging ich mit Twix hinaus und schleppte mich hinüber in den Stall. Fritzi war nicht mehr richtig mein Pferd, seitdem Papa ihn regelmäßig trainierte, und an Quintano durfte ich mein Herz erst gar nicht hängen, denn er gehörte Herrn Nötzli und würde eines Tages verkauft werden. Und auch Sirius war, seitdem ihn die kleine Lisa regelmäßig in der Reitstunde ritt, nicht mehr allein mein Pony. Ich hatte nichts und jetzt nicht mal mehr einen Freund. Denn der fuhr auf Ariane ab! Schon der Gedanke daran trieb mir wieder die Tränen in die Augen.

Ich ließ mich auf den Heuballen vor Fritzis Box sinken und vergrub mein Gesicht in den Händen. Die vertrauten Geräusche der Pferde, die ihr Heu mahlten, in ihren Boxen raschelten und hin und wieder schnaubten, beruhigten mich ein wenig. Vielleicht sollte ich noch einmal eine Runde mit Sirius ins Gelände reiten, um den Kopf freizubekommen. Ich musste wieder klar denken. Es konnte nicht sein, dass ich immer und immer wieder über Tim und Ariane nachgrübelte!

Die Tür der Sattelkammer ging auf und Liam kam heraus. Er hatte sein Telefon am Ohr und blieb erschrocken stehen, als er mich sah. Ich zuckte ebenfalls zusammen, weil ich geglaubt hatte, ich sei allein im Stall. Liam beendete eilig sein Telefongespräch.

»Hey«, sagte er. »Was sitzt du hier so einsam wie ein Trauerkloß rum? Hast du Liebeskummer?«

Ich wandte mein Gesicht ab und wischte mir eilig die Tränen ab. »Das geht dich gar nichts an«, erwiderte ich patzig. Im gleichen Moment tat es mir leid. Er hatte ja nur nett sein wollen, und auf dem Turnier hatte er mir, ohne zu zögern, geholfen, als ich Tim eifersüchtig machen wollte, was offenbar misslungen war.

»Entschuldige«, sagte ich deshalb. »Ich hab nur grad ziemlich viele Probleme.« Und sofort heulte ich wieder los.

»Hier.« Liam hockte sich vor mich hin und reichte mir eine zerknautschte Packung Taschentücher.

»Danke«, flüsterte ich, fummelte eins heraus und putzte mir die Nase.

»Hey, kein Mann ist es wert, dass man so seinetwegen weint«, sagte er dann mitfühlend. »Auch andere Mütter haben schöne Söhne.«

Es hörte sich so drollig an, wie er das mit seinem englischen Akzent sagte, dass ich trotz meines grenzenlosen Kummers ein bisschen lachen musste. Ich wischte mir mit dem Ärmel die Tränen ab und putzte mir noch mal die Nase.

»Danke, du bist wirklich lieb, Liam«, murmelte ich.

Er klopfte mir auf die Schulter und zwinkerte mir zu. Dann hielt er mir die Hand hin. Ich ergriff sie und er zog mich hoch.

»Komm«, sagte er, »sonst schließe ich dich nachher noch aus Versehen ein.«

Ich lächelte schwach und pfiff nach Twix, der nur Sekunden später angewieselt kam. Auch andere Mütter haben schöne Söhne. Das war kein echter Trost. Ich wollte nämlich nur den Sohn einer einzigen Mutter.

An der Haustür streifte ich die Schuhe ab und wollte gerade hochgehen, als ich an das Päckchen von Frau Adelmann dachte. Es stand auf der Anrichte neben dem Telefon und war etwas zu groß für eine Tafel Schokolade. Ich schnappte es im Vorbeigehen und ging die Treppe hoch. In meinem Zimmer warf ich mich auf mein zerwühltes Bett und riss den Umschlag auf, der auf dem mit Geschenkpapier sorgfältig verpackten Päckchen klebte. Darin war eine Karte.

Liebe Elena, stand da. *Danke für die Hilfe beim Abladen von Wolki. Es tut uns sehr leid, dass er dein Handy zertreten hat. Wir hoffen, dass dies ein guter und praktischer Ersatz ist. Auf bald und herzliche Grüße, deine Adelmanns.*

Ich riss das Geschenkpapier auf und traute meinen Augen nicht. Von wegen Schokolade! Sie hatten mir ein nagelneues Handy geschenkt, noch originalverpackt! Und zwar nicht irgendein billiges Ding, sondern eins der angesagtesten Modelle zum Aufklappen. Ich setzte mich auf und starrte den Karton in meinen Händen an. Dann erwachte ich aus meiner Erstarrung, riss die Verpackung auf und packte ehrfürchtig das Handy aus. Mama würde es fertigbringen, mich zu zwingen, ein so teures Geschenk zurückzugeben, deshalb dachte ich nicht daran, es ihr zu zeigen. Ich setzte mich an den Schreibtisch, nahm die SIM-Karte, die ich aus dem kaputten Handy gerettet hatte, und setzte sie in das neue Gerät ein. Dann fummelte ich den Akku wieder rein, schloss das neue Handy an den Strom an und tippte meine PIN-Nummer ein. Es dauerte keine Minute, da piepste das Handy und ich guckte ein zweites Mal innerhalb kürzester Zeit ungläubig.

»Vierundzwanzig neue Nachrichten und zwanzig Anrufe in Abwesenheit«, murmelte ich. Wow! Alle von Babsi alias Tim! Er musste sich die Finger wund geschrieben haben. Die ersten Nachrichten waren noch relativ kurz, sie stammten von Freitag und vom Wochenende.

Warum gehst du nicht dran?

Huhu!

Was ist denn los?

E L E N A !!! Bitte geh dran!!!

Ich muss mit dir reden, Goldstück. Bitte, bitte schreib zurück!

Guck in dein Postfach, ich hab dir geschrieben!

Ich musste grinsen. Beharrlich war er auf jeden Fall. Die neunzehnte SMS war heute Mittag gekommen.

Ich bin so traurig, wenn du wütend auf mich bist! Es ist alles ein so blödes Missverständnis. An dem Abend hat A's Vater Conny gekauft, danach haben die total viel Sekt getrunken. Ich nicht!!! Aber als ich ins Stübchen kam, haben sie sich auf mich ge...

Mist! Schnell, die nächste Nachricht öffnen.

...stürzt und Fotos gemacht. Da ist nichts mit A, das schwöre ich dir, bei allem, was mir heilig ist!!!! Ich hab echt vergessen, dir das zu erzählen, weil ich es nicht so wichtig fand. Wenn ich mit dir telefoniere, dann will ich nicht über A...

Nächste Nachricht. Ich lächelte.

...riane oder die Pferde reden, sondern über dich und mich! Elena, du bist mein Goldstück und ich liebe dich!!!! Wenn du nicht mit mir redest, drehe ich durch! Und ich bin tierisch eifersüchtig auf alle ...

Nachricht Nummer dreiundzwanzig. Mittlerweile grinste ich wie eine Irre.

... anderen Jungs, die du auch nur anguckst. Übrigens: Du bist total süß, wenn du sauer bist, aber ich mag dich noch viel lieber, wenn du NICHT sauer bist! Frieden??? Bitte melde dich!

Ich rief Melike an und sie meldete sich sofort nach dem ersten Tuten.

»Hast du ein neues Handy?«, rief sie.

Ich würgte sie ab und redete fünf Minuten, fast ohne Luft zu holen.

»Oh Mann, ich hab wieder mal alles total falsch verstanden«, endete ich schließlich. »Ich bin so dämlich!«

»Aber er hat nichts dazu geschrieben, warum er dir gestern nicht gleich geantwortet hat«, stellte Melike scharfsinnig fest. »Dann wäre es gar nicht so weit gekommen.«

»Daran bin ich auch selbst schuld«, gab ich zerknirscht zu. »Die SMS hängt noch im Ausgangsfach. Ich hab wohl in der Hektik vergessen, sie wegzuschicken.«

Wir redeten noch eine Zeit lang, dann saß ich eine ganze Weile an meinem Schreibtisch und überlegte, was ich tun sollte. Meine Finger zitterten ein bisschen, als ich Tims Nummer eintippte. Er meldete sich genauso schnell wie eben Melike und ich redete fast genauso viel wie vorhin bei ihr.

13. Kapitel

Konnte es wirklich sein, dass ich erst gestern völlig am Boden zerstört gewesen war? So schnell hatte sich alles verändert. Ich hätte die ganze Welt umarmen können, so unglaublich glücklich war ich, als ich am nächsten Morgen mit dem Fahrrad zur Bushaltestelle radelte. Tim und ich hatten fast eine Stunde telefoniert und alle Missverständnisse ausgeräumt. Danach hatten wir uns bis weit nach Mitternacht SMS geschrieben, und in der Nacht hatte ich tief und fest und ohne jeden Albtraum geschlafen. Wir hatten uns für die erste Pause verabredet.

Ich konnte es kaum erwarten, ihn zu sehen. Noch nie waren zwei Stunden so wahnsinnig langsam vergangen.

Natürlich musste ich in der ersten Fünf-Minuten-Pause ein Donnerwetter von unserer Klassenlehrerin Frau Werneke über mich ergehen lassen, aber ich schlug mich tapfer und behauptete unter Tränen – im Heulen war ich schließlich echt in Übung –, ich sei von der Schlägerei meines Bruders völlig durcheinander gewesen. Das Blut überall … Plötzlich schaltete sie von streng auf mütterlich mitfühlend und versicherte mir, es gebe nur einen Brief, aber keinen Verweis. Außerdem musste ich den verpassten Kugelstoßwurf nachholen.

Ich schwebte in der nächsten Stunde so hoch im siebten Himmel, dass ich nicht mal auf Ariane achtete. Sie sagte nichts zu mir, aber sie blickte mich dauernd so eigenartig an, mit einem überheblichen, wissenden Lächeln, das mich unter normalen Umständen vielleicht alarmiert hätte, aber so merkte ich nichts. Und das war ein riesengroßer Fehler.

Melike stand Schmiere und passte auf, dass mein Bruder nicht unvermutet auftauchte. Tim und ich trafen uns wie verabredet an den Müllcontainern neben der Turnhalle, dort wo der Schulhof für die Realschüler anfing. Ich traute mich nicht, ihm einen Kuss zu geben, aber es war schön, wenigstens kurz seine Hand halten zu können. Mein Herz pochte vor Glück und ich fühlte mich ganz leicht.

»Christian sieht viel schlimmer aus als du«, stellte ich fest.

»Meine Nase ist etwas geschwollen.« Tim grinste. »Sonst hab ich nicht viel abbekommen.«

Wir sprachen über das Turnier. Natürlich hatte er mich im L- und im M-Springen siegen sehen und er war sehr stolz. Dann kamen wir auf Fritzi zu sprechen.

»Der Gasparian nervt meinen Alten schon das ganze Wochenende wegen Fritzi«, erzählte Tim. »Er ist richtig wild auf ihn.«

»Das kann ich mir denken. Aber da hat er leider Pech gehabt«, erwiderte ich.

»Bei uns ist eine ätzende Stimmung«, fuhr Tim unglücklich fort. »Die Leute quatschen zwar alle wegen des neuen Lkws und der Pferde, aber es ist die Hölle, wenn du jemandem alles, was du tust, dauernd erklären musst. Mein Alter ist jetzt schon tierisch angenervt von diesem Dicken und seinem ewig grinsenden Spion. Dazu ist Herr Teichert noch eifersüchtig auf Gasparian und Ariane klebt an mir wie eine Zecke. Fast wäre sie mir gestern noch bis aufs Klo nachgelaufen!«

Er verdrehte die Augen und ich musste bei der Vorstellung kichern.

»Das ist nicht witzig, Elena«, beschwerte Tim sich. »Ob sie glaubt, dass ich das toll finde?«

»Wahrscheinlich«, vermutete ich. Ich erzählte Tim von Grandinos Verletzung und von dem Krach zwischen Christian und meinem Vater.

»Dein Bruder hat überhaupt keinen Grund, auf mich neidisch zu sein«, sagte Tim voller Bitterkeit. »Ich würde liebend gern mit ihm tauschen. So lustig ist das nämlich nicht, wenn man jedes Pferd reiten muss, das dieser bescheuerte Armenier anschleppt. Ich bin ja immer der Erste, der sich auf die Viecher draufsetzen darf. Dagegen hat dein Bruder doch den Himmel auf Erden: zwei Pferde pro Tag und sonst am Computer rumhocken! Davon kann ich nur träumen.«

Es gongte. Die Pause war schon wieder herum. Wir verabschiedeten uns eilig und ich rannte mit Melike ins Schulgebäude. Bei unserer Französischlehrerin sollte man besser nicht zu spät kommen!

Am Nachmittag erlebte ich daheim eine böse Überraschung. Christian passte mich im Flur ab, offenbar hatte er mir bereits hinter der Haustür aufgelauert.

»Hast du gesehen, was im Buschfunk bei SchülerVZ über dich drinsteht?«, fragte er und es klang nicht besonders freundlich.

»Über mich? Nee, weiß ich nicht. Interessiert mich auch nicht.«

Ich wollte an ihm vorbeigehen, aber er packte mein Handgelenk.

»Da ist ein Foto von dir und dieser Jungblut-Kakerlake drin«, zischte Christian.

Mir wurde eiskalt. Ein Foto von Tim und mir? Das war doch unmöglich, oder?

»Und die schreiben, dass du scharf auf den bist.«

»Ich?« Ich tat überrascht und empört, dabei fühlte ich mich schrecklich, weil ich Tim verleugnen musste, aber es ging nicht anders. »Sag mal, spinnst du?«

»Ich spinne nicht«, erwiderte Christian und musterte mich scharf. »Aber eins sag ich dir: Wenn da etwas dran ist, dann kannst du was erleben!«

Seine Finger umklammerten mein Handgelenk wie ein Schraubstock und er zerrte mich die Treppe hoch in sein Zimmer.

»Da! Guck selbst!« Er wies auf den Computer auf seinem Schreibtisch.

Ich setzte mich zögernd hin und erkannte sofort, dass das Foto heute in der ersten Pause gemacht worden sein musste. Tim und ich standen glücklicherweise relativ weit auseinander und man konnte mein Gesicht auch nicht wirklich gut erkennen. Jemand musste es mit dem Handy fotografiert haben. Die Gedanken rasten durch meinen Kopf. Abstreiten nützte hier nichts – der Beweis war eindeutig vorhanden.

Bauerntrampel Elena Weiland macht sich an Tim Jungblut ran. Wie das wohl ihrem Bruder gefällt, nachdem, was gestern passiert ist????, las ich ungläubig. Ein paar Leute hatten schon ihre Kommentare hinterlassen und keiner war freundlich, ganz im Gegenteil. Wohl die Hälfte aller weiblichen Schüler unserer Schule, die für Tim schwärmten, ätzten boshaft gegen mich, und die wenig schmeichelhaften Namen, die sie für mich erfanden, hätten Jens, dem Aknefrosch, höllisch Spaß gemacht. Mir war glasklar, aus welcher Ecke das kam. Ariane. Aber wieso tat sie das?

»Hast du dafür eine Erklärung?«, fragte Christian hinter mir wütend. »Das lesen alle meine Kumpels! Was denken die wohl, he? Die glauben doch, ich hätte mich gestern wegen dir mit dem Arsch geprügelt!«

Und wenn schon. Es war mir ziemlich wurscht, was Christians Freunde dachten. Ich dachte an die Schlägerei und daran, wie Ariane mich zur Seite gestoßen hatte und zu Tim gerannt war. Da ging mir ein Licht auf. Tim musste sie stehen gelassen haben, denn er war ja hinter mir hergelaufen. Das musste Ariane tierisch gekränkt haben. Die Aktion mit dem Foto war ihre Rache.

»Er hat mir gratuliert, wegen dem M am Sonntag. Das waren nur zehn Sekunden. Und Melike stand genau neben mir«, sagte ich lahm. Mir fiel keine bessere Ausrede ein.

In dem Augenblick erschien ein neuer Beitrag. Jemand, den ich nicht kannte, hatte eine Gruppe gegründet: *Rettet Tim vor Elena, dem Bauerntrampel!* Ich schluckte mühsam. Was sollte ich bloß tun? Ich war total geschockt, musste auf der Stelle Melike anrufen. Tim hatte das ganz sicher noch nicht gelesen, er schaute nur alle Jubeljahre mal in einen Computer und war bei SchülerVZ gar nicht registriert.

Am späten Nachmittag hatte die Gruppe *Rettet Tim vor Elena, dem Bauerntrampel!* schon 82 Mitglieder, dazu hatten sie ein fieses Foto von mir eingestellt, das aus einem

Klassenfoto aus der 7. Klasse ausgeschnitten worden war. Ich trug noch meine Zahnspange und grinste voll blöd. Bei SchülerVZ gab es keine Nicks, hinter denen man sich verstecken konnte, und das schockierte mich noch mehr, denn neben vielen anderen ätzten und hetzten meine Klassenkameradinnen schamlos mit ihren echten Namen gegen mich, was das Zeug hielt. Es war ihnen scheißegal, dass ich wusste, wer sie waren. Und offenbar war es ihnen genauso egal, dass sie mich morgen in der Schule sehen würden.

»Ey, ich kenn die meisten von denen nicht mal«, sagte ich zu Melike, die neben mir an meinem Schreibtisch vor dem Bildschirm saß. »Die sind zum Teil sogar von ganz anderen Schulen!«

»Deshalb darfst du schon überhaupt nichts drauf geben«, erwiderte Melike. »Die kennen die dämliche Laura oder Ricky oder Tessa. Dich haben sie noch nie gesehen. Denen macht das eben Spaß abzulästern, sonst haben die wohl nicht viel in ihrem Leben.«

Das war zwar kein echter Trost, aber Melike hatte recht.

»Als Erstes lösche ich jetzt die Verlinkung«, sagte sie entschlossen. »Und dann melden wir die Gruppe.«

»Das nützt doch nichts«, erwiderte ich mutlos. »Wenn die Gruppe gelöscht wird, gründen die einfach eine neue.«

Es klopfte an der Zimmertür. Ich klickte schnell die SchülerVZ-Seite weg und rief »Herein!«. Es war Mama.

»Ich fahre mit Papa zum Steuerberater und danach noch einkaufen«, sagte sie. »Heute am späten Nachmittag kommen die neuen Einsteller mit ihren Pferden aus München und danach wollen wir ein bisschen grillen. Willst du mit uns essen, Melike?«

»Ja, supergern!« Melike nickte und Mama verschwand wieder.

Seitdem ich Mama erzählt hatte, dass ich den drohenden Verweis abgewendet hatte, war sie versöhnt.

Ich stand auf und ließ mich mit einem Seufzer auf mein Bett fallen. Sofort war Twix da und kuschelte sich an mich. Er schien zu spüren, dass mit mir etwas nicht in Ordnung war. Normalerweise hätte ich mich auf neue Pferde, neue Einsteller und das Grillen gefreut, aber nicht so heute. Ich fühlte mich elend und verzweifelt und war echt schockiert über die Bösartigkeiten, mit denen ich beschimpft wurde. Es wäre alles nur halb so schlimm gewesen, wäre Tim einfach und offiziell mein Freund. Aber so drohte mir Gefahr von allen Seiten, vor allen Dingen von meiner Familie. Denn beim Thema »Jungblut« hörte auch bei meinen Eltern der Spaß auf.

»Du wirst dich nicht einfach so fertigmachen lassen!«, sagte Melike bestimmt. Sie wippte mit dem Stuhl und legte die Stirn nachdenklich in Falten. »Ich muss mir eine Strategie überlegen.«

»Ich gehe auf eine andere Schule«, schlug ich vor und kitzelte Twix am Ohr. Er schüttelte sich und schnaufte, dann biss er spielerisch in meine Finger. Ich zwickte ihn abwechselnd in den Bauch und in seine Pfoten, und er geriet ganz außer sich, er schnaubte und knurrte und kämpfte. Gott sei Dank hatte ich meinen süßen Hund und eine Freundin wie Melike!

»Zuerst wirst du selbst mal Mitglied dieser Gruppe«, sagte sie vom Schreibtisch aus.

»Spinnst du? Die lassen mich nicht da rein.«

Mein neues Handy klingelte mit dem speziellen Babsi-

Ton. Ich zuckte hoch und wühlte in meinen Klamotten, die auf dem Bett verstreut lagen. Twix schüttelte sich, dass seine Haare durch die Luft flogen.

»Tim!«, rief ich halblaut. »Ariane hat heute ein Foto von uns bei SchülerVZ eingestellt!«

Zu meiner Überraschung wusste Tim schon alles, denn ein Klassenkamerad hatte es ihm erzählt.

»Bist du ganz sicher, dass Ariane dahintersteckt?«, fragte er.

»Tausendprozentig! Sie hat gestern nach der Schlägerei gecheckt, dass zwischen uns was ist, weil du sie nicht beachtet hast und hinter mir hergelaufen bist. Und jetzt will sie mich fertigmachen, weil sie neidisch ist. Ich glaub, sie ist in dich verknallt und hat einen Hals, weil sie bei dir nicht landen kann.«

»So eine hinterhältige Mistbiene«, sagte Tim. »Ich fasse es nicht!«

Tim steckte nicht weniger in der Klemme als ich.

»Wir müssen uns beraten. Kannst du jetzt weg?«

»Klar! Wann und wo?« Meine Lebensgeister erwachten schlagartig.

»Auf der halben Strecke am Steinkreuz? In einer Dreiviertelstunde?«

»Ja, kein Problem. Melike kommt auch mit.«

Wir warteten, bis meine Eltern davongerauscht waren, dann stürmten wir hinunter und rannten über den Hof. Christian führte mit mürrischem Gesicht Grandino auf dem asphaltierten Parkplatz hin und her, dabei telefonierte er. Lajos zeitnahe Behandlung hatte eine schlimmere Entzündung verhindert, aber auf dem Ultraschall, das er von

Grandinos Sehne gemacht hatte, waren deutliche Zerfaserungen zu sehen. Selbst wenn Papa das Turnierverbot wieder aufhob, hätte Christian nur noch Ronalda, denn Grandino fiel für längere Zeit aus.

Liam sattelte gerade Mister Magic und telefonierte ebenfalls, Heinrich lud mit dem Bagger Mist auf den Anhänger des Traktors und Stani führte zwei Pferde hinaus auf die Koppeln. Oma werkelte in ihrem Gemüsegarten herum und Opa gab Reitstunden in der großen Reithalle. Nach den bedrückenden Stunden am Computer erschien mir die vertraute tägliche Routine des Amselhofs seltsam tröstlich. Das Leben ging unverändert weiter, auch wenn Ariane eine gemeine Offensive gegen mich gestartet hatte.

In wenigen Minuten hatten wir Sirius und Jasper gesattelt, schnell die Hufe ausgekratzt und die Pferde aus dem Stall geführt. Twix sprang begeistert bellend um uns herum und lockte Robbie aus dem Stall. Im Winter lag er am liebsten draußen, aber an warmen Tagen wie heute verkroch er sich an schattigeren Plätzchen. Der Berner Sennenhund sah zu, wie wir vor dem Stall aufsaßen, und trottete ein paar Meter mit, doch dann blieb er stehen und blickte uns nach. Das war ihm wohl zu anstrengend.

Melike und ich trabten durch den kühlen grünen Wald. Der Waldboden war von einem Teppich aus Waldmeister und Bärlauch bedeckt, es duftete herrlich nach dem wilden Knoblauch. Die Vögel sangen, und hin und wieder gelangte ein Sonnenstrahl durch die dichte Blätterkrone und malte helle Flecken auf den Weg.

»Eigentlich ist es mir total egal, was die bei SVZ schreiben!«, rief ich Melike zu. »Die Leute in der Schule kümmern mich eh nicht! Aber das mit Tim darf nicht rauskommen!«

»Es kann dir zwar egal sein«, rief Melike zurück, »aber du darfst dir das trotzdem nicht gefallen lassen! Der Ariane müssen wir irgendwie einen Denkzettel verpassen.«

Unsere Pferde fielen auf der »Autobahn« von selbst in Galopp und wir ließen sie nach Herzenslust rennen. Zwischendurch horchte ich immer mal wieder darauf, ob Sirius auch mit mir sprechen konnte wie Quintano, aber er blieb stumm. Wie ein Fisch oder eben ein Pferd. Nach einer halben Stunde im Trab und Galopp hatten wir den Waldparkplatz am Steinkreuz erreicht. Tim war schon da. Er trug Jeans und ein T-Shirt, das so blau war wie seine Augen. Ich sprang von Sirius' Rücken fast direkt in seine Arme, und endlich, endlich küsste er mich wieder! Melike nahm mir Sirius' Zügel aus der Hand und band unsere Pferde an der Holzhütte an, die als Unterstand für Wanderer gedacht war, dann setzten wir uns in der Hütte auf eine Bank. Tim hatte seinen Arm um mich gelegt und ich hielt seine Hand in meiner. Ariane, SchülerVZ, mein blöder Bruder – alles war ganz weit weg!

»Ich wollte dir eigentlich etwas anderes erzählen«, begann Tim und suchte eine Weile nach den passenden Worten. »Ich habe nämlich heute Post von der Schule bekommen.«

»Post? Einen blauen Brief?« Ich verstand kein Wort.

»Nein.« Tim lachte. »Ich bin ja eigentlich jetzt im Sommer mit der Schule fertig und mein Vater hat mich schon fest eingeplant als billige Arbeitskraft. Aber ich will aufs Gymnasium gehen und mein Abi machen.«

»Echt?«, sagten Melike und ich wie aus einem Munde. Ich selbst spielte mit dem Gedanken, nach der Zehnten abzugehen, um eine Bereiterlehre anzufangen – bloß keine Schule mehr! Und Tim hatte genau das Gegenteil vor.

»Ja.« Tim nickte. »Mir fällt die Schule nicht besonders schwer, ich krieg locker einen Einserdurchschnitt im Zeugnis. Ich bin mir nicht sicher, ob ich für den Rest meines Lebens nur reiten will.«

»Aber das ist doch super!«, rief Melike begeistert.

»Das findet mein Vater nicht«, erwiderte Tim und verdrehte die Augen. »Ich soll bei ihm eine Lehre machen. Den Lehrvertrag muss natürlich ein anderer unterschreiben, mein Vater darf gar keine Lehrlinge ausbilden.«

»Und was sagt deine Mutter dazu?«, wollte ich wissen. Ich hatte nie so genau darüber nachgedacht, wie es wäre, Tim nicht einmal mehr in der Schule zu sehen.

»Nichts. Ich glaub, der ist alles egal, Hauptsache, sie hat keinen Krach mit meinem Vater.«

»Klar wechselst du aufs Gymnasium und machst Abi«, sagte Melike. »Dein Vater kann dich doch nicht zwingen, von der Schule abzugehen.«

»Außerdem gibt's da ja noch deinen Opa«, erinnerte ich ihn. Friedrich Gottschalk war ein Freund von meinem Opa, ihm gehörte das Forsthaus und er hatte Geld wie Heu.

»... mit dem ich seit vierzehn Jahren kein Wort mehr gesprochen habe«, ergänzte Tim. »Aber egal. Jetzt erzählt mir erst mal von diesem Mist im Internet.«

Melike berichtete bis ins winzigste Detail, ich ergänzte Zusammenhänge. Tim nickte düster, als er die Tragweite der Situation erkannte. Er war in einer kaum besseren Situation als ich, denn auch seine Eltern durften nichts von uns erfahren. Wir grübelten hin und her, machten Vorschläge und verwarfen sie wieder. Melike war für einen schonungslosen Frontalangriff auf Ariane. Und auch ich begeisterte mich für die Idee, Ariane mit ihren eigenen Waffen zu schlagen.

»Mal ehrlich«, sagte Melike schließlich. »Sie *glaubt* doch nur, dass sie an der Schule beliebt ist. In echt können die Leute sie nicht ausstehen, weil sie eine eingebildete Pute ist und nur mit der Kohle von ihrem Vater herumprotzt. Ich wette, ich kann in kürzester Zeit hundert Leute aktivieren, die eine Anti-Ariane-Gruppe aufziehen.«

»Da ist etwas Wahres dran«, gab Tim zu. Auch ihm gefiel diese Idee ausnehmend gut.

»Mich stört's nicht, was die über mich schreiben«, behauptete ich und meinte es auch so. »Ich lösche mein Profil bei SchülerVZ und fertig. Meine echten Freunde seid ihr. Und für euch brauche ich kein Internet.«

»Hm, wir müssten aber als Erstes dafür sorgen, dass dieses Foto von euch verschwindet und die Gruppe gelöscht wird«, sagte Melike. »Und das musst leider du machen, Tim.«

»Ich? Ich hab von Computern null Ahnung.«

»Nein, das muss anders gehen. Und ich weiß auch, wie.« Melikes Augen blitzten vor Begeisterung. »Pass auf, Tim. Wenn Ariane heute in den Stall kommt, machst du einen auf bedrückt. Und zwar so auffällig, dass sie es merkt. Sie wird dich drauf ansprechen.«

»Aber ganz sicher.« Tim schnaubte. »Sie labert mich dauernd voll.«

»Umso besser.« Melike nickte zufrieden. »Du sagst ihr, dir hätte ein Kumpel erzählt, im Internet ständen blödsinnige Sachen über dich und diese Weiland. Wer das da reingesetzt hat, könntest du dir nicht erklären. Du kannst sogar Elena verdächtigen, so nach dem Motto: Die will sich an mich ranschmeißen. Auf jeden Fall musst du Ariane klarmachen, dass du einen Megazoff mit deinen Eltern kriegst und dass du deshalb überlegst, die Schule hinzuschmeißen und irgendwo in Norddeutschland einen Job als Bereiter anzunehmen. Mach es richtig schön dramatisch.«

Tim begann zu grinsen und schüttelte den Kopf.

»Du bist ja mit allen Wassern gewaschen, Melike«, sagte er anerkennend.

»Nur so kann es funktionieren. Ariane will Elena eins reinwürgen, nicht dir. Daran hat sie in ihrem Hass nämlich wahrscheinlich gar nicht gedacht. So, und wenn es läuft, wie ich mir das denke, dann wird sie auf der Stelle die Gruppe löschen und das Bild rausnehmen. Sobald das geschehen ist, lege ich los.«

»Genial«, sagte Tim. Ich fand den Gedanken, dass Tim mit Ariane reden musste, nicht so prickelnd, aber Melike hatte recht. Das konnte wirklich klappen.

Ich nickte. »Von mir aus können wir es versuchen.«

»Dann machen wir es so«, bestätigte Tim. »Ariane hat heute Abend Unterricht bei meinem Vater. Ich sehe sie auf jeden Fall später noch.«

Er zog mich enger an sich. »Wir müssen in der nächsten Zeit eben noch ein bisschen vorsichtiger sein. Bald sind Sommerferien. Und dann ist Ariane erst mal in der Karibik oder auf dem Mond.«

»Cool!« Melike strahlte. »Wir haben einen Plan! Ich schwöre euch, diese blöde Schnecke wird sich noch wünschen, sie hätte sich nicht mit uns angelegt!«

Melike brannte darauf, ihren Vernichtungsfeldzug gegen Ariane zu starten, und verzichtete dafür sogar auf einen

Grillabend in der Gesellschaft von Lajos und Liam. Gleich nachdem wir unsere Pferde versorgt hatten, schwang sie sich aufs Fahrrad und radelte nach Hause. Ich wollte sofort auf mein Zimmer, aber Papa hielt mich auf. Er stand mit ein paar Leuten vor zwei Boxen im langen Stall.

»Elena!«, rief er. »Ich möchte dich Frau Denninger, Fabian und Saskia vorstellen.«

Die neuen Einsteller hatte ich völlig vergessen. Widerstrebend ging ich zu ihm hin, schüttelte Frau Denninger brav die Hand. Fabian war etwa so alt wie Christian, er war groß und schlaksig und sah auf den ersten Blick ziemlich cool aus.

»Hey«, sagte er nur Kaugummi kauend.

Seine Schwester war ungefähr in meinem Alter. Sie war klein und dünn, hatte raspelkurze weißblonde Haare, die in alle Richtungen von ihrem Kopf abstanden, und riesengroße babyblaue Augen.

»Hi! Ich bin Kiki.« Sie hielt mir die Hand hin und ich schüttelte sie. »Eigentlich Saskia, aber das ist ein voll bescheuerter Name.«

Obwohl ich im Moment echt andere Sorgen hatte, musste ich grinsen.

»Das ist übrigens mein großer Bruder Fabian, er kriegt leider nur schwer die Zähne auseinander.« Sie kicherte und zwinkerte mir zu, und ich mochte sie auf Anhieb.

Ich schaute mir noch Saskias Pferde an, Carino und White Face, dann musste sie hinter ihrer Mutter und ihrem Bruder herrennen, die mit Papa schon den Stall verlassen hatten.

»Jetzt müssen wir daheim Kisten auspacken.« Sie rollte die Augen in gespielter Verzweiflung. »Die Umzugswagen müssten mittlerweile da sein. Ich hoffe, wir bleiben hier mal eine Weile. In den letzten Jahren sind wir sechs Mal umgezogen.«

»Echt? Wieso das denn?« Ich staunte. Seitdem ich denken konnte, lebte ich auf dem Amselhof, und konnte mir nicht vorstellen, ständig den Wohnort zu wechseln.

»Liegt am Job von meinem Dad.« Kiki zuckte mit den Schultern und verzog das Gesicht. »Sehen wir uns morgen?«

»Klar«, erwiderte ich. »Ich wohn ja hier.«

»Dann bis morgen!« Sie winkte mir und hüpfte davon wie ein Kobold.

Ich winkte auch, dann trabte ich hinüber zum Haus und rannte hoch in mein Zimmer.

Die *Rettet Tim vor Bauerntrampel Elena*-Gruppe hatte mittlerweile 136 Mitglieder, und ich konnte Kommentare über mich lesen, über die ich gelacht hätte, wäre es nicht so traurig gewesen. Diese ganzen Leute kannten mich überhaupt nicht und schrieben trotzdem das übelste Zeug über mich. Unglaublich!

Ich fühlte mich klebrig und verschwitzt, deshalb duschte ich und zog mir frische Klamotten an. Draußen war es drückend schwül geworden, ein Gewitter lag in der Luft. Mama bat mich, ihr mit dem Tischdecken auf der Terrasse zu helfen. Wir hätten uns auch drüben in den Garten der Gaststätte setzen und uns von Omas Kellnerin bedienen lassen können, aber Mama war sehr stolz auf ihre Terrasse, und das mit Recht.

Stani und Heinrich hatten erst vor ein paar Wochen die hässlichen Waschbetonplatten herausgerissen, die ganze Terrasse um das Doppelte vergrößert und Terrakottaplatten verlegt, dazu hatten sie eine neue Pergola gezimmert und die knorrigen Stämme und Äste der Glyzinie vorsichtig von den morschen alten Balken auf die neuen gebunden. Jetzt blühte die Glyzinie wie ein prächtiger violetter Wasserfall, ringsum standen Hortensien und Geranien in Kübeln. Durch eine Mauer vor Wind und Wetter geschützt war es ein kleines Paradies, und mit den gemütlichen dunklen Polyrattanmöbeln, die Mama im Internet günstig ersteigert hatte, hätte es auch in der Toskana nicht schöner sein können.

»Melike kann übrigens doch nicht«, sagte ich und wollte einen Teller zurückstellen.

»Frau Adelmann und ihre Tochter essen mit«, antwortete Mama.

Mir fiel ein, dass ich mich noch gar nicht für das Handy bedankt hatte. Das musste ich unbedingt sofort nachholen, am besten so unauffällig, dass Mama es nicht mitbekam.

Der Tisch war schnell gedeckt. Papa zündete den Holzkohlegrill an, dann verschwand auch er im Badezimmer. Mama schnippelte die Zutaten für einen Nudelsalat klein und ich half ihr dabei. Dann machte ich noch einen Gurkensalat, den ich selbst besonders gern aß.

Mein stumm geschaltetes Handy vibrierte. Ich lief unter einem Vorwand nach oben und machte die Tür hinter mir zu.

»Und?«, fragte ich aufgeregt. »Wie lief es?«

»Melike wird mir unheimlich.« Tims Stimme klang belustigt. »Es lief haargenau so, wic sic cs vorausgesagt hatte. Ariane war nach meiner Schaueinlage fast so weit, dass sie geheult hätte. Sie wär das nicht gewesen, hat sie beteuert, so was würde sie mir nie und nimmer antun, aber sie würde denjenigen kennen, der das Foto eingestellt und die Gruppe gegründet hätte.«

»Mensch, das ist ja super«, sagte ich erleichtert. »Löscht sie das heute noch?«

»Davon gehe ich aus, so verzweifelt, wie ich getan habe.« Tim lachte leise. »An mir ist ein Schauspieler verloren gegangen.«

Meine Mutter rief von unten.

»Ich muss runter zum Essen«, sagte ich zu Tim. »Jetzt bin ich mal gespannt, was sich Melike ausdenkt.«

»Ich auch. Halt mich auf dem Laufenden, okay?«

»Logisch. Mach's gut. Hab dich lieb!«

»Ich dich noch mehr!«

Ich schaute noch mal kurz bei SchülerVZ rein. Die Gruppe existierte noch. Aber Ariane war ja auch noch im Stall. Die würde ihr blaues Wunder erleben!

14. Kapitel

Christian war Feuer und Flamme für Ilona Adelmann, genau wie ich es erwartet hatte. Er hing den ganzen Abend an ihren Lippen, während sie von ihren Dressurpferden, der Schule in Frankfurt und anderem öden Kram erzählte. Sie fand es toll auf dem Amselhof. In dem Stall, in dem Adelmanns jetzt ihre Pferde stehen hatten, gab es ringsum kein Gelände, nur zwei Autobahnen, und sie mochte den Reitlehrer nicht, der ihrer Meinung nach Wolkentänzer und Rosentraum – was für Namen! – ruiniert hatte mit seiner harten Reiterei.

Frau Adelmann erzählte meinen Eltern und Lajos ungefähr dasselbe. Die beiden Pferde gingen seit über einem Jahr immer wieder lahm, und obwohl sie mittlerweile in beinahe jeder guten Pferdeklinik in ganz Deutschland gewesen waren, besserte sich nichts. Ihr Mann hatte es allmählich satt, den teuren Stall, den Ausbilder und dazu noch die hohen Tierarztrechnungen zu bezahlen. Lajos war die letzte Chance für Wolki und Rosi.

»Was bezahlen Sie denn für eine Box in Ihrem Stall?«, fragte Mama ungeniert und schob sich eine Gabel Salat in den Mund.

»Achthundert Euro«, antwortete Frau Adelmann und

Mama verschluckte sich an meinem Gurkensalat. »Und dazu der Beritt und die Koppeln. Das alles mal vier. Na ja, ich kann meinen Mann schon irgendwo verstehen.«

Rings um den Tisch herrschte Totenstille. Papa, Mama und Christian versuchten wohl auf die Schnelle zu überschlagen, wie viel Geld Herr Adelmann im Monat für vier Pferde in diesem Teuerstall ausgab.

»Bei uns kostet eine Box die Hälfte«, krächzte Mama und hustete. »Die Koppel ist kostenlos.«

»Tatsächlich?« Frau Adelmann schien beeindruckt. »Bis mir eine Bekannte Herrn Dr. Kertéczy empfohlen hat, hatte ich noch nie vom Amselhof gehört, dabei macht es für uns von der Entfernung her keinen Unterschied, in welche Richtung wir fahren.«

»Wir sind halt eher ein Springstall«, sagte Papa. »Aber was heißt das schon? Heute kommt ein Ausbilder auch auf den Hof.«

Ich saß schweigend in der Mitte und wartete voller Spannung auf eine SMS von Melike. In der Ferne zog das Gewitter auf, das hoffentlich die ersehnte Abkühlung bringen und die Hälfte aller stechwütigen Mücken ersäufen würde.

Erste Blitze zuckten über dem Wald, Donner grollten und der Himmel hatte sich verdunkelt. Adelmanns bedankten sich für das Abendessen und beeilten sich, zu ihrem Auto zu kommen. Papa, Christian, Liam und Lajos liefen hinüber in den Stall, um die Dachklappen zu schließen, und ich half Mama, den Tisch abzuräumen und das schmutzige Geschirr und Besteck in die Spülmaschine zu räumen. Mama summte die ganze Zeit vor sich hin und war so gut drauf wie lange nicht mehr.

»Du bist so fröhlich«, stellte ich fest. »Wieso?«

»Ach, es gab heute zur Abwechslung mal lauter gute Nachrichten.« Mama lächelte. »Die Bank hat die monatlichen Zins- und Tilgungsraten herabgesetzt, weil wir die Gesamtsumme ja erheblich reduziert haben. Wir haben heute zwei neue Einsteller bekommen, und wenn wir ganz viel Glück haben, können wir auch Adelmanns davon überzeugen, ihre Pferde hierherzustellen.«

»Ist doch super«, erwiderte ich und zwang mich zu einem Lächeln. Ich wünschte, aus meinem Leben gäbe es ähnlich erfreuliche Dinge zu berichten. Stattdessen traf ich mich heimlich mit dem Sohn der Todfeinde meiner Eltern und wurde bei SchülerVZ aufs Übelste gemobbt.

Ich legte einen Tab in die Spülmaschine und stellte sie an, dann trocknete ich die Gläser ab, die Mama gespült hatte. Ein feuchtwarmer Windstoß wirbelte durch die offenen Terrassentüren, dann krachte ein ohrenbetäubend lauter Donner. Twix, der dicht neben mir stand, jaulte vor Schreck auf. Er hasste Gewitter. In der gleichen Sekunde öffnete der rabenschwarze Himmel seine Pforten und wahre Wassermassen stürzten herab.

»Ich geh ins Bett. Bin total kaputt«, sagte ich, drückte Mama ein Küsschen auf die Backe und rannte mit Twix im Schlepptau nach oben. In meinem Zimmer sprang ich sofort an meinen Computer.

»Ja!«, murmelte ich und ballte triumphierend die Faust. Die Gruppe war tatsächlich gelöscht. Auch das Foto von Tim und mir war verschwunden. Ich rief Melike an.

»Es hat gekla-happt!«, sang sie mir ins Ohr. »Diese Ariane ist so berechenbar, das ist schon langweilig.«

»Ist dir was eingefallen?«

»Aber klar doch. Ich hab mich mit einer neuen Identität angemeldet und die Gruppe als ›Conny A. More‹ gegründet.« Melike kicherte. »Ob die hohle Blondie-Schnecke das Wortspiel kapiert? Beinahe schade, wenn nicht. War übrigens null Problem, hab einfach einen Account bei Hotmail eröffnet – und schwups! hatte ich schon eine neue E-Mail-Adresse, mit der ich mich anmelden konnte. Superleicht. Die Gruppe heißt: *Alle, die Ariane T genauso bescheuert finden wie ich*. Es war nur etwas zeitaufwendig, meine ganzen Kontakte zu der Gruppe einzuladen, aber da hab ich auch eine Lösung gefunden.«

Ich war stumm vor Bewunderung. Melike hatte echt Ahnung von Computern, überhaupt war sie wirklich clever. Ariane hatte gegen sie nicht die geringste Chance.

»Du bist der Hammer«, sagte ich. »Aber das ist bei SVZ doch eigentlich nicht erlaubt, oder?«

»Mir doch egal. Mein Bruder meint, das würde eh kein Schwein zurückverfolgen. Und selbst wenn, bis dahin hat Ariane gerafft, wie unglaublich unbeliebt sie in Wirklichkeit ist.«

Ich klickte die Gruppe an. Obwohl erst vor ein paar Minuten gegründet, hatte sie schon vierzehn Mitglieder.

»Wo hast du das Foto von Ariane her?«

»Von ihrer Website. Sie hat doch eine, die selbstverliebte Kuh.«

»Aha.«

Jetzt, wo die Aktion ins Laufen gekommen war, fand ich die Idee nicht mehr ganz so super wie noch am Nachmittag, als wir nur darüber gesprochen hatten. Ein winzig kleiner Gewissensbiss meldete sich in meinem Innern. Eigentlich machten wir jetzt dasselbe, was Ariane mir angetan hatte.

Es war irgendwie niederträchtig, andere auf diese Weise fertigzumachen. Auf der anderen Seite hatte Ariane einfach auch mal einen Denkzettel verdient.

Am nächsten Morgen schaute ich vor dem Frühstück bei SchülerVZ rein, was ich normalerweise nie tat. Die *Alle, die Ariane T genauso bescheuert finden wie ich*-Gruppe hatte über Nacht gewaltigen Zulauf gefunden: 217 Mitglieder waren beigetreten und es wurden in jeder Minute mehr, dazu gab es Dutzende von Kommentaren im Buschfunk. *Blödes Modepüppchen, arrogante Ziege, aufgeblasene Hohlnuss, meint wohl, mit Papis Geld kann man sich alles kaufen.* Das waren nur die harmloseren Dinge. Wenn Ariane das las – und daran zweifelte ich nicht –, würde sie einen heftigen Schock erleiden. Mein schlechtes Gewissen hielt sich jedoch in Grenzen. Ich musste nur daran denken, wie sie sich an Tim rangeschmissen hatte, und schon empfand ich nichts als Schadenfreude.

Als ich kurz darauf im Bus saß, konnte ich mir ein Grinsen nicht verkneifen. Melike rutschte neben mir aufgeregt hin und her.

»Oh Mann, heute wäre ich echt gern in deiner Klasse!«, rief sie und hüpfte auf ihrem Platz herum wie eine Irre. »Ob Ariane heute überhaupt in die Schule kommt?«

»Wäre nicht schade, wenn nicht«, erwiderte ich. Ich hatte mich wohlweislich nicht zu der Gruppe gemeldet. Auf mich sollte kein schlechtes Licht fallen, auch wenn Ariane mich sofort verdächtigen würde.

In der Schule hatte die Kampagne gegen Ariane natürlich schon die Runde gemacht. Früher hatten sich solche Dinge auf dem Schulhof verbreitet, heute ging das mit ein paar

Mausklicks erheblich schneller. Bis zu den Lehrern hatte es sich nicht herumgesprochen. SchülerVZ war die Welt der Schüler, und man sprach mit Erwachsenen nicht über das, was dort geschrieben wurde. Die Ariane-T-Gruppe war cool und witzig, deshalb wollte jeder dabei sein. Ich würde mich nicht wundern, wenn sie heute Nachmittag 500 Mitglieder hätte.

Zu meiner Überraschung war Ariane da und sie wusste Bescheid. Sie hielt nämlich nicht wie üblich hoheitsvoll Hof auf ihrem Tisch, umgeben von Bewunderern, und riss ihre Klappe auf, sondern saß stumm und trotzig auf ihrem Platz zwischen Ricky und Tessa. Als es zur kurzen Pause gongte und alle aufsprangen, um in den Biologiesaal zu wandern, blieb sie sitzen.

»Ich geh da nicht raus«, hörte ich sie in einem jammernden Tonfall zu ihren beiden Getreuen sagen. »Das ist das reinste Spießrutenlaufen! Ich warte, bis die Flure leer sind.«

»Aber wir müssen zu Bio«, zeterte Ricky. »Der Lautner hat mich eh schon auf dem Kieker. Ich will nicht wieder zu spät kommen.«

»Dann musst du wohl gehen.« Ariane verschränkte die Arme vor der Brust und fügte dramatisch hinzu: »Wenn dir der Lautner wichtiger ist als ich.«

Die dumme Ricky war hin und her gerissen. Aber so wichtig schien ihr die Freundschaft mit Ariane doch nicht zu sein, denn sie ergriff ihre Tasche und spurtete mit irgendeiner gemurmelten Entschuldigung aus dem Klassenzimmer. Aha, die erste feige Ratte ging schon von Bord. Ich musste mir mit aller Kraft ein breites Grinsen verbeißen und schlenderte ebenfalls hinaus.

Melike erwartete mich ungeduldig am Fuß der Treppe. Sie wollte haargenau wissen, wie Ariane reagiert hatte.

»Sehr gut«, sagte sie hochzufrieden, als ich meinen Bericht beendet hatte. »Ich denke, ich lasse die Gruppe bis morgen drin, dann lösche ich sie. Dann weiß sie endlich mal, wie es sich anfühlt, wenn über einen hergezogen wird.«

Ich hätte Melike niemals darum gebeten, schließlich hatte sie die Aktion überhaupt nur gestartet, um mir zu helfen, aber ich war insgeheim erleichtert.

Wir trennten uns beim nächsten Treppenhaus. Ich ging hoch zum Biologiesaal und Melike zurück in ihre Klasse. Ariane und Tessa kamen eine Minute nach dem Gongschlag.

»Hey, da ist ja *Ariane T!*«, riefen ein paar von den Jungs und alle lachten.

Ariane wurde knallrot. Ihre Tasche an die Brust gedrückt marschierte sie mit hocherhobenem Kopf vor Tessa her zu ihrem Platz, hauchte »Entschuldigung« in Richtung unseres Biolehrers und setzte sich hin, ohne die übliche Schau zu machen. Die ganze Stunde blickte sie starr geradeaus, sie sprach keinen Ton mit Ricky, der Verräterin, und kämpfte mit den Tränen. Wie bitter musste es für sie sein zu begreifen, dass sie absolut nicht der beliebte Klassenstar war, für den sie sich in ihrer grenzenlosen Überheblichkeit immer gehalten hatte.

Nach der Stunde weigerte sie sich, in die Pause zu gehen. Herr Lautner musste aber den Biologiesaal abschließen, das war Vorschrift, und zwang sie mehr oder weniger hinaus auf den Flur.

Für mehr als zwei Stunden reichten ihre Nerven nicht aus. In der dritten Stunde blieb ihr Platz leer. Tessa entschuldigte sie bei unserem Englischlehrer, Ariane wäre plötzlich schlecht geworden und sie hätte sich von ihrer Mutter abholen lassen.

Auf dem Schulhof war Ariane natürlich Gesprächsthema Nummer eins, jeder machte sich über sie lustig, aber ich verspürte keinen Triumph. Im Gegenteil: Ich fühlte mich mies. Ariane war ein gemeines Aas, aber den Spott und die Verachtung der ganzen Schule wünschte ich ihr auch nicht. Mir würde es schon reichen, wenn sie ihre Finger von Tim lassen könnte.

Melike löschte ihre Fake-Identität und die Gruppe wie versprochen noch am selben Abend. Da hatte sie schon über 600 Mitglieder.

»So«, sagte sie am Telefon zu mir, »und jetzt schreibst du was in den Buschfunk. Etwas Nettes. Du verteidigst Ariane.«

»Spinnst du jetzt?«, erwiderte ich ungläubig.

»Doch, das gehört zu meiner Strategie. Ich schwör dir, Ariane sitzt seit heute Mittag wie festgewachsen am Computer und liest jeden einzelnen Kommentar. Wenn du dich auf ihre Seite schlägst, nimmt ihr das den Wind aus den Segeln.«

Ariane war nicht in den Stall gegangen, das wussten wir von Tim. Wahrscheinlich hatte Melike recht.

»Meinst du echt?«, fragte ich zweifelnd. »Was soll ich denn schreiben?«

»Du schreibst … äh … warte mal …«, überlegte meine Freundin laut. »Ich finde es voll daneben, dass ihr hier so über Ariane ablästert. Ich bin zwar nicht ihre Freundin, aber das ist total mies. Ich weiß das, weil es gegen mich auch eine Gruppe gegeben hat, und es ist ein Scheißgefühl!«

»Boah, was für ein Schleimkram!« Ich musste kichern, fand Melikes Vorschlag aber zugegebenermaßen gut.

»Dich werden dafür auch ein paar Leute anmachen, aber das ist egal«, behauptete Melike. Sie diktierte mir, was ich posten sollte, und ich tat es.

Ariane fehlte am nächsten Morgen in der Schule und auch für den Rest der Woche. Die Lästereien bei SVZ hatten aufgehört, die Ariane-T-Gruppe war Schnee von gestern und es gab neue, interessantere Dinge. Niemand hatte eine neue Anti-Ariane-Gruppe gegründet. Das traute sich wohl dann doch keiner, nicht einmal mein Bruder, der sich königlich über Ariane amüsiert und darüber die Geschichte mit Tim und mir vollkommen vergessen hatte. Melike sei Dank!

15. Kapitel

Ariane hatte bis zu den Ferien kein Wort mehr mit mir gewechselt. Ricky war bei ihr in Ungnade gefallen, deshalb war Tessa nun ihre einzige Busenfreundin. Ich hatte Gerüchte gehört, dass Ariane die Schule wechseln wollte, aber das hatten ihre Eltern angeblich abgelehnt.

Endlich war das Schuljahr zu Ende, vor uns lagen sechs herrliche lange Wochen Sommerferien und die fingen mit den Hessenmeisterschaften in Eschwege an. Papa und Liam würden bei den Senioren reiten, Christian und ich waren in der Junioren-Tour gemeldet und Ilona Adelmann startete mit ihrem besten Pferd Andiamo in der Junioren-Dressur. Am Donnerstag, gleich nachdem es Zeugnisse gegeben hatte, brachen wir nach Nordhessen auf, wenn auch mit gemischten Gefühlen. Erst drei Tage zuvor waren keine zwanzig Kilometer entfernt eine Stute mit ihrem Fohlen direkt von einer Koppel und ein vierjähriger Hengst aus seinem Stall gestohlen worden. Für Papa und Mama war es beruhigend, Lajos auf dem Hof zu wissen, außerdem hatte Opa versprochen, die Koppelpferde und Zuchtstuten mit ihren Fohlen über Nacht in den Stall zu holen. Das war zwar umständlich und zeitraubend, aber immer noch besser, als am nächsten Morgen ein Pferd weniger zu haben.

Ich war froh, dass Fritzi mit nach Eschwege reiste. Papa würde ihn in der Bundeschampionatsqualifikation reiten, und auch Herr Nötzli plante zu kommen, weil er meine und Quintanos Fortschritte sehen wollte.

Wir tuckerten also am frühen Nachmittag los: voran Papa mit dem großen Lkw, an den der Wohnwagen angehängt war, dahinter Mama mit dem Pferdehänger, Frau Adelmann ebenfalls mit Hänger und schließlich Liam am Steuer des kleinen Lkws. Leider hatte Melike nicht mitfahren können, sie musste sehr zu ihrem Verdruss zu ihren Verwandten in die Türkei fahren, weil ein Cousin heiratete.

Auf dem Turnierplatz war schon viel los. Die besten Spring- und Dressurreiter aus ganz Hessen hatten sich auf dem großzügigen Gelände an der Ochsenwiese versammelt, Pferde wurden abgeladen und in den Stallzelten untergebracht, Lkws rangierten hin und her, der Stallmeister lief mit einem Klemmbrett unterm Arm herum und versuchte, Ordnung in das Chaos zu bringen. Mama hatte zwölf Boxen reserviert, auch wenn wir mit Calvador, Cornado, Intermezzo, Cotopaxi, Mister Magic, Nevertheless, Fritzi, Qantas, Circle of Life, Ronalda und Quintano nur elf Pferde dabeihatten. In der leeren Box richteten wir die Sattel- und Futterkammer ein. Liam und Christian rollten die Sattelschränke von den Lkws, Mama und ich bugsierten die mitgebrachten Heu- und Strohballen in einer großen Schubkarre in den Stall. Das alles war längst Routine für uns, und nach zwei Stunden war alles eingerichtet.

Papa kümmerte sich um Strom für den Wohnwagen und ging danach zur Meldestelle, um uns für den nächsten Tag einzutragen.

Ich hielt die ganze Zeit Ausschau nach Tim. Der neue, riesige Lkw parkte unübersehbar direkt ganz vorn auf dem Parkplatz und in einem der anderen Stallzelte hatte ich die Pferde von Jungbluts entdeckt, aber bisher waren mir weder Tim noch sein Vater oder Ariane über den Weg gelaufen. Wir gingen duschen, zogen uns um und liefen dann gemeinsam zur Halle, in der der Veranstalter eine Willkommensfeier mit einer grässlich altmodischen Musikkapelle und einem ziemlich leckeren Büfett veranstaltete.

Papa und Mama trafen zig Bekannte, und ich sah an einem Tisch Tims Eltern sitzen, zusammen mit Arianes Eltern, dem dicken Gasparian und einigen anderen Leuten. Sie schienen bester Laune zu sein, tranken Sekt und lachten dröhnend laut. Ariane saß neben ihrer herausgeputzten Mutter und tippte gelangweilt auf ihrem iPhone herum, wahrscheinlich war es schon ein neues. Ich war viel zu aufgeregt, um etwas essen zu können. Christian hockte mit seinen Kumpels und ein paar Mädchen an einem Tisch in der Nähe der Bar, und es machte nicht den Eindruck, als ob er in der nächsten Zeit aufstehen und mich suchen würde. Weil Tim definitiv nicht bei der Party war und weil es mir in der Halle zu laut, zu voll und viel zu warm wurde, verdrückte ich mich nach draußen. Ich atmete tief die frische Luft ein und kramte mein Handy hervor.

Wo bist du?, schrieb ich Tim.

Im Stallzelt bei Fritzi, kam es Sekunden später zurück.

Ich lief um den Turnierplatz herum. Die Nacht war lau, der Himmel samtschwarz und ein großer voller Mond warf seinen hellen Schein. In voller Fahrt bog ich am Richterturm um die Ecke und prallte in der Dunkelheit mit jemandem zusammen, der es genauso eilig zu haben schien wie ich. Ich landete unsanft auf meinem Hintern und sah aus den Augenwinkeln einen weiteren Schatten, der sich eilig entfernte.

»Autsch«, sagte ich benommen und rieb meine Schulter.

»Holy shit«, erwiderte der Mann, mit dem ich zusammengestoßen war. Ich erkannte Liam. Was tat der denn hier? Mit wem hatte er gesprochen?

»Äh … ich … ich habe noch mal nach den Pferden geschaut«, stotterte Liam nun, obwohl ich ihn gar nicht gefragt hatte und es mich auch eigentlich nichts anging, was er tat. »Bist du okay?«

»Ja, ja, schon gut«, antwortete ich und rappelte mich auf. »Ich geh schlafen.«

»Wieso das?« Nun grinste er wieder. »Ist die Party doof?«

»Die Musik ist ätzend«, sagte ich. »Viel Spaß trotzdem.«

»Danke und gute Nacht.«

Ich blickte ihm nach. Gerade als ich meinen Weg fortsetzen wollte, sah ich etwas Metallenes auf dem Boden liegen. Ein Schlüsselbund! Ich bückte mich und hob ihn auf. Liam musste ihn bei unserem Zusammenstoß eben verloren haben. Da ich keine Zeit und Lust hatte, ihm jetzt nachzulaufen, steckte ich den Schlüsselbund ein. Ich konnte ihn Liam später immer noch wiedergeben.

Tim erwartete mich bei unseren Pferden vor Fritzis Box. Im schwachen Licht der Nachtbeleuchtung sah ich seine Zähne weiß aufleuchten, als er mir nun entgegenlächelte. In der nächsten Sekunde lag ich in seinen Armen und spürte seine Lippen auf meinen. Mein Herz pochte vor Glück.

»Komm«, sagte er leise und ergriff meine Hand. »Lass uns hier verschwinden, bevor noch einer reinkommt.«

Wir wünschten Fritzi eine gute Nacht und verließen Hand in Hand das Stallzelt. Der Nachtwächter mit seinem Schäferhund würde gut auf Fritzi und die vielen anderen wertvollen Pferde aufpassen.

Tim und ich spazierten einen schmalen Pfad entlang, der zum nahe gelegenen See führte. Der Mond stand groß und gelb am nachtschwarzen Himmel und tauchte die Landschaft in ein unwirkliches Licht. Von fern wehten Fetzen der Musik und Gelächter zu uns herüber.

»Ich kann nicht verstehen, dass es einem Spaß machen kann, sich in so eine stickige Halle zu quetschen«, sagte ich. »Party! Pah!«

»Ich kann auch gut drauf verzichten.« Tims Stimme klang geringschätzig. »Die lassen sich alle nur volllaufen, protzen mit ihren Erfolgen und erzählen von ihren Heldentaten, die immer doller werden, je betrunkener sie sind. Mein Vater ist da auch ganz groß drin.«

Wir hatten das Ufer des Sees erreicht. Kleine Wellen rollten mit leisem Plätschern an den schmalen Strand. Der weiche Sand war noch warm von der Sonne. Der runde Mond spiegelte sich auf der silbrigen Wasseroberfläche, Frösche quakten. Im hohen Gras zirpte eine Grille. Wir hielten uns an den Händen und genossen den Zauber dieser friedlichen Sommernacht. Ich zog die Turnschuhe aus und grub meine nackten Zehen in den Sand.

»So stelle ich mir Urlaub vor«, sagte ich und seufzte glücklich. Urlaub gab es bei uns nicht. Im Sommer, wenn alle Welt verreiste, wartete auf einem Hof die meiste Arbeit: Heuernte, Strohernte, Turniere.

»Ich war auch noch nie verreist.« Tim beugte sich über mich und küsste mich. »Wenn wir älter sind, verreisen wir zusammen, okay?«

»Oh ja!« Ich lächelte. »Ich will mal nach Amerika, in die Rocky Mountains. Und in die Sahara. Wohin würdest du am liebsten fahren?«

Tim lag neben mir, den Kopf in die Hand gestützt. »Nach England. Dahin, wo die Harry-Potter-Filme spielen«, erwiderte er. »Oder in die Karibik ...«

Wir träumten vor uns hin, malten uns aus, was wir tun würden, wenn wir erst erwachsen waren. Ich erzählte Tim von unseren neuen Einstellern, von Lajos' Patienten, von Fritzi, und es war einfach ein perfekter Abend. Der Mond wanderte langsam über den Himmel.

Plötzlich schrillte mein Handy. Ich fuhr erschrocken hoch. Wir hatten völlig die Zeit vergessen und es war schon nach Mitternacht!

Mama klang ziemlich besorgt und wollte wissen, wo ich war.

»Ich habe noch kurz bei Fritzi vorbeigeschaut«, erwiderte ich, was ja nicht direkt gelogen war.

Eilig sprangen wir auf und liefen zurück zum Turniergelände.

»Ich hab meinem Vater übrigens gesagt, dass ich nach den Ferien weiter auf die Schule gehe«, sagte Tim.

»Und?«

»Erst hat er mich ausgelacht. Dann hat er gebrüllt, das käme überhaupt nicht infrage, ich sei jetzt alt genug, um etwas zu unserem Lebensunterhalt beizutragen, nachdem ich mich sechzehn Jahre lang ausgeruht hätte.«

Tim schnaubte.

»Er kann mich mal. Nach den Ferien gehe ich in die Elfte. Und ich mache Abitur.«

Ich drückte seine Hand. Tim hatte es so viel schwerer als alle anderen Jungs, die ich kannte. Niemals hätte Papa von Christian verlangt, die Schule aufzugeben, um im Stall mitzuarbeiten!

Kurz bevor wir die Lkws erreicht hatten, hielten wir an und umarmten uns ein letztes Mal.

»Was hast du denn da in der Tasche?«, fragte Tim.

Erst jetzt erinnerte ich mich an den Schlüsselbund, den ich vorhin eingesteckt hatte. Ich erzählte ihm rasch von meinem Zusammenprall mit Liam.

»Wahrscheinlich schläft er schon«, sagte ich schulterzuckend. »Ich geb ihn ihm morgen früh wieder.«

Mama erwartete mich am Wohnwagen, wo ich bei ihr und Papa schlafen sollte. Christian schlief in der Wohnkabine des kleinen Lkws, Liam in der des großen. Ich schaltete mein Handy stumm und kletterte in den Wohnwagen. Mama hatte schon die Betten gemacht und ich zog mich schnell aus und kroch unter die Decke. Jetzt merkte ich erst, wie geschafft ich war. Papa und Mama redeten noch leise, und ich wollte eigentlich etwas über Tim und unsere Pläne nachdenken, aber ich war so müde, dass ich nach ein paar Minuten tief und fest schlief.

Mitten in der Nacht fuhr ich schlaftrunken hoch und knallte mit dem Kopf gegen den Oberschrank. Ich hatte ganz vergessen, dass ich nicht in meinem Bett lag.

»Autsch«, flüsterte ich und rieb mir die schmerzende Stelle. Ein kühler Luftzug drang durch das halb geöffnete Klappfenster direkt neben mir. Meine Augen gewöhnten sich an das schwache Licht, das eine einsame Laterne vorn am Parkplatz verbreitete. Auf der anderen Seite des Wohnwagens erkannte ich die Umrisse meiner schlafenden Eltern. Es war ganz still, nur Papa schnarchte friedlich vor sich hin.

Plötzlich nahm ich eine Bewegung am Fenster wahr, eine Hand fuhr herein und tastete nach mir.

»Elena!«, flüsterte eine Stimme meinen Namen.

Erschrocken zuckte ich zur Seite, aber das Bett war so schmal, dass ich mit Donnergepolter auf den Boden fiel. Sofort waren Papa und Mama hellwach. Ich blinzelte in das helle Licht.

»Elena, was ist denn los, um Gottes willen?«, fragte Papa mit verschlafener Stimme.

»Da … da … da war eine Hand!«, stammelte ich. »Sie hat nach mir gegriffen und jemand hat meinen Namen geflüstert!«

»Da wird sich jemand einen Streich erlaubt haben«, murmelte Papa und gähnte. »Oder du hast geträumt.«

Auch Mama schien das nicht besonders ernst zu nehmen.

»Mach doch einfach das Fenster zu«, sagte sie nur und legte sich wieder hin.

Na super! Ich hätte ermordet werden können und sie schliefen in aller Seelenruhe weiter!

»Dann erstick ich hier drin«, erwiderte ich mit zitternder Stimme. »Könnt ihr nicht mal draußen gucken?«

»Mmmmhhmnnn«, war die Antwort. Wenig später schnarchte Papa schon wieder. Mein Handy vibrierte, das Display leuchtete grell in der Dunkelheit auf.

Wollte dich nicht erschrecken, schrieb Tim. *Kannst du kurz rauskommen? Bin bei euren Lkws.*

So leise wie möglich schlüpfte ich in meine Jeans und die Turnschuhe, pirschte zur Tür und öffnete sie. Wenig später schlich ich zwischen den Wohnwagen und Lastwagen durch die Dunkelheit. Der Mond hatte sich mittlerweile hinter ein paar Wolken versteckt, und ich musste aufpassen, nicht über die kreuz und quer liegenden Stromkabel zu stolpern.

»Pssst!«, machte es. Tim stand hinter unserem großen Lkw und winkte mir.

»Was machst du hier draußen?«, flüsterte ich atemlos. »Mann, hast du mich erschreckt!«

»Sorry. Ich musste kurz raus«, erwiderte er, »und da hab ich was beobachtet. Zwei Leute sind ein paar Minuten lang um den Richterturm herumgeschlichen und haben mit Taschenlampen den Boden abgesucht. An der Stelle bist du doch gestern Abend mit Liam zusammengestoßen, oder?«

»Ja.« Ich starrte ihn aus großen Augen an. »Du meinst, sie haben den Schlüsselbund gesucht?«

»Was sonst?« In der Dunkelheit konnte ich Tims Nicken mehr erahnen als sehen. »Der andere Typ war voll sauer auf Liam. Sie haben sich gestritten, natürlich ganz leise, und dann hat der Kerl Liam gegen die Mauer vom Richterturm gestoßen und ihm gedroht.«

»Hast du die Männer erkannt?«

»Nur Liam. Den anderen nicht.«

»Warum suchen sie mitten in der Nacht nach einem Schlüsselbund?«, fragte ich und fröstelte auf einmal.

»Vielleicht war ein wichtiger Schlüssel dran, den sie unbedingt brauchen«, vermutete Tim.

Wir standen eine Weile schweigend da und überlegten.

»Liam wird sich daran erinnern, dass er mit mir zusammengestoßen ist«, wisperte ich mit zitternder Stimme. »Er wird sauer auf mich sein.«

Plötzlich ergriff Tim mich an den Schultern und zog mich tiefer zurück in den Schatten.

»Achtung, da kommt jemand!«, flüsterte er.

Leise Schritte näherten sich. Wir wagten kaum zu atmen. Der Mann schloss die Kabinentür auf, Licht flammte auf und ich erkannte Liam. Er kletterte in den Lkw, rumorte herum und begann zu telefonieren. Tim und ich lauschten, aber er sprach englisch, und das leise und sehr schnell, wir verstanden kein Wort.

»Den Schlüssel für euren Lkw hat er noch«, stellte Tim fest. »Das ist ja seltsam. Welchen Schlüsselbund hat er dann verloren?«

Wir sahen uns an. Wieder näherten sich Schritte. Rasch duckten wir uns. Jemand blieb an der Tür des Lkws stehen und klopfte leise. Wenig später öffnete Liam von innen. Für ein paar Sekunden fiel ein heller Lichtschein nach draußen, und ich hörte, wie Tim scharf die Luft einzog. Der Mann verschwand im Lkw, die Tür fiel ins Schloss. Tim schauderte.

»Was hast du?«, fragte ich ängstlich.

»Ich kenne den Kerl«, erwiderte Tim dumpf.

»Und? Wer ist das?«

Tim zögerte einen Moment.

»Ich weiß nicht, wie er heißt. Aber er war neulich mit dem Grinser und Gasparian bei uns auf dem Hof«, erwiderte er dann. »Ich bin ganz sicher, dass der irgendwie krumme Geschäfte macht. Er ist mir unheimlich.«

Mir war der dicke Gasparian viel unheimlicher als jeder andere Mensch.

»Was soll Liam denn mit so jemand zu tun haben?«

»Tja«, sagte Tim. »Das frage ich mich allerdings auch.«

Heller Sonnenschein weckte mich am nächsten Morgen. Gestern Nacht war ich felsenfest davon überzeugt gewesen, kein Auge mehr zumachen zu können, aber ich war wohl doch sofort eingeschlafen. Ich tastete gähnend nach meinem Handy. Zehn nach sechs. Papa war schon draußen, Mama lag noch im Bett.

Ich stand auf, zog mich leise an und verließ den Wohnwagen. Als ich wenig später verschlafen zu den Stallzelten wankte, erschien mir unser nächtliches Abenteuer wie ein verrückter Traum. Nachdem der fremde Mann zu Liam in unseren Lkw geklettert war, hatte Tim mich zum Wohnwagen begleitet und draußen gewartet, bis ich ihm den Schlüsselbund durch das geklappte Fenster gereicht hatte. Sein Plan war, den Bund irgendwohin zu legen, wo Liam ihn gleich finden musste.

Ich betrat das Stallzelt. Mein Adrenalinspiegel schoss in die Höhe, als ich Liam direkt gegenüberstand. Er war gerade dabei, die morgendlichen Futterrationen für unsere Pferde abzumessen.

»Hi«, sagte er freundlich wie immer und sah nicht gerade aus wie jemand, der sich nachts heimlich mit zwielichtigen Personen traf. »Du bist aber früh auf den Beinen.«

»Ich bin so aufgeregt«, erwiderte ich. »Ich konnte nicht mehr schlafen.«

Ich half ihm, die Pferde zu füttern und die Boxen zu misten. Liam benahm sich ganz normal, er pfiff vor sich hin und ich zweifelte an Tims Verdacht, Liam würde mit irgendjemandem krumme Geschäfte machen.

Papa kam mit der Starterliste für die Springpferdeprüfung, er trug schon seine weiße Reithose und die Stiefel und hatte Liam einen Kaffee mitgebracht. Ich wartete, bis die Pferde fertig gefressen hatten, dann holte ich Fritzi aus seiner Box, besserte die Mähnenzöpfchen aus, die sich in der Nacht gelöst hatten, und putzte ihn auf Hochglanz.

Das Leben erwachte allmählich in den Stallzelten ringsum. Überall wurde gefüttert, gemistet, geputzt und gesattelt. Um acht Uhr ging es mit der ersten Prüfung des Tages los.

Mama kam in den Stall und ging mit Papa hinüber zur Halle, um zu frühstücken. Ich hatte keinen Hunger und hoffte außerdem, kurz mit Tim sprechen zu können. Liam ging ebenfalls frühstücken, und Christian lag sicher noch im Koma in der Koje im Lkw, nachdem er bis spät in die Nacht mit seinen Freunden gefeiert hatte.

Ich putzte noch Circle of Life und Qantas.

»Hey«, sagte Tim plötzlich hinter mir. Er war ein Meister im Anschleichen.

»Und? Hat mit dem Schlüssel alles geklappt?«, fragte ich und blickte hektisch von rechts nach links, um eine sich unverhofft nähernde Gefahr rechtzeitig zu bemerken.

»Jetzt halt doch mal den Kopf still,« sagte Tim belustigt. »Ich krieg ja ein Schleudertrauma, wenn ich dir nur zugucke.«

Da musste ich lachen. Tim hatte den Schlüsselbund auf den Boden unserer provisorischen Sattelkammer gelegt und ein paar Sägespäne darübergestreut.

»Aber erst habe ich noch ein Foto mit meinem Handy gemacht«, schloss er seinen Bericht. »Wer weiß, wozu das noch gut ist!«

»Ich glaub, du siehst Gespenster«, entgegnete ich. »Liam ist ganz normal drauf und …«

»Ich trau dem Kerl nicht über den Weg«, unterbrach Tim mich.

»Ach, du kannst Liam nur deshalb nicht leiden, weil er mich in Viernheim umarmt hat«, behauptete ich und fuhr fort, Qantas' Schweif zu bürsten.

»Das stimmt nur halb«, antwortete Tim. »Aber Liam war ein paarmal bei uns auf dem Hof. Zuletzt vor ungefähr acht Tagen.«

Ich ließ die Schweifbürste sinken. »Und was hat er da gemacht?«

»Keine Ahnung.« Tim zuckte mit den Schultern. »Ich war gerade reiten. Er hat mit meinem Vater gesprochen und ist wieder weggefahren.«

Jemand betrat auf der anderen Seite das Stallzelt. Tim war so schnell verschwunden, als hätte er sich in Luft aufgelöst, und ich blieb allein mit meinen Gedanken. Ich zweifelte nicht an dem, was Tim gerade erzählt hatte. Papa wusste ganz sicher nichts davon, dass Liam in seiner freien Zeit auf dem Sonnenhof herumlungerte, und er wäre darüber alles andere als begeistert.

Ich war richtig enttäuscht, denn ich mochte Liam gern. Wenn ich Papa sagte, dass sich Liam mit Richard Jungblut unterhielt, so würde er ihn rausschmeißen. Ganz sicher. Allerdings brauchte er ihn, solange der Aknefrosch noch nicht wieder arbeiten konnte.

Ich saß in der Zwickmühle und beschloss, vorerst einfach meinen Mund zu halten und Liam genau zu beobachten.

Fritzi gewann auch diesmal die Springpferdeprüfung der Klasse M mit einer überragenden Note. Richtig Zeit, um mich darüber zu freuen, hatte ich nicht, denn gleich anschließend begann die erste Qualifikation für uns Junioren, und ich war mit Quintano bereits als siebte Starterin an der Reihe. Der Parcours war ziemlich anspruchsvoll und lang, aber wir waren eben auf den hessischen Meisterschaften und nicht auf einem normalen Turnier.

Christian sah aus, als habe er nicht besonders viel Schlaf bekommen, seine Augen waren rot und geschwollen. Aber seine Kumpels sahen alle nicht viel besser aus als er. Das kam davon, wenn man bis in die Puppen feierte!

Tim war als Reiter mit den meisten Ranglistenpunkten als Letzter dran, er durfte auch nicht die Pferde reiten, mit denen er schon S-Springen gewonnen hatte, das verlangte das Handicap. Aber selbst auf einem noch relativ unerfahrenen Pferd wie Cascade de la Licorne war er der unangefochtene Favorit.

Genau wie ich war auch Ariane mit Con Amore bereits auf dem Abreiteplatz. Sie war nach mir an der Reihe.

Im Vorbeireiten erhaschte ich einen Blick auf einen Mann, der sich mit Papa unterhielt. Er war groß und breitschultrig, hatte ein kantiges Gesicht und in sein schütteres blondes Haar mischten sich graue Strähnen. Schon vorhin war er mir aufgefallen, weil er bei der Springpferdeprüfung die ganze Zeit zwischen Abreite- und Turnierplatz gestanden hatte, ohne sich von der Stelle zu rühren, und Fritzi so auffällig angestarrt hatte. Ich parierte durch und gurtete nach. Dabei schnappte ich ein paar Wortfetzen auf. Der Mann sprach deutsch, aber mit einem Akzent. Holländisch? An Papas Reaktion erkannte ich, dass es wieder mal um Fritzi ging, denn er lächelte nur und schüttelte den Kopf. Dann bückte er sich unter dem Geländer durch und betrat den Abreiteplatz.

»Komm einmal aus dem Trab übers Kreuz!«, rief Papa mir zu.

»Sprung frei!«, rief ich und trabte an.

Da lenkte Ariane ihr Pferd direkt vor mir auf den Zirkel. Ich musste Quintano eine grobe Parade geben, sonst wäre ich mit Con Amore zusammengestoßen.

»Pass doch auf!«, schrie ich.

Ariane grinste nur und galoppierte ungerührt weiter. Noch zwei Mal ritt sie mir in den Weg, sodass ich mein Pferd jedes Mal kurz vor dem Sprung abwenden musste. Quintano wurde nervös. Er mochte es nicht, so unsanft durchpariert zu werden. Ich war wütend. Sah denn keiner, dass sie mich absichtlich behinderte? Als ich schließlich in den Parcours galoppierte, war Quintano anders als sonst, hektischer. Ich versuchte, ihn zu beruhigen, mit ihm zu reden, aber heute blieb er stumm.

Mit sehr viel Glück gelang uns eine fehlerfreie Runde, allerdings kassierten wir einen Zeitstrafpunkt. Papa war dennoch zufrieden.

»Diese bescheuerte Kuh von Ariane hat Quintano auf dem Abreiteplatz ganz nervös gemacht«, beklagte ich mich. »Dauernd ist sie mir in den Weg geritten.«

Ariane ritt eine sehr sichere und schnelle Null-Fehler-Runde. Ihre Zeit konnten weder Christian noch Tim einholen, die am Ende hinter ihr auf den Plätzen zwei und drei landeten. Ich wurde immerhin noch Neunte.

Am Nachmittag fand die erste Qualifikation der Senioren statt. Liam ritt Cotopaxi, Nevertheless und Mister

Magic, Papa Cornado, Calvador und Intermezzo. Sechs Pferde in einer Prüfung war purer Stress, und Christian und ich rannten uns zwischen Stallzelt und Abreiteplatz die Füße wund.

Tims Vater siegte in dieser Prüfung, einem Zeitspringen, mit einem neuen Pferd dank einer halsbrecherischen Runde, Liam wurde mit Mister Magic sensationell Zweiter. Darüber freute Papa sich beinahe mehr als über seine eigenen Platzierungen mit Calvador und Cornado.

Am Abend war ich total erschöpft, es war ein langer, anstrengender Tag gewesen, aber Tim und ich hatten verabredet, uns später wieder am See zu treffen.

Ich hatte gerade geduscht und mich für die Discoparty in der Reithalle umgezogen, als seine SMS kam, die mir die Stimmung verdarb.

Muss leider mit meinen Alten weg zum Essen.

Melde mich später! Sorry!

»Verdammt«, murmelte ich und hatte schlagartig auch keine Lust mehr auf die Party. Mit hängendem Kopf folgte ich meinen Eltern, Liam und Christian, schaufelte lustlos das Essen in mich hinein und wünschte mich ins Bett. Ariane und ihre Eltern waren auch nicht da. Wahrscheinlich waren sie mit Jungbluts gemeinsam weggefahren. Papa und Mama hatten keine große Lust auf Disco und setzten sich mit befreundeten Reiterkollegen draußen in den Biergarten.

Ich schlenderte zum Stallzelt. Melike hatte mir gesimst, dass es in der Türkei entsetzlich sei, heiß und langweilig. Glücklicherweise sei ihre Mutter krank geworden, deshalb habe man beschlossen, morgen nach Deutschland zurückzufliegen.

Fritzi wieherte leise, als er meine Schritte hörte. Ich öffnete die Tür seiner Box und setzte mich in eine Ecke in die weichen Sägespäne. Er streckte mir seine Nase hin, ließ sich eine Weile beschmusen, aber dann wandte er sich wieder seinem Heu zu. Ich spürte, wie die Schläfrigkeit durch meinen Körper kroch. Draußen wurde es dunkel, ich konnte nur noch Fritzis Umrisse erkennen. Er schnaubte leise, drehte sich zweimal um sich selbst, knickte erst die Vorderbeine und dann die Hinterbeine ein und ließ sich mit einem tiefen Seufzer ebenfalls in die Späne sinken. Ich schloss die Augen. Meine Gedanken wanderten zu Tim, kreisten um Liam und den Schlüsselbund, bis zu diesem mysteriösen Holländer. Vielleicht gab es für alles eine ganz einfache Erklärung. Ich konnte mir nicht vorstellen, dass Liam heimlich etwas tat, von dem Papa und wir nichts mitbekommen sollten …

Plötzlich schreckte ich hoch. Ich musste eine ganze Weile geschlafen haben, denn im Stallzelt war es stockfinster. Papa und Mama würden mich sicherlich schon suchen. Ich streckte meine Beine aus und wollte gerade aufstehen, als ich leise Schritte hörte.

Fritzi, der längst wieder aufgestanden war, lauschte aufmerksam in die Dunkelheit und hörte auf zu kauen. Ich konnte den großen keilförmigen Stern auf seiner Stirn schwach leuchten sehen. Die Schritte verstummten direkt vor Fritzis Box. Ich presste mich dicht gegen die dünne Boxenwand und hielt den Atem an. Wer mochte das sein? Jemand, der noch einmal nach seinen Pferden sehen wollte, brauchte doch nur den Lichtschalter zu drehen und musste nicht im Dunkeln herumschleichen. Es war niemand, den

Fritzi kannte, denn dann hätte er leise gegrummelt und wäre nicht so angespannt.

Die Sekunden verstrichen, wurden zu Minuten. In dem Moment erklangen Stimmen, die näher kamen.

»… ist sicher bei Fritzi in der Box«, erkannte ich Christians Stimme. Die Neonröhre an der Decke flackerte und flammte auf. Wenig später standen Papa, Christian und Ilona Adelmann vor der Box. Fritzi entspannte sich und schnaubte.

»Elena, da bist du ja!« Papa öffnete die Boxentür. »Wir haben uns schon Sorgen gemacht. Warum hast du dein Handy nicht dabei?«

»Hab ich ja.« Ich blinzelte ins Licht. »Ich hatte es nur leise gestellt. Und dann bin ich eingeschlafen.«

Christian tauschte einen spöttischen Blick mit Ilona. Kleine Mädchen und ihre Pferde – albern!

»Wir gehen noch mal rüber auf die Party«, sagte er. »Die Prinzessin ist ja wieder aufgetaucht.«

»Viel Spaß noch euch beiden«, wünschte Papa.

Ich kam taumelnd auf die Beine und klopfte mir die Späne von den Kleidern.

»Papa«, sagte ich, »hier war eben jemand an der Box von Fritzi. Ich bin aufgewacht, weil ich Schritte gehört habe. Er stand eine ganze Weile da und hat Fritzi angestarrt.«

»Es war doch stockdunkel«, erwiderte Papa überrascht. »Bist du dir sicher?«

»Ja.« Ich nickte. »Ich habe ihn atmen gehört. Und Fritzi war ganz angespannt. Der Fremde ist erst abgehauen, als ihr das Licht angemacht habt.«

Papa dachte wohl ebenfalls an die Pferdediebstähle, die

natürlich auch auf dem Turnier überall Gesprächsthema waren.

Wir schauten noch nach den anderen Pferden, füllten bei Cornado und Qantas die Wassereimer nach.

»Komm«, sagte er und legte mir einen Arm um die Schultern, »wir suchen den Stallmeister und sagen ihm Bescheid, damit er ab und zu mal nach dem Rechten sieht.«

16. Kapitel

Am Samstag hatten Quintano und ich einen Fehler kassiert, aber in der Rangfolge lagen wir auf Platz sechs, da Ariane sogar zwei Fehler hatte und andere, die vor uns gelegen hatten, auch schlechter geritten waren. Tim gewann die zweite Qualifikation und setzte sich damit an die Spitze des Feldes, dicht gefolgt von Christian mit Ronalda.

Am späten Sonntag fand schließlich das alles entscheidende Finale statt. Herr Nötzli war am Vorabend eingetroffen und hatte sich über die Erfolge seiner Pferde gefreut, denn Liam war mit Mister Magic auch am Samstag wieder sehr gut unterwegs gewesen und hatte einen vierten Platz errungen. Bei den Senioren führte Richard Jungblut vor Bernd Herbert, Frank Wagner und Papa. Am frühen Morgen hatte Papa mit Fritzi auch die Qualifikation für das Bundeschampionat und damit alle drei Springpferdeprüfungen gewonnen.

Auf dem Abreiteplatz fühlte sich Quintano richtig gut an, auch unsere Verständigung klappte wieder. Er war frisch und voller Energie, buckelte ein paarmal übermütig – ein sehr gutes Zeichen! Der Parcourschef hatte sich für die Junioren einen nicht zu schwierigen Kurs ausgedacht, und bis ich als Sechstletzte an der Reihe war, gab es bereits vierzehn Teilnehmer für das entscheidende Stechen.

Schon jetzt, gegen Mittag, war es brütend heiß geworden. Kein Lufthauch regte sich, der Rasenplatz war wie Beton. Die Stimmung auf dem Abreiteplatz war angespannt, denn jeder wusste, um was es ging.

Wieder hatte es Ariane auf mich abgesehen, aber heute war ich auf ihre unfairen Attacken vorbereitet. Als sie mir wieder einmal den Weg zum Hindernis abschnitt, steuerte ich Quintano ungerührt weiter geradeaus. Wir sprangen beinahe gleichzeitig über den Steilsprung.

»He!«, rief der Richter, der den Abreiteplatz beaufsichtigte, und winkte Ariane zu sich. »Du musst mal ein bisschen besser aufpassen, Fräulein Teichert! Elena hatte ›Sprung frei‹ gerufen. Da kannst du dich nicht einfach noch dazwischenquetschen. Das habe ich jetzt schon ein paarmal beobachtet. Beim nächsten Mal hat das Konsequenzen!«

»Pah!«, machte Ariane nur und verzog das Gesicht.

»Wie bitte?«, entgegnete der Richter scharf.

»'tschuldigung«, knirschte Ariane. »Kommt nicht wieder vor.«

Ich hatte noch einen Reiter vor mir und zog mir das Jackett an. Christian und Tim ließen ihre Pferde abwechselnd über Oxer und Steilsprung springen. Mein Bruder schien durch Ilona abgelenkt zu sein, er beachtete Tim nicht.

Das Reitstadion war trotz der frühen Stunde schon gut gefüllt, auch wir Junioren hatten unsere Fans. Die Schranke ging hoch, ich trabte in die Bahn. Mein Herz klopfte, als ich die Richter grüßte. Die Startglocke ertönte, der Parcours war frei. Ich fasste die Zügel kürzer und ließ mein Pferd angaloppieren. Mit gespitzten Ohren zog Quintano das erste Hindernis an. Er war einfach wundervoll! Seine Hufe berührten nicht ein einziges Mal eine Stange, im Gegensatz zu gestern und vorgestern war er aufmerksam und federleicht im Maul. Es war ein Genuss, ihn zu reiten. Applaus brandete auf, als wir fehlerfrei die Ziellinie überquerten.

»Die Nummer 388, ebenfalls fehlerfrei und mit einer Zeit von 61,8 Sekunden, qualifiziert für das nachfolgende Stechen!«, verkündete der Turniersprecher.

Direkt nach mir war Ariane an der Reihe. Sie galoppierte an mir vorbei, ohne mich anzusehen. Ich lockerte den Sattelgurt und ließ Quintano die Zügel lang. Vom Abreiteplatz aus hatte ich einen guten Blick in den Parcours und sah mit schadenfroher Befriedigung, wie Ariane und Con Amore die Hindernisse in Kleinholz verwandelten. Schon bei Sprung zwei fegte der Wallach beide Oxerstangen weg, dann räumte er die folgenden Steilsprünge ab. Er war viel zu schnell, und Ariane hatte ihre liebe Mühe damit, das Tempo zu drosseln.

»Für die Nummer 83 war das ein Ergebnis von 24 Strafpunkten in 62,7 Sekunden.«

Ariane kam mit hochrotem Gesicht aus dem Parcours galoppiert. Sie gab Con Amore wütend die Sporen und zerrte ihn im Maul. Das Pferd legte die Ohren an und schoss nach vorn.

»Oh! Das solltest du bei Conny besser nicht machen«, hörte ich Tim neben mir sagen. Ariane schien auch zu merken, dass sie auf einmal keine Kontrolle mehr über das Pferd hatte. Es jagte in wildem Galopp quer über den Abreiteplatz.

Sie zog und zerrte, doch Con Amore reagierte nicht mehr und wurde immer schneller.

»Hilfe!«, schrie Ariane verzweifelt.

»Reit eine Volte!«, brüllte Papa, der noch neben den Probesprüngen stand.

»Ich kann nicht!«, kreischte Ariane und hängte sich mit aller Kraft in die Zügel.

Wir anderen parierten unsere Pferde durch. Ein durchgehendes Pferd war gefährlich, denn wenn 600 Kilo außer Kontrolle gerieten, konnte das ein schlimmes Unglück geben.

Richard Jungblut stand außerhalb des Platzes, daneben Arianes Eltern, deren Gesichter vor Schreck ganz blass geworden waren. Ariane konnte das rasende Pferd gerade noch daran hindern, aus dem Platz zu springen.

Dann sah ich Papa. Er sprang direkt auf das Pferd zu, erwischte den Zügel. Durch den heftigen Ruck im Maul flog Con Amore herum und stoppte.

»Runter vom Pferd!«, befahl Papa scharf und Ariane gehorchte.

Der braune Wallach stand mit flackernden Augen und pumpenden Flanken neben Papa, die Ohren ängstlich angelegt. Wahrscheinlich wartete er darauf, geschlagen zu werden. Aber Papa tätschelte Con Amores schweißnassen Hals und sprach leise und beruhigend auf das verstörte Tier ein. Ariane heulte.

»Dich sollte man auf kein Pferd mehr loslassen!«, hörte ich Papas ärgerliche Stimme. »Wie kannst du dem armen Tier so die Sporen geben?«

Ariane drehte sich auf dem Absatz um und flüchtete.

Da Tim selbst auf dem Pferd saß und Arianes Eltern

Angst vor Pferden hatten, musste sich Richard Jungblut wohl oder übel auf den Abreiteplatz bequemen und Papa das Pferd abnehmen. Er bedankte sich nicht einmal und zog mit Con Amore im Schlepptau ab Richtung Stallzelt.

»Das war echt voll mutig«, sagte Tim neben mir. Er war ehrlich beeindruckt. Und ich war stolz auf meinen Vater.

Das Stechen wurde eine spannende Angelegenheit. Obwohl die Hindernisse ziemlich hoch waren, versuchte jeder, die vorgelegte Zeit noch zu unterbieten.

Als ich als Drittletzte in den Parcours kam, musste ich schneller als 45,3 Sekunden reiten, um eine Chance auf den Sieg in dieser Prüfung zu haben. Quintano signalisierte mir seine Bereitschaft. Er kaute am Gebiss und tänzelte energiegeladen.

Wir begannen den Stechparcours sehr schnell und schafften eine äußerst knappe Wendung, die sich bis dahin noch keiner getraut hatte. Ich nahm mir auch nicht die Zeit, mein Pferd vor dem letzten Oxer noch einmal aufzunehmen – in gestrecktem Galopp ritt ich einfach weiter und Quintano flog mit einem gewaltigen Satz über das letzte Hindernis. Der Applaus war groß. Die Uhr war bei 41,8 Sekunden stehen geblieben!

Am Einritt kam mir Christian entgegen. Er warf mir einen finsteren und entschlossenen Blick zu. Für ihn ging es um den Sieg in der Meisterschaft, er musste alles riskieren, denn nach ihm kam nur noch Tim! Mit angehaltenem Atem beobachtete ich, wie mein Bruder und Ronalda zu Höchstform aufliefen. Ob es daran lag, dass Ilona zuschaute und ihm die Daumen drückte?

Ronalda war eine schnelle und routinierte Stute, die nur genau so hoch sprang, wie es sein musste, und keine Zeit über dem Sprung vergeudete.

Tim hatte sein Pferd neben Quintano in die Einreiteschneise gelenkt.

»Er ist schneller als du«, sagte er.

»Ich gönn ihm den Sieg«, antwortete ich. »Dann ist er wenigstens gut drauf.«

»Moment mal«, warf Tim ein. »Ich komm ja auch noch dran.«

»Dir gönne ich's noch mehr«, sagte ich leise.

Applaus, Pfiffe. Christian ballte triumphierend die Faust. Er hatte meine Zeit noch um drei Zehntel unterboten.

Aber nun kam Tim, der Favorit und Christians stärkster Konkurrent. Rings um den Platz wurde es totenstill, als Tim hereintrabte. Hätte er Juke Box oder Tanot de Chardin unter dem Sattel gehabt, so hätte Christian wohl keine Chance gehabt, aber mit dem neuen Pferd konnte er noch nicht das letzte Risiko reiten. Trotzdem war er sehr schnell. Ich erwischte mich dabei, wie ich auf dem Pferd saß und ihm heftig beide Daumen drückte, doch es nutzte nichts. Ein enttäuschtes Raunen ging durch die Zuschauer, als Cascade de la Licorne am allerletzten Hindernis die Oxerstange riss.

Christian jubelte auf dem Abreiteplatz – damit war er Hessenmeister der Junioren! Tim würde Zweiter sein, und mir blieb ein undankbarer vierter Platz, aber ich war hochzufrieden mit Quintano und mir.

Nach der Siegerehrung gab Papa Sekt aus und Herr Nötzli gratulierte mir zu meinem hervorragenden Ritt. Er war als Besitzer von Quintano sehr zufrieden.

Viel Zeit zum Feiern blieb uns nicht. Bevor um 15 Uhr der Große Preis begann, wollten wir alles so weit aufgeladen haben, damit wir gleich nach der Ehrung der Hessenmeister den Heimweg antreten konnten. In den Stallzelten und auf dem Parkplatz herrschte Chaos. Viele reisten bereits ganz ab, überall wurden Lkws rangiert, Sattelschränke hin und her gerollt, Pferde verladen.

Mama hängte schon den Wohnwagen an den Jeep. Ich flocht die Mähnen der Pferde, die nicht mehr gehen mussten, aus. Nur Calvador, Cornado und Mister Magic würden gleich im Großen Preis starten, für den sich die besten dreißig Reiter aus den vorangegangenen Wertungsprüfungen qualifiziert hatten.

Christian war allerbester Laune. Fröhlich pfeifend rollte er den Sattelschrank des kleinen Lkws aus dem Stallzelt; die Ohrstöpsel seines iPod in den Ohren hörte er dröhnend laut Billy Talent.

Ich belud die Schubkarre mit dem übrigen Heu und den Futtereimern und sah den riesigen dunkelblauen Lkw, der rückwärts an das benachbarte Stallzelt heranfuhr. Und ich sah meinen Bruder, der nichts zu bemerken schien.

»Christian!«, schrie ich. Er reagierte nicht, ging weiter, während der tonnenschwere Laster direkt auf ihn zurollte. Ich ließ alles fallen und rannte los, aber Christian war zu weit entfernt, ich würde ihn nicht mehr rechtzeitig erreichen.

Papa hörte mich schreien und kam aus dem Stallzelt, gefolgt von Mama. Sie erkannten die Gefahr, begannen ebenfalls zu laufen und zu schreien. Der Lkw-Fahrer hörte und sah nichts. Christian befand sich schräg hinter seinem

Fahrzeug im toten Winkel, er konnte ihn nicht sehen. Ich verspürte nichts als kalte, nackte Panik! Sooft ich meinen großen Bruder auch schon verflucht hatte, er war doch mein Bruder und ich hing an ihm. Wenn nicht noch ein Wunder geschah, würde er in drei Sekunden von dem Lastwagen zerquetscht werden.

Andere Leute wurden auf die lebensgefährliche Situation aufmerksam, standen fassungslos da oder begannen auch zu laufen.

Tim tauchte genau im richtigen Moment auf. Ich hatte ihn vorher gar nicht bemerkt, sah in Zeitlupe, wie er losspurtete, als er die Gefahr erkannte. In der allerletzten Sekunde hatte er Christian erreicht, warf sich gegen ihn und riss ihn mit sich zu Boden.

Der dunkelblaue Lkw zerquetschte den Sattelschrank mit einem hässlichen metallischen Knirschen. Tim und Christian waren außerhalb meines Blickfelds. Leute schrien durcheinander, rannten. Ich hörte Mama schreien, der Lkw-Fahrer stoppte irritiert. Ich schlug mir die Hände vors Gesicht, wollte nicht sehen, was passiert war.

»Fahr ein Stück vor, du Idiot!«, brüllte Papa den Mann in dem blauen Lastwagen an.

Das riesige Fahrzeug machte einen Satz nach vorn und kam zum Stehen. Papa war schreckensbleich im Gesicht, Mama presste entsetzt die Hände vor den Mund. Ich ging langsam näher, meine Beine waren weich wie Gummi. Zig Leute drängten sich um den Sattelschrank, der nur noch Schrott war. Ich schob mich durch die Menge, gefasst auf das Allerschlimmste. Und dann – Erleichterung! Tim stand gerade auf, Christian lag noch am Boden und blickte sich verwirrt um.

Papa war schon bei ihm, riss ihm die Ohrstöpsel aus den Ohren und versetzte ihm eine Ohrfeige. Dann umarmte er ihn.

»Du hättest tot sein können!«, sagte er mit zittriger Stimme. »Warum musst du auch dauernd laute Musik hören?«

Christian hatte noch immer nicht kapiert, was eigentlich passiert war. Tim klopfte sich den Schmutz von der weißen Reithose, die am Knie einen Riss hatte. Er blutete heftig.

Gerade als er verschwinden wollte, drehte Papa sich um.

»Tim!«, rief er rau. »Warte!«

Tim blieb stehen. Mama stürzte an Papa vorbei, die Tränen liefen ihr übers Gesicht, und ich traute meinen Augen nicht, als sie Tim nun in die Arme schloss und fest umarmte.

»Du hast meinem Sohn das Leben gerettet!«, schluchzte sie. »Danke!«

Auch Papa klopfte Tim auf die Schulter und reichte ihm die Hand. In dieser Sekunde war die jahrzehntealte Feindschaft vergessen. Zweifellos war es einzig und allein Tims schneller und beherzter Reaktion zu verdanken, dass nur der Sattelschrank unter den Reifen des Dreißigtonners zu Mus geworden war und nicht auch noch mein Bruder.

Tim lächelte verlegen. Ihm war es peinlich, dass so viel Aufhebens um ihn gemacht wurde. Er blickte sich um. Unsere Blicke trafen sich und mein Herz strömte über vor Glück und Zärtlichkeit. Christian war nie nett zu Tim gewesen, und doch hatte der sich, ohne zu zögern, selbst in Lebensgefahr begeben, um meinen Bruder zu retten. Das war unglaublich mutig.

Der Menschenauflauf löste sich auf, der Lkw-Fahrer entschuldigte sich wieder und wieder. Christian stand mit belämmerter Miene da. Erst jetzt begriff er, was Tim getan hatte.

Da kam Richard Jungblut mit Ariane und ihren Eltern im Schlepptau aus einem der Stallzelte. Er sah seinen Sohn, der von meinen Eltern umarmt wurde, und seine Miene erstarrte zu Eis.

»Tim!«, brüllte er. »Komm sofort hierher!«

Tim zuckte zusammen. Er nickte meinen Eltern knapp zu und wandte sich zum Gehen. Sein verletztes Knie schien zu schmerzen, denn er humpelte, als er zu seinem Vater ging.

Andere Leute hatten Richard Jungblut wohl bereits erzählt, was Tim getan hatte, aber er schien nicht besonders stolz deswegen zu sein. Seinem grimmigen Gesichtsausdruck war anzusehen, dass er Tim wahrscheinlich am liebsten verprügelt hätte, nur die Anwesenheit der vielen Leute hielt ihn davon ab.

Im Großen Preis schied Richard Jungblut mit dem Pferd, mit dem er noch am Freitag gewonnen hatte, am offenen Wassergraben aus. Liam verpasste knapp das Stechen, das Papa mit Calvador in einem wahren Husarenritt für sich entschied und damit zum dritten Mal in seiner Karriere den Hessenmeistertitel der Senioren auf den Amselhof holte. Bei der anschließenden Meisterehrung standen Christian und Tim nebeneinander auf dem Treppchen. Es war üblich, dass sich die Sieger gegenseitig gratulierten, und jeder, der über die Feindschaft zwischen uns und den Jungbluts Bescheid wusste, erwartete einen knappen Händedruck. Umso überraschter waren alle, als Christian Tim nun nicht nur die Hand gab, sondern auch noch umarmte. Die Fotoapparate der Presseleute klickten und mir wurde ganz schwindelig vor Glück. Die Nachricht von Tims Aktion hatte sich bis zum Turniersprecher herumgesprochen, denn er lobte seinen mutigen und geistesgegenwärtigen Einsatz in höchsten Tönen.

Tim blickte zu mir herüber, wir lächelten uns einen Moment lang an. Ich wischte mir verstohlen eine Träne der Rührung von der Wange. Als ich den Kopf hob, begegnete ich Mamas forschendem Blick und schaute schnell wieder woandershin.

Christian war auf der ganzen Heimfahrt stumm wie ein Fisch. Zu Hause sagte er auch beim Abladen der Pferde keinen Ton und verschwand sofort danach im Haus.

Später trafen wir uns alle in der Gaststätte. Oma hatte ein riesiges Büfett vorbereitet, Opa ließ die Sektkorken knallen. Zwei Hessenmeister in einer Familie, das war schon ein Grund zum Feiern! Lajos saß mit am Tisch, daneben ein paar Freunde von Papa und Mama, die ganze Familie Adelmann, Kiki, Fabian und ihre Eltern.

Melike war direkt vom Flughafen auf den Amselhof gehetzt und traute ihren Ohren nicht, als ich ihr die Geschichte von Tims Einsatz erzählte.

Christian hatte den ersten Schock überwunden. Er saß neben Ilona, einen Arm um ihre Schulter gelegt und sagte zu meiner Verwunderung: »Ich glaub, ich rufe Tim morgen mal an und frage, wie es seinem Knie geht.«

Mir blieb fast die Luft weg. Melike stieß mich unter dem Tisch an. Plötzlich hielt ich es nicht länger in der fröhlichen Runde aus. Unter einem Vorwand ging ich hinaus, schlenderte hinüber zum Springplatz und setzte mich auf die Bank an der Remise, in der im Winter die Hindernisse lagerten. Twix, der das ganze Wochenende bei Opa und Oma verbracht hatte, schwänzelte um mich herum und sprang neben mich auf die Bank.

Hey, du Held, schrieb ich Tim. *Wie geht es dir? C hat eben gesagt, er will dich morgen anrufen. Ich bin sooooo glücklich! Vielleicht wird doch noch alles gut!*

Die Dämmerung war angebrochen. Auf der Wiese zwischen Reitplatz und Wald ästen zwei Rehe. Es duftete nach frisch gemähtem Gras und nach den Rosen, die sich in herrlicher Fülle an der Wand der Remise hochrankten. Das erste Mal seit unendlich langer Zeit fühlte ich mich nicht traurig und einsam. Seit heute keimte in einer Ecke meines Herzens ein winziger Hoffnungsschimmer für Tim und mich. Ich umfasste das Medaillon, das ich das ganze Wochenende um den Hals getragen hatte. Mein Handy piepste.

Mir geht's gut, mach dir keine Sorgen, antwortete Tim. *Ich bin gespannt. Das wäre wirklich super. Hab dich ganz, ganz doll lieb, Goldstück!*

Ich lächelte versonnen. Goldstück!

Twix spitzte plötzlich die Ohren und sprang von der Bank. Ich blickte auf und sah Mama.

»Na, meine kleine Große«, sagte sie. »Was tust du so allein hier draußen?«

»Ich musste mal über alles in Ruhe nachdenken«, erwiderte ich.

»Darf ich mich zu dir setzen?«

»Klar.« Ich rutschte ein Stück zur Seite und Mama setzte sich neben mich auf die Bank. Eine Weile betrachteten wir schweigend die Rehe auf der anderen Seite des großen Springplatzes. Zu den beiden ersten hatten sich noch zwei weitere gesellt.

»Es war unglaublich mutig, was Tim Jungblut heute getan hat«, begann Mama schließlich.

»Mhm«, erwiderte ich nur.

»Du kannst ihn gut leiden, nicht wahr?«, fragte sie harmlos.

Ich zuckte erschrocken zusammen. Eine heiße Röte schoss mir ins Gesicht, und ich war froh, dass es so dunkel war. Verdammt! Hatte Lajos etwa unser Geheimnis ausgeplaudert?

»Ich habe bemerkt, wie ihr zwei euch angesehen habt«, fuhr Mama fort und zu meiner Überraschung lachte sie leise. »Man müsste schon blind sein, um nicht zu sehen, dass ihr euch mögt.«

Ich blieb stumm. Meine Gedanken rotierten wie ein Karussell. Was sollte ich jetzt sagen? Die Wahrheit? Tim war der Sohn des Todfeinds meiner Eltern. Und auch, wenn er Christian das Leben gerettet hatte, bedeutete das nicht gleichzeitig, dass Papa und Mama sich darüber freuen würden, dass er mein Freund war. Aber dann nahm ich mir ein Herz.

»Ja, Mama«, sagte ich. »Ich mag Tim. Sehr sogar. Und er mag mich. Er ist nicht so wie sein Vater, überhaupt nicht. Letztes Jahr kam er zu uns aufs Vereinsturnier, obwohl Christian ihn leicht hätte erkennen können. Tim ist das Risiko eingegangen – wegen mir!«

Mama ergriff meine Hand und drückte sie leicht.

»Tim ist … er ist der netteste Junge, den ich je getroffen habe«, sprach ich weiter. »Ich habe ihm von Fritzi erzählt, und da hatte er die Idee, uns heimlich zu trainieren. Er hat vom Bauern Weitzel den ehemaligen Hundeübungsplatz gemietet und alte Hindernisse mit dem Traktor hingebracht. Zusammen mit Melike haben wir einen Trainingsparcours aufgebaut, und dann haben wir uns dort ein paarmal in der Woche getroffen und trainiert.«

Nun blickte Mama mich verblüfft an.

»Dass Fritzi so springen kann, verdankt er Tim«, sagte ich. »Er ist ein großartiger Trainer. Und irgendwann ist uns klar geworden, dass … dass wir mehr sind als nur gute Kumpel. Aber da war ja Christian mit seinem wahnsinnigen Hass und diese ganze bescheuerte Erbfeindschaft!«

Ich schüttelte den Kopf und verstummte. Twix arbeitete sich bis auf meinen Schoß vor. Ich streichelte seinen Kopf und er knurrte zufrieden. Mama stieß einen tiefen Seufzer aus.

»Wie Romeo und Julia«, sagte sie mehr zu sich selbst als zu mir und legte einen Arm um mich. »Da sieht man mal wieder, dass Verbote überhaupt nichts nützen. Liebe ist stärker als jeder Hass.«

Ich zeigte Mama die Kette mit dem Medaillon, erzählte ihr von Arianes bösartiger Hetzkampagne bei SchülerVZ und davon, dass Lajos über uns Bescheid wusste.

»Tim hatte erst Angst, Lajos würde ihn nicht mögen wegen dieser alten Geschichte. Doch das war nicht so.«

»Ihr könnt auch nichts dafür«, entgegnete Mama. »Ich habe mich oft gefragt, woher bei Christian dieser wahnsinnige Hass auf Tim kommt. Sicher spielt unsere Abneigung gegen Richard eine Rolle, aber in erster Linie ist es wohl der Konkurrenzkampf zwischen den beiden. Christian will immer der Beste sein, aber Tim ist eben der bessere Reiter.«

»Vielleicht vertragen sie sich jetzt«, sagte ich hoffnungsvoll.

Der Mond stieg voll und gelb hinter der dunklen Silhouette des Waldes empor, es war ein wundervoller, majestätischer Anblick. Ein Käuzchen schrie. Ich lehnte meinen Kopf an Mamas Schulter.

»Ich würde es mir so sehr wünschen«, flüsterte ich.

»Ich mir auch«, erwiderte Mama. »Für dich und für Tim. Diese ganze Sache ist so lange her. Nichts kann Viola wieder lebendig machen oder Lajos die verlorenen Jahre zurückgeben.«

»Susanne?«, rief Papa von der Gaststätte aus.

»Wollen wir wieder rübergehen?«, fragte Mama. »Ich glaube, wir werden schon vermisst.«

»Ja, klar.«

Ich hob Twix hinunter auf den Boden und stand auf.

»Mama«, sagte ich und sie blieb stehen. »Ich bin froh, dass du jetzt über Tim und mich Bescheid weißt. Es war ganz schrecklich, vor dir Geheimnisse zu haben.«

Da schloss Mama mich fest in ihre Arme.

»Ich bin auch froh«, flüsterte sie. »Und ich bin schwer beeindruckt davon, wie du Geheimnisse bewahren kannst. Jeder andere, den ich kenne, hätte sich längst verraten.«

Wir schlenderten über den Rasen hinüber zum Parkplatz, wo Papa einen seiner Freunde verabschiedete.

»Vielleicht kannst du Tim mal zu uns auf den Amselhof einladen«, sagte Mama.

Ich war für einen Moment sprachlos.

»Aber … aber was ist mit Christian? Und mit Papa?«

»Tims mutiges Eingreifen heute hat bei Christian einiges verändert, da bin ich mir sicher«, erwiderte Mama und lächelte. »Und um deinen Vater kümmere ich mich schon. Keine Sorge.«

Ich konnte vor Aufregung nicht einschlafen. Erst jetzt begriff ich die Tragweite dessen, was heute in Eschwege geschehen war. Tim hatte meinem Bruder das Leben gerettet und sein eigenes dabei riskiert! Und Christian, der Tim auf Turnieren und in der Schule mit wütendem Hass begegnet war, hatte ihn auf dem Treppchen bei der Meisterehrung vor allen Leuten umarmt. Das hätte er nicht tun müssen, ein einfacher Handschlag hätte ausgereicht.

Mitten in meine Gedanken vibrierte mein stumm geschaltetes Handy. Babsi. Tim!

»Du glaubst nicht, wer mich eben angerufen hat«, sagte Tim.

»Mein Bruder?«

»Genau. Er hat sich bei mir bedankt wegen heute. Und stell dir vor, was er noch gesagt hat!«

»Erzähl schon!« Ich drehte mich auf den Rücken. Träumte ich das? Mein Bruder hatte Tim auf den Amselhof eingeladen!

»Er hat gesagt, es wär ja irgendwie albern, wenn wir nicht miteinander reden würden, wo du und ich doch zusammen seien …«

»Nee, Quatsch!« Ich fuhr hoch. »Das hat er echt gesagt?«

»Wenn ich's dir sage. Genau so.« Tim lächelte, ich konnte es an seiner Stimme hören. »Ist das nicht total irre? Hätte ich das gewusst, dann hätte ich ihm schon mal eher das Leben gerettet.«

»Oh Tim, Tim, ich bin so glücklich!«, flüsterte ich und

kämpfte wieder mal mit den Tränen, diesmal aber mit den Glückstränen. »Wann hast du denn Zeit?«

»Morgen. Mein Alter fährt gleich morgen früh mit Gasparian und dem Grinser nach Frankreich und Belgien, Pferde angucken. Ich hab gedacht, ich könnte am späten Nachmittag rüberkommen, wenn ich meine Arbeit erledigt habe.«

17. Kapitel

Der Montag wollte und wollte nicht vergehen. Christian war morgens mit Fabian nach Frankfurt gefahren, Klamotten kaufen. Ich räumte mein Zimmer auf, ritt mit Melike ins Gelände, longierte Fritzi, putzte Sattelzeug und machte den großen Lkw sauber, nur um mir die Zeit zu vertreiben. Liam hatte seinen freien Tag, Opa und Papa waren mit den Traktoren rausgefahren und mähten einige der Wiesen. Das Wetter sollte in den nächsten Tagen stabil bleiben, ideal also für die Heuernte.

Beim Mittagessen bekam ich keinen Bissen hinunter. Je näher der kleine Zeiger auf meiner Uhr an die Fünf heranrückte, desto nervöser wurde ich. Melike, Ilona, Kiki und ich saßen auf der Bank unter der großen Trauerweide am Reitplatz und quatschten über die Hessenmeisterschaften und unsere Pferde.

Fabian und Christian kehrten zurück und gesellten sich zu uns.

Und dann kam Tim. Pünktlich um fünf bog er mit seinem Moped in die Auffahrt ein und fuhr auf den Parkplatz. Mein Herz raste, mir war schwindelig. Tim hier, auf dem Amselhof! Er setzte seinen Helm ab und kam lächelnd auf uns zu. Ich war kurz vor einer Ohnmacht.

»Hey, der ist ja süß«, sagte Kiki nichts ahnend.
»Allerdings«, erwiderte Melike. »Aber nichts für dich.«
Christian stand auf und ging Tim entgegen.
»Hey, Jungblut«, sagte er lässig und grinste. »Hast den Weg ja tatsächlich gefunden.«
»Hey, Weiland«, antwortete Tim. »Deine Wegbeschreibung war auch gut.«
Er hob die Hand und Christian klatschte ihn ab. Dann blickte er mich an.
»Hallo, Goldstück.«
»Hallo.« Ich stand da, als würde ich ihn das erste Mal sehen. Und was tat er? Er kam auf mich zu und gab mir – platsch! – einen Kuss mitten auf den Mund.
»Ah, okay«, sagte Kiki hinter mir. »Hab's kapiert.«
Christian stellte Tim die anderen vor, dann herrschte verlegenes Schweigen. So einfach war es nicht, eine zwanzig Jahre alte Familienfehde zu begraben. Melike rettete mal wieder die Situation.
»Was haltet ihr davon, rüber ins Waldschwimmbad zu fahren?«, schlug sie vor. »Ich bin schon richtig angeschmolzen bei der Hitze.«
»Als Türkin solltest du die Hitze doch gewöhnt sein«, neckte Christian sie.
»Ich hab ungefähr genauso lange in der Türkei gelebt wie du«, schoss Melike zurück. »Also, was ist jetzt?«
Fabian und Kiki waren gleich Feuer und Flamme. Ilona wollte ihre Mutter anrufen, damit sie sie später abholte.
»Ja, das ist wohl unsere letzte Chance für die nächsten Tage«, stimmte auch Christian zu.
»Wieso denn das?«, erkundigte Tim sich erstaunt. »Die Ferien haben doch eben erst angefangen.«

»Ab morgen geht's ins Heu«, erklärte Christian. »Mein Opa und mein Vater sind heute schon den ganzen Tag am Mähen und Wenden. Morgen pressen wir auf zwei Wiesen kleine Ballen. Und die müssen auch gleich rein. Macht ihr denn kein Heu?«

»Nee.« Tim schüttelte den Kopf. »Mein Vater kauft es.«

Der Badeausflug war beschlossene Sache. Christian lieh Tim eine Badehose und ein Handtuch und zwei Minuten später fuhren wir alle zusammen los zum Waldschwimmbad.

Der Dienstag brach mit strahlendem Sonnenschein an. Ein leichtes Lüftchen wehte, Regen und Gewitter waren nicht zu erwarten. Wir saßen alle zusammen um acht Uhr am Frühstückstisch im Biergarten der Gaststätte und stärkten uns für einen anstrengenden Tag.

»Wunderbar!«, frohlockte Opa und rieb sich die Hände. »Wenn alles glatt geht, sollten wir heute Abend die Scheune voll haben.«

Da kam Mama herein. »Liam hat angerufen. Er hat Grippe und kommt heute nicht.«

»Na klasse.« Christian rümpfte die Nase. »Ich glaub eher, er hat eine Heu-Allergie.«

»Es ist zwar nicht toll, dass ein Mann ausfällt, aber wir kriegen das auch so hin«, sagte Papa. »Opa und ich mähen jetzt noch die Wiesen im Steinauer Moor und am Golfplatz, dann wenden wir noch mal die Wiesen, die wir gestern gemacht haben.«

Er warf einen Blick auf seine Uhr. Motorengeräusch näherte sich. Wir wandten uns um. Es war Tim! Er parkte sein Moped, setzte den Helm ab und kam näher.

»Guten Morgen!«, rief er und lächelte. »Ich hab mir gedacht, ihr könntet noch Verstärkung gebrauchen.«

»Hallo, Tim.« Papa lächelte auch und reichte ihm die Hand, als sei es völlig selbstverständlich, dass er hier auf dem Amselhof auftauchte. »Einen starken Mann können wir immer gebrauchen. Komm, setz dich und iss noch etwas. In einer Stunde geht's los.«

»Hey, cool, dass du da bist, Mann«, sagte Christian zu Tim. »Die Weiber machen eh nach einer Stunde schlapp.«

»Das wollen wir ja mal sehen«, erwiderte ich spöttisch. »Letztes Jahr bist *du* mit einem Sonnenstich zusammengeklappt, nicht ich.«

Die Jungs grinsten sich an. Ich sah, wie Papa und Mama einen kurzen Blick wechselten. Es schien ihnen zu gefallen, dass Christian und Tim das Kriegsbeil begraben hatten.

»Wir fahren jetzt los. Christian, ihr kommt gegen zehn mit dem kleinen Traktor und der Presse raus auf die Apfelwiese«, sagte Papa. »Stani, Heinrich und die Mädchen nehmen an und setzen die Ballen. Ihr könnt euch mit dem Fahren abwechseln.«

»Ich könnte auch einen Traktor fahren«, bot Tim an.

»Wir haben aber leider nur eine Presse mit Förderband«, sagte Christian. »Schneller würde es natürlich mit zwei Traktoren gehen.«

Sie überlegten hin und her, und schließlich wurde beschlossen, dass Christian den kleinen Fendt-Traktor und Tim den Deutz-Schlepper fahren sollten. Stani und Heinrich würden die Ballen mit der Hand auf den Anhänger gabeln, Melike und ich auf je einem Wagen die Heuballen annehmen und setzen.

»Prima.« Papa nickte und trank seinen Kaffee aus. »Teilt euch auf. Und stellt bitte vorher noch alle Pferde in die Führmaschine.«

Zuerst machte die Arbeit noch Spaß. Wir wechselten uns ab mit Traktorfahren und Ballensetzen. Stani, Tim, Christian und Heinrich gabelten die Heuballen hoch auf den Wagen, weil die eine Heupresse die Ballen nur auf den Boden spuckte und nicht direkt mit Förderband auf den Wagen transportierte.

Am Anfang flogen noch Scherzworte hin und her, doch allmählich verstummten alle Gespräche. Die Sonne brannte gnadenlos vom stahlblauen Himmel auf uns herab. Wir schufteten verbissen, der Schweiß lief in Bächen über Gesicht und Rücken und brannte in den Augen. Staub klebte am ganzen Körper und das Heu pikste uns in die Beine und Arme. Die Wiese schien kein Ende zu nehmen, regelmäßig plumpsten Melike und mir die Ballen vor die Füße. Wir mussten schnell arbeiten, die Heuballen an den Kordeln packen und sorgfältig übereinanderschichten, damit sie nicht umkippten.

Endlich war der Wagen fertig beladen und Heinrich tuckerte Richtung Hof. Tim kletterte zu uns hoch aufs Heu. Wir streckten uns oben auf den schwankenden Ballen aus, genossen die Pause und blickten in den wolkenlosen Himmel.

»Wirst du zu Hause nicht vermisst?«, fragte ich Tim und rollte mich auf die Seite, um ihn besser ansehen zu können.

»Ich hab Ferien«, erwiderte er und grinste. »Und mein Handy hab ich leider vergessen. So ein Pech.«

»Ist ja eine tolle Art, seine Ferien zu verbringen«, spottete Melike.

»Ich find's klasse.« Ich beugte mich über Tim und gab ihm einen Kuss. Es war unbeschreiblich schön, den ganzen Tag mit Tim zusammen sein zu können und keine Angst haben zu müssen, von irgendwem gesehen zu werden. Ich hatte mich noch längst nicht an dieses Gefühl gewöhnt.

Wir schufteten den ganzen Tag, luden Hunderte von Heuballen auf die Anhänger und setzten sie dann auf dem Hof in die Scheune. Unter dem Scheunendach herrschten an die vierzig Grad, es war kein Spaß, dort arbeiten zu müssen. Später kam Papa und half uns dabei.

Am Abend hatten wir das frische, duftende Heu von fünf Wiesen unter Dach und Fach, mit annähernd zweitausend Ballen war die Scheune zur Hälfte gefüllt. Noch einmal so viel wartete noch draußen auf den Wiesen.

Wir saßen erschöpft, mit lahmen Armen und schmerzenden Rücken und staubig von Kopf bis Fuß vor der Scheune im Schatten, tranken lauwarmes Wasser aus Plastikflaschen und streckten die müden Glieder von uns. Opa tuckerte mit dem großen roten Case-Traktor an uns vorbei.

»Gott sei Dank«, sagte Christian und goss sich den Rest Wasser aus der Flasche über den Kopf.

»Wieso?«, fragte Tim verständnislos.

»Opa hat die Rundballenpresse am Traktor«, erklärte ich ihm. »Damit haben wir dann nichts mehr zu tun.«

»Ich denke, euer Vater will keine Rundballen für eure Pferde«, sagte Tim erstaunt.

»Die Rundballen behalten wir auch nicht.« Christian stand auf. »Die werden verkauft.«

»An solche wie meinen Vater«, ergänzte Tim und Christian nickte.

Mama bog um die Ecke und klatschte in die Hände.

»Auf, auf, ihr fleißigen Arbeiter! Ab unter die Dusche! Und dann gibt es Essen!«

»Oh, geil!« Christian sprang auf, von Erschöpfung keine Spur mehr. »Ich könnte ein ganzes Schwein fressen, so einen Hunger habe ich!«

»Kannst du noch bleiben?«, fragte ich Tim. Er lächelte und nickte.

Die Sonne schickte sich an unterzugehen, als wir frisch geduscht auf der Terrasse saßen. Mama hatte Steaks auf den Grill gelegt, dazu Kartoffel- und Nudelsalat gemacht. Wir alle langten mit Heißhunger zu.

Tim trug eine Jeans und ein T-Shirt von Christian. Sie scherzten und lachten miteinander, als ob sie nie Feinde gewesen wären. Ich saß mit einem glücklichen Lächeln dabei und wünschte, der Tag würde niemals zu Ende gehen. Aber irgendwann musste Tim los.

»Sonst gibt meine Mutter noch eine Vermisstenmeldung bei der Polizei auf«, sagte er.

Ich begleitete ihn hinüber zu seinem Moped. Im Rhododendron zankten zwei Amseln, die Hitze des Tages hatte nachgelassen, die Luft war angenehm warm und weich. Stani und Heinrich kamen mit den Zuchtstuten und Fohlen von der Koppel, die jede Nacht hereingeholt wurden, seitdem die Pferdediebe wieder ihr Unwesen trieben.

»Auf dem Amselhof ist es viel schöner als bei uns«, sagte Tim und seufzte.

»Kommst du morgen wieder?«

»Ich werd's versuchen.« Tim streckte die Hand aus und berührte mein Gesicht. »Du bist echt klasse, Elena. Wie du heute geschuftet hast! Ich kann mir nicht vorstellen, dass Ariane auch nur eine Viertelstunde durchgehalten hätte.«

Allein die Vorstellung von Ariane auf dem Heuwagen brachte mich zum Lachen. Ich lachte und Tim lachte und es war herrlich, denn wir mussten kein Geheimnis mehr aus unserer Liebe machen und morgen würden wir uns vielleicht schon wiedersehen.

Die ganze Woche lang kam Tim jeden Morgen auf den Amselhof und half bei der Heuernte. Nachmittags sah er zu, wie ich Quintano ritt oder wie Papa mit Fritzi sprang. Danach aßen wir immer zusammen. Auch Lajos war dabei. Papa wollte genau wissen, wie wir Fritzi trainiert hatten. Er war schwer beeindruckt, und ich merkte, dass er Tim wirklich mochte.

Am Freitagabend hatten wir alles Heu hereingeholt. Wir saßen im Biergarten von Omas Gaststätte, aßen Grüne Soße mit Schnitzel und Bratkartoffeln. Tims Haare waren von der Sonne ganz blond geworden, seine blauen Augen strahlten im sonnengebräunten Gesicht.

»Schau mal«, sagte ich plötzlich. »Da ist dein Opa!«

Tim zuckte zusammen und hörte auf zu lächeln. Friedrich Gottschalk ging an den anderen Tischen vorbei.

»Friedrich!«, rief Opa. »Komm, setz dich zu uns!«

Tims Opa kam näher. Er klopfte Lajos auf die Schulter und blickte in die Runde. Und dann machte er große Augen.

»Ach, schau an«, sagte er überrascht, als er Tim zwischen Melike, Christian und mir sitzen sah. »Wenn das nicht mein Enkelsohn ist.«

»Hallo«, sagte Tim verlegen und ein bisschen nervös.

Ich wusste, dass er seinen Opa in den letzten Jahren nur selten gesehen und kaum mit ihm gesprochen hatte, denn Friedrich Gottschalk konnte seinen Schwiegersohn, Tims Vater, nicht leiden. Nach einem heftigen Krach vor langer Zeit hatte er den Sonnenhof nie mehr betreten.

»Mensch, Junge!«, rief er nun laut und strahlte über das ganze Gesicht. »Das freut mich ja. Komm her zu deinem alten Opa!«

Tim stand auf und ging zögernd um den Tisch herum. Friedrich Gottschalk hatte ganz feuchte Augen vor Rührung. Er zog Tim in seine Arme, zauste ihm das Haar und klopfte ihm auf die Schulter.

»Seit Jahren verfolge ich deine Karriere, Tim«, sagte er herzlich. »Ich bin mächtig stolz auf dich. Du bist ein großartiger Reiter und ich bin dein größter Fan, stimmt's, Ludwig?«

Mein Opa nickte bestätigend und lachte. »Der Junge hat hier in den letzten Tagen geschuftet wie ein Sklave. Bist ein feiner Kerl, Tim. Genau wie dein Opa.«

Er zwinkerte seinem alten Freund zu und die beiden lachten.

Tim war knallrot geworden, aber er freute sich sehr, das konnte ich ihm an der Nasenspitze ansehen.

»Setz dich doch zu mir, Tim. Erzähl mir von dir«, sagte Friedrich Gottschalk.

Wir rückten zusammen und Melike kam neben Fabian zu sitzen. Ich wusste, dass sie unter leichten Schuldgefühlen Liam gegenüber litt, denn sie hatte sich unsterblich in Fabian verliebt.

»Liam ist selbst schuld, wenn er krank wird und anderen Männern kampflos das Feld überlässt«, rechtfertigte Melike sich und ich gab ihr insgeheim recht. Überhaupt passte Fabian sehr viel besser zu meiner Freundin. Liam war zu alt.

Die Erwachsenen tranken und lachten immer mehr.

»Wisst ihr was?«, verkündete Papa plötzlich. »Jetzt, wo wir das ganze Heu drin und die nächsten zwei Wochenenden turnierfrei haben, könnte ich eigentlich endlich den Gutschein einlösen, den Lagunas in Heidelberg gewonnen hat, und nach Irland fliegen.«

»Ach ja?« Mama lächelte. »Und mit wem fliegst du, mein Lieber?«

»Ich weiß noch nicht genau«, neckte Papa sie, dann beugte er sich zu ihr und gab ihr einen Kuss. »Am liebsten mit dir. Hast du Lust?«

»Oh ja, Mama!«, rief ich. »Ihr wolltet doch immer schon nach Irland!«

»Und wir haben hier alles im Griff«, fügte Christian hinzu.

»Na, ich auf jeden Fall«, sagte Opa trocken. »Ein paar Tage kommen wir schon ohne euch aus.«

»Also?« Papa sah Mama erwartungsvoll an. »Dublin, Cork, Millstreet, Galway. Wir könnten Peter und Josie besuchen …«

»Mich musst du nicht überreden«, entgegnete Mama. »Du bist derjenige, der immer so viel zu tun hat.«

»Dann ist es abgemacht? Darauf trinken wir noch einen!«

Es war eine fröhliche Runde, ich hielt Tims Hand fest in meiner und war wohl das glücklichste Mädchen der ganzen Welt.

Am nächsten Tag war die schöne Zeit vorbei. Tims Vater war von seiner Reise zurück und wütend, als er erfuhr, dass Tim die ganze Woche über nicht auf dem Sonnenhof gewesen war.

»Ich hoffe, er haut bald wieder ab«, sagte Tim abends mit düsterer Stimme zu mir am Telefon. »Jetzt, wo ich weiß, wie schön es bei euch ist, kann ich es hier kaum noch ertragen.«

»Vielleicht kannst du dich nächste Woche nachmittags ein paarmal wegschleichen«, hoffte ich. »Wir könnten mit den anderen ins Schwimmbad gehen oder zum Waldsee am Forsthaus.«

»Ich werde es auf jeden Fall versuchen.«

Damit musste ich mich zufriedengeben. Vor ein paar Wochen hatte ich mich schon auf kurze Treffen mit Tim gefreut.

Die Woche verging wie im Flug. Tim gelang es am Donnerstagnachmittag tatsächlich, auf den Amselhof zu kommen. Es war ein drückend heißer Tag, ein Gewitter lag in der Luft.

»Wollen wir ins Schwimmbad fahren?«, schlug mein Bruder vor.

»Och, da ist es jetzt so voll«, erwiderte Melike. »Die liegen da wie die Ölsardinen herum. Aber wir könnten zum Waldsee fahren.«

»Oh ja!«, begeisterte sich Kiki. »Das fänd ich klasse.«

Sofort war auch Christian mit dieser Idee einverstanden. Seit Ilona in den Urlaub gefahren war, schien er ein Auge auf Kiki geworfen zu haben. Kurz entschlossen packten wir unsere Badesachen und los ging's.

Eine halbe Stunde später stellten wir die Fahrräder und Mopeds am Forsthaus ab. Lajos hatte sicher nichts dagegen. Wir zogen uns auf der Veranda um und rannten zum Holzsteg, der weit in den See hineinragte. Ein paar Enten schwammen auf dem See, der unberührt und glitzernd wie ein Spiegel in der hellen Sommersonne lag. Die Baumkronen spiegelten sich in der Wasseroberfläche und keine Menschenseele war weit und breit zu sehen.

»Wer zuerst im Wasser ist!«, rief Christian.

Tim, Fabian und er sprinteten los und tauchten mit Kopfsprüngen in das klare, kalte Wasser. Die Enten schnatterten empört und suchten eilig das Weite. Die Jungs kraulten zu der kleinen baumbestandenen Insel, die von mannshohem Schilf umgeben in der Mitte des Waldsees lag.

Ich spürte das sonnenwarme Holz des Stegs unter meinen bloßen Füßen. Melike und Kiki sprangen vor mir ins Wasser. Ich zögerte und streckte vorsichtig den Fuß ins Wasser. Brrr, war das kalt!

»Komm schon, Elena!« Melike winkte.

»Es ist herrlich!«, rief Kiki.

Ich holte tief Luft, hielt mir die Nase zu und sprang mit einem Aufschrei hinein. Melike und Kiki kraulten hinüber zur Insel, ich folgte ihnen etwas langsamer.

»Mensch, Elena, du schwimmst echt wie eine lahme Ente!«, spottete Christian, als ich endlich prustend und schnaubend aus dem Wasser kroch.

»Man kann nicht alles können«, verteidigte ich mich. Wasser war nicht eben mein bevorzugtes Element.

Die anderen besprachen sich, was sie tun wollten. Wettschwimmen zum Steg und zurück. Tim merkte, dass ich nicht sonderlich begeistert war, und bot an, Schiedsrichter zu sein. Christian, Fabian, Kiki und Melike stürzten sich auf sein Kommando ins Wasser und wir waren allein. Wir suchten uns auf der kleinen Insel einen Platz in der Sonne und setzten uns auf den sandigen Boden.

»Im letzten Sommer war ich oft mit Fritzi hier«, sagte ich zu Tim. »Wir sind ein paarmal bis zur Insel geschwommen.«

»Tatsächlich?«

»Ja, erst nicht mit Absicht.« Ich kicherte bei der Erinnerung. »Ich wollte eigentlich nur, dass Fritzi etwas durchs Wasser läuft, aber plötzlich ist er einfach hineingesprungen und losgeschwommen.«

»Das Forsthaus und der See gehören meinem Opa«, sagte Tim. »Das wusste ich gar nicht.«

»Ich schon«, entgegnete ich. »Aber das Haus war all die Jahre unbewohnt, und Melike und ich haben uns immer vorgestellt, es würde uns gehören. Bis auf einmal Lajos da war.«

»Lajos.« Tim seufzte. »Er und deine Eltern sind so nett zu mir. Ich fühle mich richtig wohl bei euch. Ich hatte nie viel Zeit für Freunde. Bei uns gibt's nur Pferde, Arbeit, Streitereien und Turniere. Einfach mal zum Schwimmen fahren oder so, das war nie möglich.«

Wir schwiegen einen Moment, lauschten auf das übermütige Geschrei der anderen, die den Steg erreicht hatten und sich wieder auf den Rückweg zur Insel machten.

»Hm.« Ich streichelte Tims Hand. »Gerade vorhin habe ich gedacht, dass es jetzt genauso ist wie damals bei unseren Eltern, als sie noch jung waren. Sie waren auch sechs Freunde: Papa, Mama, deine Eltern, Lajos und Viola, Mamas Schwester.«

»Bis mein Vater alles kaputt gemacht hat«, sagte Tim bitter. »Opa hat mir erzählt, dass meine Mutter eigentlich die Freundin von Lajos war. Als er dann nach dem … dem Unfall ins Gefängnis musste, kam sie mit meinem Vater zusammen, und darüber hat Opa sich nicht sehr gefreut.«

Er legte einen Arm um meine Schultern und zog mich an sich.

»Elena«, sagte er und seine Stimme klang rau. »Bitte, versprich mir, dass wir nie so werden!«

Ich drehte den Kopf, um ihn besser ansehen zu können. In Tims blauen Augen lag ein so verletzlicher, ja verzweifelter Ausdruck, dass ich schlucken musste. Eine Gänsehaut rieselte mir über den Rücken. Ich wusste, dass hinter der coolen, lächelnden Fassade, die Tim der Welt zeigte, viel, viel mehr lag. Er musste wie ein Erwachsener arbeiten, er hatte keine netten Eltern und wahrhaftig kein schönes Leben. Ich richtete mich auf und legte meine Hände an seine Wangen. Mir wurde ganz warm, als ich in seine wunderschönen Augen blickte.

»Wir werden nie so wie unsere Eltern«, flüsterte ich. »Das verspreche ich dir.«

Er holte Luft, seine Lippen zitterten leicht.

»Dann ist alles gut«, murmelte er. »Wenn du mich nur liebst.«

»Das tue ich.« Ich nickte. »Ich liebe dich, Tim. Und ich bin so glücklich, wenn wir zusammen sind.«

Ich schlang meine Arme um seinen Hals. Er legte sein Gesicht an meines und hielt mich ganz fest. Ein tiefes, warmes Glücksgefühl breitete sich in mir aus, alle Zweifel waren verschwunden. Tim liebte mich, so wie ich ihn. Sein Herz klopfte so heftig wie meines. Eines Tages würde alles gut werden.

Hinter uns platschten die anderen ans Ufer, brachen lachend und schnaufend durch das Schilf. Ich ließ Tim los. Sekunden später waren sie da, ließen sich in den Sand fallen. Christian schüttelte das Wasser aus seinen Haaren. Die Sonne war verschwunden, ein Donner grollte.

»Ich hab gewonnen!«, behauptete mein Bruder.

»Nein, ich«, widersprach Fabian. »He, Tim, ich dachte, du wolltest Schiedsrichter sein?«

Ich warf Tim einen raschen Blick zu. Sein Gesicht war wieder ruhig und beherrscht, er lächelte ganz so wie immer, und niemand, der ihn nicht besser kannte, hätte geahnt, was in ihm vorging.

»Wir sollten zurückschwimmen«, sagte Melike und hob den Blick zum Himmel. »Da braut sich ordentlich was zusammen.«

Schwimmen bei Gewitter war lebensgefährlich, deshalb beeilten wir uns. Tim ergriff meine Hand. Wieder krachte ein Donner. Die ersten schweren Regentropfen klatschten auf den staubtrockenen Boden. Wir stürzten uns jauchzend und schreiend ins Wasser. Tim war so nett, langsam neben mir herzuschwimmen. Die anderen kraulten los, kletterten schon aus dem Wasser und flüchteten auf die Veranda des Forsthauses, als wir den Steg erreichten.

»Du schwimmst tatsächlich wie eine Ente.« Tim grinste.

»Das … ist … echt … gemein«, keuchte ich beleidigt und spuckte ein bisschen Waldseewasser aus. »Ich hab mir so Mühe gegeben, schnell zu schwimmen!«

Ein Blitz zuckte durch den schwarzen Himmel, der Donner rollte dröhnend hinterher und ließ die Erde erbeben. Jetzt mussten wir wirklich schnell aus dem Wasser. Ich hielt mich mit einer Hand am Steg fest, doch bevor ich mich hochziehen konnte, schwamm Tim ganz dicht an mich heran und hielt sich ebenfalls fest.

»Komm her, meine kleine süße Ente«, flüsterte er und zog mich in seine Arme.

Der Regen rauschte auf uns herab, als ob die Welt untergehen wollte. Und dann küsste er mich bei Blitz und Donner, und ich wusste, ich würde mich daran erinnern, selbst wenn ich hundert Jahre alt werden würde.

18. Kapitel

Papa und Mama hatten einen Flug nach Dublin und einen Mietwagen gebucht und freuten sich wie die kleinen Kinder auf ihren ersten Urlaub seit vielen Jahren. Mama packte die Koffer. Selten hatte ich sie so glücklich und ausgelassen erlebt.

Liam kam am Sonntagabend wieder. Er war blass und hatte dunkle Schatten unter den Augen, aber er war fröhlich wie immer. Papa war erleichtert, außer Lajos auch Liam auf dem Hof zu wissen, denn Opa und Oma waren drei Tage mit den Landfrauen nach Mecklenburg-Vorpommern gefahren und würden erst am Dienstagabend zurück sein.

Montagmorgen um acht Uhr ging es los. Lajos wartete im Auto mit laufendem Motor.

»Soll ich nicht doch lieber meine Eltern anrufen, damit sie herkommen?«, überlegte Mama besorgt. »Mir ist nicht ganz wohl bei dem Gedanken, dass ihr hier so ganz allein seid.«

»Wir sind nicht allein«, erwiderte Christian ungeduldig. »Stani und Heinrich sind da. Liam ist da. Lajos ist den ganzen Tag über da. Was soll denn schon passieren in den paar Tagen?«

Lajos hupte und winkte.

»Steig lieber ein, sonst fliegt das Flugzeug ohne euch nach Irland«, sagte ich zu Mama.

Sie seufzte, umarmte erst mich und dann Christian, der genervt die Augen rollte.

»Also«, sagte Papa, »keine leichtsinnigen Aktionen, hört ihr?«

Wir nickten beide brav.

»Keine Partys, keine Saufgelage, keine Streiterei, verstanden?«

Wir nickten wieder einträchtig.

»Wir rufen an, wenn wir gelandet sind!«, rief Mama vom Rücksitz aus.

Endlich stieg auch Papa ein. Wir winkten hinter dem Auto her, bis es aus dem Hof fuhr und verschwand.

»Oh Mann«, sagte Christian. »Ich hab schon gedacht, sie überlegen es sich in letzter Sekunde anders und bleiben hier.«

»Oder hetzen uns Opa und Oma Bonn auf den Hals«, ergänzte ich.

Mamas Eltern waren überbesorgt und kannten sich mit einem Hof und Pferden nicht aus. Sie hätten uns wahrscheinlich die Woche ohne Papa und Mama vor lauter Befürchtungen verdorben.

Wir standen eine Weile da und genossen das Gefühl der Freiheit.

»Was jetzt?«, fragte ich meinen Bruder.

»Jetzt organisieren wir erst mal die Party«, antwortete Christian und rieb sich die Hände. »Ich hab mit Fabian und Tim schon alles besprochen. Heute Abend lassen wir's richtig krachen.«

Melike kam auf den Hof geradelt, auf dem Rücken ein praller Rucksack und auf dem Gepäckträger einen riesiger Koffer.

»Was hast du denn vor?«, fragte Christian spöttisch. »Bist du zu Hause ausgezogen, oder was?«

»Ich brauche halt ein paar Klamotten mehr als du«, entgegnete Melike spitz. Sie würde die ganze Woche lang bei mir schlafen, das hatte Mama erlaubt.

»Du könntest mir mal mit dem Koffer helfen.«

»Na gut.« Christian packte zu. »Mann, der wiegt sicher dreißig Kilo.«

»Damen reisen eben mit großem Gepäck. Sei froh, dass ich den Überseekoffer im Keller gelassen habe.«

Wenig später trafen auch Fabian und Kiki ein. Wir gingen in den Stall und ritten unsere Pferde. Liam war gerade mit Calvador fertig und sattelte Mister Magic. Er hatte von Papa ein ganz schönes Pensum aufgebrummt bekommen und musste sich in Papas Abwesenheit um die jungen Pferde und die Turnierpferde kümmern.

Am Nachmittag traf Tim ein. Sein Vater war mal wieder auf Reisen, seiner Mutter hatte er gar nichts gesagt. Sie fragte ihn nie, was er tat.

»Echt? Das heißt, du kannst bis heute Abend bleiben?« Ich strahlte.

»Wenn mein Entchen das möchte«, neckte er mich.

Hätte ein anderer gewagt, mich »Entchen« zu nennen, wäre ich wahrscheinlich ausgerastet, aber wenn Tim das sagte, klang es einfach süß.

Der grüne Fendt-Traktor knatterte um die Ecke, ein leerer Anhänger holperte hinterher. Christian saß am

Steuer, Fabian hatte seine langen Beine auf dem Notsitz gefaltet.

»Hey, Tim!« rief Christian, ganz der Herr des Hofes, und stoppte neben uns.

»Hast du deine Arbeiten erledigt?«, fragte er mich.

»Ich schon«, erwiderte ich. »Und du?«

»Alles organisiert. Komm, Tim, spring auf! Wir Männer fahren jetzt einkaufen.«

»Moment mal«, wandte ich ein.

»Keine Widerrede«, sagte mein Bruder von oben herab. »Die Männer gehen auf die Jagd, die Frauen putzen das Heim und kochen.«

Ich wollte protestieren, aber Fabian und Tim grinsten breit.

Tim kletterte auf den zweiten Notsitz, Christian wendete gekonnt, dann tuckerten sie davon.

»Wo fahren die denn hin?«, rief Melike, die mit Kiki von den Koppeln kam. Sie hatten ihre Pferde rausgebracht und andere wieder hereingeholt.

»Sie gehen auf die Jagd«, antwortete ich und prustete los. »Das heißt auf Deutsch: Sie fahren nach Steinau in den Supermarkt.«

Kiki tippte sich an die Stirn und verzog das Gesicht. »Jungs!«, sagte sie. »Also so was! Sie werden Unmengen von Steaks und Alkohol anschleppen.«

Lajos kam aus dem Stall und schlenderte zu uns herüber.

»Und?«, erkundigte er sich. »Alles in Ordnung bei euch? Seid ihr versorgt oder müsst ihr verhungern?«

»Alles bestens«, versicherte ich. »Wir werden heute Abend grillen.«

»Na prima.« Lajos lächelte. »Dann viel Spaß. Ich fahre jetzt rüber ins Forsthaus. Wenn etwas sein sollte, müsst ihr nur anrufen. Morgen breche ich früh nach Frankreich auf, aber ich werde abends wieder zurück sein.«

»Okay, kein Problem«, erwiderte ich. »Liam ist ja auch noch da.«

Wir blickten ihm nach.

»Er sieht so einsam aus, findet ihr nicht?«, sagte Melike bekümmert. »Vielleicht hätten wir ihn fragen sollen, ob er mit uns grillen will. Jetzt sitzt er die ganze Nacht allein mitten im Wald.«

»Er sitzt seit Monaten allein im Wald«, erinnerte ich sie. »Und ich glaube nicht, dass ihm das etwas ausmacht.«

»Ich weiß nicht. Ich stelle es mir schrecklich langweilig vor.«

»Du spinnst ja, Melike«, sagte Kiki grinsend.

»Ich hab halt immer so Mitleid mit einsamen Menschen«, sagte meine Freundin traurig. »Schaut doch, wie er da langläuft. So verloren!«

Die nächste verlorene Seele betrat den Hof – Liam.

»Willst du den auch noch retten?«, erkundigte sich Kiki kichernd.

»Hey, Mädels«, sagte der junge Mann, »ich muss los. Bei euch alles okay?«

»Klar!«, riefen Kiki und ich im Chor.

Liams Handy klingelte. Er war echt ein Telefoniermeister. Papa hatte neulich gesagt, Liam müsse sich wohl bald eine Sekretärin engagieren, die seine Anrufe entgegennehme. Liam ging ans Handy, hob grüßend die Hand in unsere Richtung und marschierte zu seinem Auto.

»Er sieht blass aus«, stellte Melike fest.

»Aber nicht einsam.« Ich ergriff energisch ihr Handgelenk, bevor sie eine neue Mitleidsarie vom Stapel lassen konnte. »Komm jetzt! Wir müssen den Tisch decken und den Grill anmachen, bevor unsere Männer von der Jagd heimkehren.«

Da fiel Melike offenbar ein, dass Lajos und Liam Schnee von gestern waren. Fabian war es, der ihr gefiel.

»Stimmt«, sagte sie und blickte an sich hinunter. »Ich muss vorher noch schnell duschen und mir was Gescheites anziehen, ich seh schlampig aus.«

Das war totaler Quatsch. Melike sah nie schlampig aus. Ich versuchte seit Jahren ihr Geheimnis zu ergründen, wie sie es anstellte, in allen Lebenslagen hübsch und ordentlich auszusehen. Seitdem ich meine Zahnspange los war, war es nicht mehr ganz so schlimm, aber früher hatte ich mich neben der zierlichen, hübschen Melike mit ihrem braunen Teint, den großen dunkelbraunen Augen, schneeweißen Zähnen und dem glänzenden schwarzen Haar oft wie eine hässliche, reizlose Bohnenstange gefühlt.

Wie Kiki richtig vermutet hatte, schleppten Fabian, Christian und Tim Unmengen an Fleisch, Chips und alkoholischen Getränken ins Haus. Sie setzten eine Bowle mit Erdbeeren an und verwandelten die Küche innerhalb weniger Minuten in ein Schlachtfeld.

Auf Christians Vorschlag hin veranstalteten wir auf dem Springplatz ein Beachvolleyball-Turnier, das Fabian und Melike gegen Christian und Kiki gewannen. Tim und ich hatten keine Chance, denn Twix war der festen Überzeugung, er müsse mir helfen, und sprang dauernd an mir hoch. Hechelnd hetzte er um das Spielfeld herum und versuchte, den Ball zu erwischen.

Verschwitzt und lachend setzten wir uns schließlich auf die Terrasse und packten ordentlich Steaks und Würstchen auf den Grill. Wir aßen den Kartoffelsalat und den Nudelsalat aus dem Supermarkt direkt aus den Dosen und brachen das Baguette mit den Fingern ab, was bei Mama streng verboten war.

»Oha, mit was habt ihr die Bowle angesetzt?«, fragte Kiki, nachdem sie den ersten Schluck gekostet hatte.

»Zwei Flaschen Wein, zwei Flaschen Sekt«, zählte Christian auf. »Schmeckt doch super, oder?«

»In einer Stunde sind wir alle blau«, prophezeite Kiki. »Aber es schmeckt wirklich lecker, euer Gebräu.«

Nachdem wir alles weggeputzt hatten, gingen wir hinüber zum Stall. Stani und Heinrich hatten schon Abendheu gefüttert. Christian schob das Sommergitter hinten am Turnierpferdestall zu und kontrollierte gewissenhaft das Schloss, dann schauten wir nach den Stuten, Fohlen und Jungpferden in der Scheune. Auch alle anderen Stalltüren wurden abgeschlossen und zur Hallentür hin von innen der Riegel vorgeschoben. Robbie, der uns auf unserem Rundgang begleitet hatte, legte sich auf seine Matte an der Stalltür und rollte sich mit einem Aufseufzen zusammen. Ich löschte das Licht.

Wir schlenderten zurück zum Haus. Im flackernden Schein von zwei Windlichtern spielten wir Karten und die Älteren tranken Bowle, die von Glas zu Glas stärker zu werden schien. Fabian legte sich auf die Couch im Wohnzimmer und war innerhalb von Sekunden eingeschlafen. Christian verschwand mit Kiki in seinem Zimmer und Melike taumelte ins Gästezimmer neben Mamas Büro.

Tim und ich blieben allein auf der Terrasse zurück. Wir hatten nur ein wenig von der Bowle probiert und waren dann auf Limonade umgestiegen.

»Bleibst du wirklich hier heute Nacht?«, fragte ich.

»Soll ich?« Tim sah mich ruhig aus seinen schönen blauen Augen an.

»Klar«, flüsterte ich.

Wir räumten noch gemeinsam den Tisch ab und gingen dann nach oben in mein Zimmer. Es war so aufregend, Tim in meinem Zimmer zu sehen! Wir legten uns in mein Bett. Ich löschte das Licht und lag stocksteif da. Niemand von uns sagte etwas. Ich hörte Tim in der Dunkelheit atmen, tastete nach seiner Hand. Durch das geöffnete Fenster wehte eine kühle Brise und ich erschauderte.

»Ist dir kalt?«, flüsterte Tim.

»Ein bisschen«, erwiderte ich.

»Soll ich dich etwas aufwärmen?«

Ich schluckte. Mein Herz drohte aus meiner Brust zu springen.

»Ja«, flüsterte ich.

Tim drehte sich auf die Seite und schlang seine Arme um mich. Ich spürte seinen Atem in meinem Genick, die Wärme seines Körpers.

»Gute Nacht, mein Entchen«, flüsterte er.

Ich nahm mir fest vor, nicht zu schlafen, um jede Minute mit Tim auszukosten. Daran wollte ich mich erinnern können, wenn ich wieder allein war. Ich lauschte auf seine tiefen, regelmäßigen Atemzüge. Es war wundervoll, fast so, als ob wir verheiratet wären.

Irgendwann fielen mir die Augen zu. Nicht einschlafen, dachte ich noch, aber da glitt ich schon sanft hinüber in die Welt der Träume.

19. Kapitel

Das dünne graue Licht des frühen Morgens sickerte durch das Fenster, als ich verwirrt die Augen öffnete. Irgendetwas war anders als sonst.

»Hey«, flüsterte Tim. Sofort war ich hellwach. Er lag tatsächlich neben mir, das hatte ich nicht nur geträumt.

»Hast du gut geschlafen?«, fragte er und berührte zärtlich mein Gesicht.

»Mhm. Und du?«

»Ich auch.«

Wir schauten uns an. Er sah unglaublich süß aus, so verschlafen und verstrubbelt.

»Musst du schon los?«

»Ja, leider. Es ist gleich fünf. Wenn meine Mutter merkt, dass ich nicht in meinem Bett liege, kriegt sie einen Anfall.« Er verzog das Gesicht und richtete sich auf.

»Ich komme mit nach unten«, sagte ich.

Tim suchte seine Klamotten vom Boden, schlüpfte in seine Jeans und Turnschuhe. Ich gähnte und zog ebenfalls meine Jeans an. Wir schlichen die Treppe hinunter, um niemanden zu wecken. Twix kam aus dem Wohnzimmer und streckte sich gähnend. Vor lauter Tim hatte ich gar nicht an meinen Hund gedacht!

Tim trug nur ein T-Shirt und es war noch kühl draußen. Ich nahm eine von Christians Jacken von der Garderobe und reichte sie ihm.

»Hier«, sagte ich, »sonst frierst du auf dem Moped.«

Tim lächelte und zog sie an. Vor der Haustür nahm er mich in die Arme. Im fahlen Zwielicht konnte ich sein Gesicht kaum erkennen. Die ersten Vögel sangen in den Bäumen.

»Es war die schönste Nacht meines Lebens«, sagte er mit zärtlicher Stimme und streichelte meine Wange.

»Meine auch.«

Ich kämpfte mit den Tränen, aber mir gelang ein Lächeln. Wir sahen uns unsicher an. Das war ein anderer Abschied als die Abschiede auf der Trainingswiese oder in der Schule. Es war bedeutungsvoller. Unsere erste gemeinsame Nacht! Was sagte man in so einem Augenblick?

»Es ist ja nicht für lange«, meinte Tim schließlich.

»Versprochen?«

»Versprochen.« Er lächelte. »Heute Abend komme ich wieder.«

Er gab mir einen Kuss. Dann ließ er mich los. Ich schlang meine Arme um meinen Oberkörper. Twix setzte sich neben mich auf die Fußmatte, und zusammen blickten wir Tim nach, wie er das Törchen öffnete und über den Parkplatz zu seinem Moped ging. Um niemanden zu wecken, schob er das Moped die ganze Auffahrt hinunter und ließ es erst am Hoftor an. Ich stand vor der Haustür und wartete, bis das Motorengeräusch in der Ferne verklungen war.

Zurück ins Bett wollte ich nicht mehr, deshalb begann ich, die verwüstete Küche aufzuräumen. Zu viel ging mir durch den Kopf. Ob Tim schon auf dem Sonnenhof angekommen war? Hoffentlich bekam er keinen Ärger. Wie grässlich musste es sein, wenn man sich zu Hause nicht wohlfühlte!

Gedankenverloren räumte ich die Spülmaschine ein und stellte sie an. Dann aß ich ein paar Löffel Kartoffelsalat, aber er schmeckte mir so früh am Morgen nicht. Mein Blick fiel auf die Uhr über der Küchentür. Fünf nach sechs. Ich konnte genauso gut schon hinüber in den Stall gehen, bevor ich hier sinnlos herumsaß.

Oben zog ich mir Reithose und ein frisches T-Shirt an, schlüpfte in eine Sweatjacke mit Kapuze und bürstete mir im Bad die Haare. Unten nahm ich Papas dicken Schlüsselbund vom Haken neben der Haustür und ging hinaus. Twix rannte vorneweg.

Die Sonne ging auf und ließ Millionen winziger Tautröpfchen auf dem Rasen und den Wiesen glitzern wie Diamanten. Auf dem Dachfirst der Reithalle gurrten zwei Tauben. Noch war die Luft kühl und frisch, aber es würde einen heißen Tag geben. Einen herrlichen, sonnigen Sommertag – und heute Abend würde Tim wieder herkommen. Ich schloss die Stalltür auf. Dank der Sommergitter und der offenen Boxenfenster war die Luft nicht stickig. Die Pferde grummelten und wieherten, weil sie sich auf ihr Futter und Heu freuten.

»Robbie?«

Der Berner Sennenhund lag nicht wie üblich auf seiner Decke. Normalerweise begrüßte er denjenigen, der morgens als Erster den Stall betrat, mit fröhlichem Gebell und wildem Schwanzwedeln, aber heute tauchte er nicht auf. Komisch.

Twix lief voraus und bellte plötzlich. Robbie lag mitten

auf der Stallgasse des Sechserstalls zwischen Putzhalle und Turnierstall und regte sich nicht, obwohl Twix um ihn herumsprang und an ihm schnupperte.

»Oh Gott, Robbie!« Ich kniete neben dem großen Hund nieder und schüttelte ihn leicht. Die Zunge hing ihm seitlich aus dem Maul. Er öffnete müde die blutunterlaufenen Augen und wedelte matt mit der Schwanzspitze. »Was hast du denn?«

Plötzlich befürchtete ich, er könnte sterben. Aber so alt war er doch noch gar nicht! Und er konnte auch kein Rattengift gefressen haben, denn so etwas gab es auf dem Amselhof nicht.

»Na, komm schon, steh auf!« Ich zog an seinem Halsband und stemmte mich mit aller Kraft gegen ihn. Robbie richtete sich auf, versuchte zu stehen, aber er schwankte bedrohlich und sackte wieder zusammen. Twix wieselte weiter in den Turnierstall. Er bellte und ich folgte ihm.

»Fritzi!«, rief ich. Doch mein Pferd antwortete nicht. Besorgt trat ich an die Box und öffnete sie. Hoffentlich war er nicht auch krank, so wie Robbie! Ich starrte in eine leere Box. Ein paar Sekunden stand ich da wie versteinert und begriff nicht, was ich da sah. Zuerst glaubte ich, Christian und Melike hätten mir einen Streich gespielt, um mich zu erschrecken, aber dann bemerkte ich, dass das Sommergitter, das Christian gestern Abend vor meinen Augen sorgfältig abgeschlossen hatte, nur angelehnt war. Das Schloss lag auf dem Boden.

»Nein«, flüsterte ich, als ich allmählich begriff, was geschehen war. Mir wurde eiskalt. Fritzi war gestohlen worden! Während Tim und ich friedlich in meinem Bett gelegen und geschlafen hatten, waren die Pferdediebe auf dem Amselhof gewesen, hatten das Schloss aufgebrochen, Robbie betäubt und mein Pferd gestohlen!

Voller Panik rannte ich durch den Stall und zurück zum Haus. Mit drei Sätzen sprang ich die Treppe hoch, riss die Tür zu Christians Zimmer auf und machte das Licht an.

»Christian!«, schrie ich. »Wach auf!«

Mein Bruder fuhr benommen hoch, neben ihm blinzelte Kiki verschlafen ins Licht.

»Was 'n los?«, murmelte Christian.

»Fritzi ist weg!« Ich war vollkommen außer mir. »Ich war eben schon im Stall, Robbie liegt herum und rührt sich nicht und Fritzis Box ist leer! Jemand hat das Schloss vom Sommergitter aufgebrochen!«

Ich begann hysterisch zu schluchzen. Christian sprang aus dem Bett, packte mich bei den Schultern und schüttelte mich.

»Jetzt dreh nicht durch«, sagte er, ließ mich los und zog sich in Windeseile an.

Auch Kiki stand auf. Durch mein Geschrei waren Melike und Fabian geweckt worden. Sie standen unten im Flur und guckten verständnislos, als wir zu dritt an ihnen vorbeitrampelten.

»Fritzi ist weg!«, rief Kiki ihnen zu.

Wir schossen in Lichtgeschwindigkeit über den Hof. Stani und Heinrich hatten gerade damit begonnen, im Schulstall Heu zu füttern. Alarmiert durch unser Geschrei folgten sie uns in den Turnierstall. Insgeheim hatte ich auf ein Wunder gehofft und geglaubt, Fritzi würde mich jetzt mit einem fröhlichen Wiehern empfangen, aber seine Box war noch genauso leer wie vor zehn Minuten. Nur ein paar Pferdeäpfel hatte er im Stroh zurückgelassen. Ich sank auf den Boden und begann hemmungslos zu weinen. Melike hockte sich neben mich, legte tröstend die Arme um meine Schultern – aber es gab für mich keinen Trost. Alle Pferde, die in den letzten Wochen und Monaten in Deutschland gestohlen worden waren, blieben spurlos verschwunden! Kein einziges war bis heute wieder aufgetaucht.

»Wir müssen Lajos anrufen«, schluchzte ich. »Und die Polizei!«

»Das wird wohl das Beste sein«, stimmte Christian mir zu. »Was für eine Riesenscheiße!«

Die anderen standen mit belämmerten Mienen auf der Stallgasse herum, während Christian von meinem Handy aus versuchte, Lajos zu erreichen. Aber der hatte sein Telefon nicht an.

Die Polizei versprach, so schnell wie möglich jemanden zu schicken. Ich konnte es nicht fassen! Während ich so unglaublich glücklich gewesen war, hatten irgendwelche finsteren Typen mein Pferd gestohlen, meinen Fritzi, der sich vor fremden Männern fürchtete. Mein Herz krampfte sich zusammen. Ach, warum hatte ich Papa auch Fritzi zum Reiten gegeben? Nur, weil er auf den Turnieren so erfolgreich war, hatte er das Interesse der Pferdediebe geweckt, da war ich mir sicher. Hätte ich ihn doch bloß für mich behalten! Hätte ich … ach, verdammt, das nützte jetzt auch nichts mehr.

Die Polizei traf eine halbe Stunde später ein: ein Streifenwagen und zwei Zivilfahrzeuge mit Leuten von der Kriminalpolizei. Hauptkommissar Behrendt vom Diebstahldezernat und seine Kollegin Kathrin Prinz hörten zu, während Christian und ich abwechselnd berichteten.

»Wo sind eure Eltern?«, erkundigte sich der Polizist. »Seid ihr etwa ganz allein hier auf dem Hof?«

»Sie sind gestern für ein paar Tage in den Urlaub gefahren«, antwortete Christian. »Aber richtig allein sind wir nicht. Heinrich und Stani, unsere Stallarbeiter, sind ja auch da. Und ab morgen Abend auch wieder unsere Großeltern.«

Wir standen vor Fritzis leerer Box. Die Polizisten hoben das aufgesägte Schloss mit Latexhandschuhen an den Händen auf und steckten es in einen Plastikbeutel.

»Um was für ein Pferd handelt es sich?«, wollte die Kommissarin wissen.

»Um Fritzi«, schluchzte ich. »Er gehört mir.«

»Ein Pony?«, fragte sie mitfühlend.

»Nein, nein, kein Pony.« Ich schüttelte den Kopf und dachte, dass es nur halb so schlimm gewesen wäre, hätten die Diebe Sirius gestohlen. In der gleichen Sekunde hatte ich deswegen ein schlechtes Gewissen.

Christian beschrieb den Polizisten Fritzi, dann schob er das Sommergitter auf. Heinrich hatte gestern wie jeden Abend den Reitplatz und den Sandweg, der zu den Dressurplätzen und zum Wald führte, mit dem Bahnplaner glatt gezogen. In der gleichmäßigen Fläche waren deutliche Huf- und Fußspuren zu erkennen, die vom Stall in Richtung Wald führten. Die Polizisten folgten den Spuren am Rande des Weges, um nichts zu zertrampeln, Christian und ich gingen mit.

Am Waldrand fanden wir noch mehr Fußspuren, dazu Spuren von Autoreifen und den Abdruck einer Hängerklappe. Daneben lagen vier Stofffetzen aus Kunstpelz.

»Das haben wir schon ein paar Mal gesehen«, sagte der

Kommissar. »Offenbar wickeln die Diebe den Pferden diese Fetzen um die Hufe, damit die Hufeisen keinen Lärm machen. Sieht wirklich so aus, als ob euer Pferd gestohlen worden wäre.«

»Kannst du uns ein Bild des Pferdes besorgen?«, fragte die Kommissarin mich.

Ich nickte und lief zum Haus. Erst da fiel mir Tim ein. Ich musste ihm unbedingt Bescheid sagen! Ich tippte seine Kurzwahlnummer und erschrak beinahe zu Tode, als sich die barsche Stimme von Richard Jungblut meldete. Vor Schreck drückte ich das Gespräch weg. Tims Vater war doch zu Hause! Oh Gott, der arme Tim! Ganz sicher hatte er Ärger bekommen und sein Vater hatte ihm das Handy abgenommen. Auch das noch! Der Tag, der so wunderschön begonnen hatte, entwickelte sich zu einem Albtraum.

Ich fand ein Foto von Fritzi, das auf dem Turnier in Viernheim aufgenommen worden war, und lief zurück zum Stall. Dort hatten sich die Polizisten mittlerweile um Robbie geschart, der noch immer schlief.

»Wir müssen Papa und Mama anrufen«, sagte ich mit zittriger Stimme.

»Hab ich schon versucht«, erwiderte mein Bruder. »Kein Empfang. Opa hat sein Handy wahrscheinlich gar nicht mitgenommen und Lajos geht nicht dran. Wirklich super.«

»Liam müsste doch jeden Augenblick kommen«, bemerkte Melike.

»Der kann auch nichts machen.«

»Gleich kommen unsere Kollegen von der Spurensicherung«, sagte der Hauptkommissar. »Sie werden versuchen, Fingerabdrücke im Stall zu nehmen, also fasst dort bitte nichts an. Außerdem sollte ein Tierarzt eurem Hund Blut abnehmen. Die Diebe haben ihm sicherlich ein Schlafmittel gegeben, damit er sie nicht stört.«

Wahrscheinlich hatten sie auch Fritzi etwas gegeben, denn der würde nicht so ohne Weiteres mitten in der Nacht mit fremden Männern mitgehen.

Der Kommissar drückte Christian seine Visitenkarte in die Hand. »Wenn ihr irgendetwas hört oder wenn euch noch etwas einfällt, dann ruft mich an.«

Niemand von uns hatte Lust auf ein Frühstück. Gemeinsam brachten wir die Stuten, Fohlen und Jungpferde auf die Koppeln, stellten einige der Turnierpferde in die Führmaschine, ritten und longierten die anderen Pferde.

Die Zeit verging schleichend. Zum Mittagessen legten wir uns die restlichen Steaks auf den Grill. Die Stimmung war gedrückt. Papa und Mama waren nach wie vor nicht zu erreichen, auch Lajos nicht, und Liam war noch immer nicht aufgetaucht.

»Wie kann er uns so im Stich lassen!«, empörte Christian sich. »Er weiß doch ganz genau, was hier für eine Arbeit ist! Und jetzt hat er einfach sein Handy abgeschaltet, dieser faule Mistkerl!«

Ich kaute lustlos auf meinem Steak herum. Plötzlich erstarrte ich.

»Liam!«, flüsterte ich und ließ Messer und Gabel sinken.

»Was?«, fragten Christian, Melike, Fabian und Kiki im Chor.

»Robbie bellt ganz sicher nicht, wenn Liam in den Stall kommt, selbst nachts nicht«, sagte ich langsam. »Und Fritzi kennt Liam gut. Er würde mit ihm mitgehen.«

Es war totenstill, dann sprachen alle auf einmal durcheinander. Melike verschaffte sich Gehör.

»Aber Liam hätte das Schloss nicht aufsägen müssen«, gab sie zu bedenken. »Er hat doch Schlüssel.«

»Nicht für das Schloss am Sommergitter«, entgegnete Christian. »Das hat Papa erst gestern neu drangemacht, weil das alte durchgerostet war.«

Wir sahen uns an. Die Ungeheuerlichkeit unserer Vermutung verschlug jedem von uns die Sprache. Liam ein Pferdedieb? Der fröhliche, immer gut gelaunte Liam, der mich getröstet hatte, als ich vor lauter Liebeskummer geweint hatte? Aber plötzlich erinnerte ich mich an die Sache mit dem Schlüsselbund auf der Hessenmeisterschaft in Eschwege, an den Mann, der nachts zu Liam in den Lkw geklettert war. Ich erzählte den anderen davon.

»Und außerdem war Liam neulich bei Tims Vater auf dem Sonnenhof«, schloss ich.

Mein Bruder zögerte nicht lange.

»Ich rufe die Polizei an«, sagte er entschlossen. »Elena, schau mal nach, ob wir irgendein Foto von Liam haben.«

»Ich hab eins auf meinem Handy«, gab Melike zu.

»Sieh an.« Christian grinste kurz und Melike wurde tomatenrot.

Da summte Christians Handy. Mein Bruder warf mir einen Blick zu, dann straffte er die Schultern und ging dran.

»Hallo, Papa«, sagte er. »Und, wie ist es bei euch?«

Er hörte kurz zu und rollte die Augen.

»Hier ist leider nichts in Ordnung. Heute Nacht ist Fritzi gestohlen worden … Nein, Robbie schläft immer noch, die haben ihm wohl ein Schlafmittel gegeben … Das Schloss am

Sommergitter ist aufgebrochen worden … Ja, ja, natürlich, die Polizei war schon hier.«

Er lauschte einen Moment. Danach rief er den Kriminalkommissar an und sagte, dass er Liam für einen Pferdedieb hielt. Melike schickte das Foto von ihrem Handy an eine Nummer, die der Kommissar Christian durchgab. Jetzt hieß es abwarten.

Wir saßen im Stall um das Radio herum. Um zwei Uhr kam die erste Suchmeldung nach Liam und seinem Auto und nach Fritzi. Fabian und Kiki fuhren kurz nach Hause, um sich umzuziehen. Die Zeit verging quälend langsam. Ich wartete voller Unruhe auf ein Lebenszeichen von Tim. Sein Handy war ausgeschaltet.

Plötzlich klingelte mein Handy mit einem fremden Ton und unterdrückter Nummer.

»Elena, ich bin's!«, rief Tim. »Was ist los bei euch? Ich habe eben im Radio gehört, dass Fritzi gestohlen wurde.«

Ich berichtete ihm kurz und knapp, was geschehen war.

»Von wo aus rufst du an?«, fragte ich dann.

»Vom Festnetz aus«, erwiderte Tim. »Mein Vater hat heute Morgen doch wirklich mein Handy einkassiert. Ich bin dummerweise auf der Kreuzung vor dem Hof fast mit ihm zusammengestoßen. Er kam mit dem Auto und dem Hänger angebraust und hat mich beinahe über den Haufen gefahren. War auf hundertachtzig, der Alte, und wollte wissen, wo ich herkomme. Als ich ihm gesagt habe, ich sei bei meiner Freundin gewesen, hat er mir eine geklebt, mir den Mopedschlüssel und das Handy ab genommen. Fehlt nur noch, dass er mich bei Wasser und Brot im Keller einsperrt.«

»Dein Vater ist heute Morgen mit dem Pferdehänger

gekommen?«, fragte ich und mir wurde abwechselnd heiß und kalt.

»Ja. Er hat ihn noch eigenhändig mit dem Dampfstrahler abgespritzt. Und den Jeep auch. Hat mich schon gewundert, eigentlich muss ich so was immer …« Er verstummte. »Oh, Elena, du glaubst doch nicht …?«

Er sprach den Satz nicht zu Ende.

»Liam ist heute nicht zur Arbeit gekommen.« Meine Stimme klang ganz piepsig. »Er war doch neulich bei euch auf dem Hof. Und denk an den Mann, mit dem er sich in Eschwege getroffen hat, und an die Sache mit dem Schlüsselbund. Die Diebe haben Fritzi auf einen Hänger verladen, das steht fest.«

»Großer Gott«, sagte Tim.

»Glaubst du, dass dein … dein Vater etwas damit zu tun haben könnte?«, wagte ich zu fragen.

Tim zögerte einen Moment.

»Wenn ich ehrlich bin«, sagte er dann, »traue ich meinem Vater alles zu. Aber wenn er Fritzi heute Nacht bei euch gestohlen hat und war um halb sechs wieder zu Hause, dann kann Fritzi noch nicht weit weg sein. Mist, da kommt er. Ich werde versuchen, mehr herauszufinden. Ich ruf später wieder an.«

20. Kapitel

Die Warterei war das Schlimmste. Papa rief jede Stunde an, um sich zu erkundigen, ob es Neuigkeiten gab. Meine Eltern hatten keinen Flug mehr bekommen und die nächste Fähre ging erst am Morgen von Rosslare aus. Papa hatte Opa und Oma erreicht, sie würden am Abend wieder auf dem Hof sein. Christian hatte das Telefon laut gestellt, damit Melike und ich mithören konnten und er später nicht jedes Wort wiederholen musste.

»Was ist mit Liam?«, fragte Papa nun. »Klappt wenigstens mit den Pferden alles?«

Wir blickten uns an.

»Christian!«, rief Papa ungeduldig. »Bist du noch dran?«

»Papa, äh, Liam ist heute nicht gekommen«, sagte Christian. »Er ist wie vom Erdboden verschluckt, und ich hab der Polizei gesagt, dass ich glaube, er könnte etwas mit dem Diebstahl zu tun haben.«

»*Wie bitte*? Liam soll Fritzi gestohlen haben?«

»Ja. Zusammen mit Richard Jungblut.«

»Also Christian, ich bitte dich!«, schrie Papa ins Telefon. »Hoffentlich hast du das nicht auch der Polizei gesagt! Wie kommst du denn auf so einen Unsinn?«

»Jungbluts Sponsor war ganz scharf auf Fritzi«, rechtfertigte Christian seinen Verdacht. »Und die Polizei vermutet auch, dass die gestohlenen Pferde in den Osten gebracht werden. Wieso nicht nach Armenien?«

Papa regte sich noch ein bisschen auf, dann riss die Verbindung ab.

Fabian und Kiki kehrten zurück, beladen mit Pizza. Sogar im Fernsehen kam die Suchmeldung nach Liam und Fritzi.

Endlich rief auch Lajos an, er hatte auf seinem Handy gesehen, dass wir ein paarmal versucht hatten, ihn zu erreichen. In der Gegend in den Vogesen, in der er war, hatte sein Handy meistens keinen Empfang. Als er hörte, was geschehen war, versprach er, noch in der Nacht zurückzukommen.

Opa und Oma trafen ein, wieder erzählten wir die ganze Geschichte. Aber auch sie konnten nichts machen.

Es war halb zehn, als Tim anrief. Er war ganz aufgeregt.

»Warte!«, rief ich. »Ich stelle das Telefon laut, damit die anderen mithören können.«

Zu fünft drängten wir uns um mein Handy und lauschten ungläubig, was Tim zu berichten hatte.

»Liam ist bei uns auf dem Hof! Ich habe gerade ein Gespräch zwischen ihm und meinem Vater belauscht«, zischte er. »Er heißt übrigens gar nicht Liam, mein Vater sagt Andy zu ihm.«

»Der Reihe nach, Tim!«, mahnte Christian.

»Ja, ja, okay. Also: Mein Vater war stinksauer, weil Liam plötzlich hier aufgetaucht ist. Er hat Angst, jemand könnte ihn sehen. Aber Liam ist total durch den Wind, weil im Radio und im Fernsehen nach ihm gesucht wird. Mein

Vater hat zu ihm gesagt, er solle auf der Stelle zurück zu den Pferden fahren und die Nerven bewahren. Niemand hätte irgendwelche Beweise, es sei schließlich nicht das erste Mal und bisher sei immer alles glattgegangen. Heute Nacht würden die Pferde ohnehin alle weggehen, dann kriegten sie ihr Geld und seien aus der Sache raus.«

Noch heute Nacht! Ich war verzweifelt. Eine dumpfe Angst wühlte in meinem Bauch. Was, wenn ich Fritzi niemals wiedersehen würde?

»Oh Tim! Wo kann Fritzi nur sein?«

»Ich versuche, es herauszufinden«, versprach Tim. »Ich melde mich wieder.«

Wir aßen die mittlerweile kalte Pizza, aber sie schmeckte niemandem richtig. Dann gingen wir noch einmal hinüber in den Stall. Robbie war zwar wieder einigermaßen beisammen, aber das Schlafmittel wirkte noch immer nach.

Opa und Oma gingen ins Bett, von uns dachte jedoch niemand an Schlaf. Es war kurz nach elf, als mein Handy wieder schrillte.

»Ich weiß, wo sie die Pferde versteckt haben!«, verkündete Tim.

Kurz nachdem Liam verschwunden war, hatte Tims Vater einen Anruf bekommen. Er hatte dem Anrufer gesagt, er habe sämtliche Papiere und Pässe da und er solle ihn anrufen, sobald er am Frankfurter Kreuz sei, denn er selbst brauche knapp zwanzig Minuten.

»Ich hab darüber nachgedacht, wohin man von uns aus in zwanzig Minuten fahren kann«, erklärte Tim. »Und da ist mir der alte Gutshof bei Braunshart eingefallen. Da war ich vor ein paar Wochen mal mit meinem Vater, Gasparian und dem Grinser. Der Hof gehört einem Spediteur aus Königshofen, er benutzt die Gebäude als Lagerhallen und das Gelände als Abstellplatz für Lkws und Container. Gasparian kennt den Spediteur, hundertprozentig! Sie haben Russisch gesprochen und gelacht und sich auf die Backen geküsst wie alte Kumpels.«

»Du könntest recht haben«, pflichtete Christian Tim bei. »Ich kenne den Hof. Der liegt so weit außerhalb, dass niemandem auffällt, wenn da mal ein Pferd wiehert oder wenn sie nachts Lkws beladen. Was machen wir jetzt?«

»Die Polizei rufen«, schlug Melike vernünftigerweise vor.

»Und wenn die Pferde dann doch nicht dort sind?«, widersprach Christian. »Dann stehen wir da wie die Volltrottel! Tim, wo bist du jetzt?«

»Ich bin in Braunshart.« Tim war nur noch undeutlich zu verstehen. »Hab ja einen Zweitschlüssel für mein Moped und das Handy von meiner Mutter.«

Plötzlich riss das Gespräch ab. Christian fluchte und versuchte, Tim zurückzurufen, aber es kam keine Verbindung zustande. Funkloch.

»Was machen wir jetzt?«, wiederholte mein Bruder und legte die Stirn in Falten. »Wir können Tim nicht allein lassen.«

»Wie willst du denn jetzt bis nach Braunshart kommen?«, fragte Melike. »Das sind über zwanzig Kilometer.«

»Quer durchs Steinauer Moor sind es höchstens acht«, entgegnete Christian.

»Willst du laufen?«, erkundigte Fabian sich. »Oder mit dem Traktor fahren?«

»Nein.« Mein Bruder grinste. »Wir reiten. Und zwar auf der Stelle.«

»Du spinnst doch, Christian«, sagte ich. »Papa bringt uns um, wenn er das erfährt.«

»Willst du deinen Fritzi wiederhaben oder nicht?«, entgegnete Christian.

Wir blickten uns an, dann zuckte ich die Schultern. Was sollte passieren? Wir waren zu fünft. Ich kannte die Strecke.

»Also los!«, rief Christian. »Wir ziehen uns schwarze Klamotten an. Und Elena: Sirius bleibt im Stall. Einen Schimmel können wir bei der Aktion nicht gebrauchen.«

Christian und ich wühlten sämtliche schwarzen Kleidungsstücke aus unseren Schränken, die wir finden konnten. Mein Bruder warf sich einen Rucksack über die Schulter und wir schlichen hinüber in den Stall. Opa und Oma lagen wohl schon im Bett, denn es war dunkel in ihrer Wohnung, und auch Lajos war bisher nicht aufgetaucht. Ich sattelte Saphir, das Schulpferd, die anderen ihre eigenen Pferde. Aus der Werkstatt holte Christian noch ein Brecheisen, eine Taschenlampe und eine Drahtschere. Er stopfte ein Halfter und einen Führstrick in seinen Rucksack. Wir führten die Pferde den sandigen Weg entlang bis zu der Stelle, an der die Diebe gestern Fritzi verladen hatten.

»Alle Handys lautlos stellen«, kommandierte Christian. »Elena, du reitest vor bis zum Moor, da übernehme ich.«

Mein Bruder war in seinem Element, und auch mir begann die Sache Spaß zu machen, obwohl ich ein kleines bisschen Angst hatte. Aber alles war besser, als zur Untätigkeit verdammt im Haus herumzusitzen und zu wissen, dass Fritzi womöglich auf einen Lkw nach Armenien verladen wurde.

Die dünne Wolkendecke war aufgerissen, und der abnehmende Mond warf ein fahles Licht über die Landschaft, die ganz fremd aussah. Schwarz und schweigend ragte der Wald wie eine düstere, bedrohliche Masse zu unserer Rechten auf, als wir nun den Weg am Waldrand entlangtrabten, der zu unserer Trainingswiese führte. Das war der kürzeste Weg zum Moor.

Saphir war ängstlich und weigerte sich, vorneweg zu gehen. Er spürte meine Anspannung, außerdem war er noch nie zu so später Stunde aus dem Stall gezerrt und gesattelt worden. Christian übernahm also die Spitze. Keiner von uns sprach einen Ton, nur der dumpfe Hufschlag der Pferde war zu hören, ab und zu schnaubte eines der Pferde, eine Trense klirrte.

Eine Viertelstunde später überquerten wir die Wiese, die ich so gut kannte. Ich verbot mir, an Fritzi zu denken. Im Wald war es stockdunkel. Das Mondlicht fand nur vereinzelt einen Weg durch das dichte Blätterdach der Baumkronen. Wir ritten im Schritt weiter. Plötzlich raschelte es, etwas streifte dicht über unsere Köpfe. Jasper machte einen Satz und prallte gegen Saphir.

»Huch!«, rief Melike. »Ein Moorgeist!«

»Das war nur eine Eule«, erwiderte ich.

Ich kannte mich hier nicht mehr aus, aber Christian führte uns zielstrebig durchs Moor und aus dem Wald heraus. Das bestärkte meinen heimlichen Verdacht, dass er auch gern im Wald herumritt, obwohl er das immer abstritt und behauptete, Ausritte seien nur etwas für Mädchen.

»Das da drüben ist Braunshart«, sagte er nun, als wir den Waldrand erreicht hatten, und deutete auf ein paar

Lichter in der Ferne. »Der Gutshof müsste direkt hinter der Biegung liegen, wenn ich mich richtig erinnere. Ab jetzt Klappe halten!«

Es war kurz nach Mitternacht, als wir den alten Gutshof erreicht hatten. Wir konnten nicht genau erkennen, was sich auf dem hell erleuchteten Hof abspielte, denn ein paar Gebäude und Berge von Containern versperrten uns die Sicht. Christian hatte gut daran getan, eine Drahtschere mitzunehmen, das ganze Gelände war von einem zwei Meter hohen, ziemlich stabil aussehenden Maschendrahtzaun umgeben.

Wir saßen von unseren Pferden ab. Ich versuchte erneut, Tim zu erreichen, aber jetzt hatte auch mein Handy keinen Empfang mehr. Kiki und Melike sollten hier mit den Pferden warten, Christian, Fabian und ich würden auf den Hof schleichen und schauen, ob wir Fritzi befreien konnten. Die Drahtschere schnitt durch den Zaun wie durch Butter. Bald war das Loch groß genug, dass wir bequem hindurchschlüpfen konnten. Wir schlichen um die Gebäude und übereinandergestapelte Hochseecontainer herum.

Plötzlich blieb Christian stehen.

»Verdammt«, flüsterte er, »wir kommen zu spät!«

Ich riskierte ebenfalls einen Blick um die Hausecke. Mitten auf dem Hof stand ein riesiger Pferdetransporter, und mehrere Männer waren im Licht eines grellen Scheinwerfers damit beschäftigt, Pferde zu verladen. Mein Mund war vor Aufregung staubtrocken. Mit einem Mal wurde mir die ganze Gefahr unserer Aktion bewusst. Wir hatten es hier nicht mit Erdbeerdieben zu tun, sondern mit richtigen Verbrechern! Diese Männer, die gezielt und mit hohem Risiko teure Pferde stahlen, waren ganz und gar skrupellos und würden vor nichts zurückschrecken. Dass Liam mit ihnen unter einer Decke steckte, machte es nicht besser, sondern viel schlimmer.

»Wir hätten die Polizei anrufen sollen«, flüsterte Fabian hinter mir und ich gab ihm recht. Christian durfte jetzt auf keinen Fall etwas Leichtsinniges tun, was uns alle in noch größere Gefahr bringen konnte.

Doch in diesem Augenblick wurde Fritzi aus dem Stall geführt. Im mir krampfte sich alles zusammen, als ich mitansehen musste, wie diese Kerle mein Pferd behandelten. Fritzi wehrte sich. Er wollte sich nicht verladen lassen. Er stieg steil in die Luft, dann stemmte er bockig alle vier Beine in den Boden. Zwei Männer zerrten an seinem Halfter, aber was hatten sie schon gegen ein ausgewachsenes Pferd auszurichten?

»Ja, Fritzi, wehr dich nur ordentlich!«, flüsterte ich, ohne ihn aus den Augen zu lassen. Ich kannte den Hengst seit dem Tag seiner Geburt, er war mir so vertraut wie kein zweites Pferd auf dieser Welt, und mein Herz blutete, als ich zusehen musste, was sie ihm antaten.

»Da ist Tim!«, zischte Christian mir zu. »Da vorn, siehst du ihn?«

Tatsächlich! Er schlich sich auf der gegenüberliegenden Seite des Hofs durch die Schatten zum Lkw. Die Männer waren viel zu sehr mit Fritzi beschäftigt und dem Theater, das er veranstaltete, als dass sie auf den Lkw geachtet hätten. Mit angehaltenem Atem beobachtete ich, wie das Licht in der Fahrerkabine für einen Moment aufflammte, als Tim die Beifahrertür öffnete und hineinkletterte. Was hatte er vor?

»Jetzt verladet den Scheißgaul endlich!«, hallte die scharfe Stimme von Richard Jungblut über den Hof. »Wir haben nicht ewig Zeit. Andy, los, hol eine Peitsche und Longen!«

»Da ist ja auch Liam, die kleine Kakerlake«, bemerkte Christian. »Ah, Tim hat den Zündschlüssel abgezogen. Sehr clever!«

Die Männer hatten nun Longen am Lkw befestigt und schlangen sie um Fritzis Hinterteil, um ihn so gewaltsam zur Verladerampe zu ziehen. Der Hengst wehrte sich verzweifelt. Seine Augen rollten, Schaum troff von seinem Hals. Er stieg so hoch, dass ich schon fürchtete, er würde sich rückwärts überschlagen. Dann sprang er in die Luft. Funken stoben unter seinen Hufeisen auf, die Männer fluchten. Schließlich wusste Fritzi sich nicht anders zu helfen und keilte nach hinten aus. Es machte ein dumpfes Geräusch, ein Schmerzensschrei hallte durch die Nacht. Er hatte einen seiner Peiniger getroffen.

»So, jetzt reicht's mir aber!«, brüllte Richard Jungblut. Er riss Liam die Peitsche aus der Hand und hob den Arm. »Die Viecher müssen auf dem Lkw sein, wenn der Boss kommt!«

Da konnte ich es nicht mehr aushalten.

»Nein!«, schrie ich. Meine Stimme überschlug sich. »Hören Sie auf damit!«

Bevor Christian mich daran hindern konnte, verließ ich mein Versteck und rannte auf die Männer zu.

Richard Jungblut fuhr herum. Ihm fiel die Kinnlade hinunter, als er erst mich und dann Christian erkannte. Auch Liam wurde schneeweiß.

Ich stürzte an ihnen vorbei zu meinem Pferd.

»Fritzi!«, rief ich.

Der Hengst hörte auf zu toben, hielt mit hocherhobenem Kopf inne und stieß ein schrilles Wiehern aus. Aber da packte mich jemand grob am Arm und riss mich unsanft zurück.

»Ich will mein Pferd wiederhaben!«, kreischte ich. »Es gehört mir!«

Ich kämpfte verbissen, trat und schlug um mich, doch der Mann war stärker. Man bog mir brutal die Arme auf den Rücken, ich schrie wie am Spieß. Richard Jungblut musterte mich kalt. Er holte aus, ich schloss die Augen und erwartete die Ohrfeige, aber da verschwand Tims Vater ganz plötzlich aus meinem Blickfeld. Tim hatte sich auf seinen Vater gestürzt und ihn von mir weggestoßen.

»Was machst du denn hier, zum Teufel?« Auf einmal klang die Stimme von Richard Jungblut bestürzt.

»Meinst du, ich lasse es zu, dass du die Pferde meiner Freunde stiehlst?«, schrie Tim zornig. »Immer machst du alles kaputt! Dein ganzes Leben lang hast du jedem, der mit dir zu tun hatte, nur Unglück gebracht!«

Fritzi scharrte ungeduldig mit den Hufen auf dem Pflaster. Er wieherte schrill, ein anderes Pferd antwortete.

»Großer Gott, Tim, verschwinde von hier!«, beschwor Richard Jungblut seinen Sohn. »Bitte geh!«

»Ich gehe ganz sicher nicht ohne meine Freunde«, erwiderte Tim. »Lass Elena los, du Arschloch!«

Das war an den Mann gerichtet, der mich festhielt. Er ließ mich tatsächlich los und versetzte mir einen Stoß, sodass ich in Tims Arme taumelte. Die Tränen rannen mir über das Gesicht. Ich hatte Angst, richtig schreckliche Angst. Die Männer würden uns nicht einfach gehen lassen, jetzt, wo wir ihre Gesichter gesehen hatten.

»So, ganz ruhig jetzt«, sagte Tims Vater. Er ging hin und her. Ich sah ihm an, wie nervös er war. Das Auftauchen seines Sohnes hatte ihn völlig durcheinandergebracht.

»Der Boss kommt!«, rief jemand halblaut.

Scheinwerfer krochen tastend über den Hof, ein Auto näherte sich. Das Motorengeräusch erstarb, zwei Türen klappten.

»Jetzt ist es zu spät!«, zischte Richard Jungblut grimmig. »Ich kann euch nicht mehr helfen.«

»Als hättest du das jemals vorgehabt!«, entgegnete Tim verächtlich. Er legte seinen Arm um mich und hielt mich ganz fest.

Ein Mann kam um den Lkw herum und trat ins Licht. Ich hatte den fetten Gasparian erwartet oder seinen treuen Schatten, den Grinser. Verblüfft erkannte ich den blonden Mann mit dem kantigen Gesicht, der mir in Eschwege aufgefallen war, weil er Fritzi so angestarrt hatte. Ihm folgten zwei andere Männer.

»Was geht hier vor?« Seine Stimme mit dem holländischen Akzent war unangenehm kalt und tonlos. »Was haben diese Kinder hier zu suchen? Weshalb sind die Pferde noch nicht verladen?«

»Dieses Pferd hier macht Schwierigkeiten, Piet«, sagte Richard Jungblut.

»Dann gib ihm eine Spritze!«, befahl er. »Und schafft die Kinder hier weg! Auf der Stelle!«

»Das ist mein Pferd!«, sagte ich trotzig. »Ich will es wiederhaben!«

Der blonde Mann verzog das Gesicht zu einem Lächeln. »Kinder, die was wollen«, sagte er spöttisch. Dann wurde er wieder ernst. »Los, sperrt sie in einen Container! Und ladet das verdammte Pferd auf, und zwar schnell!«

Erst jetzt sah ich, dass die Männer auch Christian und Fabian festhielten. Sie stießen sie vor sich her. Ein anderer kam auf Tim und mich zu.

»Tim, du bleibst hier!«, sagte sein Vater.

»Ich denke nicht dran«, erwiderte Tim. »Ich will nicht dein Komplize sein.«

Da stellte der Lkw-Fahrer fest, dass der Zündschlüssel nicht mehr in der Zündung steckte. Fritzi begann wieder zu wiehern, dass ich es kaum aushielt. Aber sie hatten ihm eine Beruhigungsspritze gegeben und schafften es tatsächlich, ihn auf den Lkw zu bugsieren. Die Rampe wurde hochgeklappt.

»Der Schlüssel ist weg!«, rief der Fahrer.

»Den könnt ihr lange suchen«, sagte Tim und grinste höhnisch.

»Du verdammter …!« Der Fahrer stürmte wutentbrannt auf Tim los, doch Richard Jungblut trat dazwischen.

»Fass ihn nicht an. Das ist mein Sohn.«

Die Nerven der Männer lagen blank. Die Zeit verging, und durch unser Auftauchen hatten sie ein ernsthaftes Problem bekommen.

Ganz plötzlich hielten die Männer, die mit dem Holländer namens Piet gekommen waren, Pistolen in den Händen.

»Schluss jetzt mit dem Theater!«, kommandierte der Oberpferdedieb. »Sperrt die Kinder ein!«

Wir wurden quer über den Hof abgeführt.

»Hinter dem Zaun warten Melike und Kiki mit den Pferden«, raunte ich Tim zu. Ich sah sein angespanntes Gesicht und fragte mich, was es für ein elendes Gefühl sein musste, wenn man erfuhr, dass sein eigener Vater ein übler Verbrecher war. Armer Tim!

»Pass auf, Elena«, flüsterte er. »Renn los, wenn ich es dir sage. Versuch, hier rauszukommen und zur Polizei zu reiten.«

Wir gingen weiter hinter Christian und Fabian her. Da drehte Tim sich um und trat einem der Pistolenkerle genau zwischen die Beine. Christian reagierte sofort und rempelte den Mann an, der neben ihm herging.

»Lauf!«, schrie Tim und ich rannte. Ich rannte, wie ich noch nie in meinem Leben gerannt war. Auf den Bundesjugendspielen hätte ich wahrscheinlich nur für diesen Spurt eine Ehrenurkunde vom Bundespräsidenten persönlich überreicht bekommen. Hinter mir hörte ich Stimmen und wildes Geschrei. Ich erreichte den Zaun, fand aber nicht sofort das Loch.

»Hier!«, rief Melike schrill. »Hier drüben, Elena!«

Endlich! Ich kletterte durch das Loch.

»Sie haben die anderen!«, keuchte ich. »Schnell, auf die Pferde und weg hier! Wir müssen Hilfe holen!«

Die Männer tauchten auf der anderen Seite des Zauns auf. Ein greller Scheinwerfer flammte auf. Ich sah Tims blonden Haarschopf, griff nach irgendwelchen Zügeln. Meine Finger zitterten, ich bebte am ganzen Körper vor Angst und Anstrengung. Das Pferd tänzelte unruhig, mein Fuß glitt aus dem Bügel ab, ich knallte unsanft mit der Stirn gegen den Sattel.

»Bleib stehen!«, schluchzte ich voller Panik. »Bleib doch stehen!«

Endlich hatte ich den Fuß im Bügel und zog mich hoch.

»Hierbleiben!«, brüllte jemand.

Ich hörte Melike schreien oder war es Kiki? Ein Pferd wieherte, der ganze Maschendrahtzaun vibrierte.

»Reite, Elena, reite!«, schrie Tim.

»Lasst das Mädchen nicht entkommen!«

»Nicht!«, schrie Richard Jungblut. »Das ist mein Junge, du Idiot!«

In diesem Moment krachte ein Schuss. Mein Pferd – es war Ronalda – schoss los, als wäre der Teufel persönlich hinter ihr her. Ich krallte mich in ihrer Mähne fest und angelte verzweifelt nach dem zweiten Bügel. Wenn ich jetzt stürzte, war alles aus!

Ronalda stürmte quer durch das Weizenfeld. Ich saß nun richtig im Sattel, beugte mich tief über den Hals der Stute und jagte in halsbrecherischem Tempo quer durch das Feld auf die fernen Lichter des Städtchens Braunshart zu. Erst als ich mir sicher war, dass mir niemand folgte, parierte ich die Stute durch. Sie stolperte ein paarmal. Ihr feuchtes Fell dampfte in der Kühle der Nacht.

Noch immer hatte ich das Geräusch des Schusses in den Ohren. Wer hatte geschossen? Hoffentlich war niemand getroffen oder verletzt worden! Und Fritzi hatten wir trotz allem nicht retten können.

Ich wandte mich im Sattel um und erschrak. Keine fünfzig Meter hinter mir wühlte sich ein Geländewagen mit aufgeblendeten Scheinwerfern durch den Weizen. Er kam sehr schnell näher. Ich spornte Ronalda wieder zum Galopp. Hoffentlich sah die Stute in der Dunkelheit mehr als ich! Mir liefen die Tränen übers Gesicht. Ich konnte das Motorengeräusch schon hören.

»Bleib stehen!«, brüllte mir jemand zu. »Wir kriegen dich ja doch!«

Das Weizenfeld war zu Ende. Ronaldas Hufe klapperten auf Beton, dann flog sie für ein paar Sekunden schwerelos durch die Luft. Ich hielt mich in ihrer Mähne fest und blickte gleichzeitig nach links. Der schwere Geländewagen war kein Springpferd und der Graben, den Ronalda im letzten Moment gesehen hatte, ziemlich breit und voller Wasser. Der Motor heulte auf. Das Auto bohrte sich mit der Nase ins Wasser, überschlug sich mehrmals und blieb dann mit den Reifen in der Luft liegen.

Ich galoppierte weiter. Raschelnd strich das Getreide um Ronaldas Beine. Ein Tier sprang auf und huschte zur Seite, ein Fuchs oder ein Hase. In der Dunkelheit tauchten die Umrisse eines Gebäudes auf. Ich parierte die Stute durch. Ein Bauernhof! Die Hufeisen klapperten laut auf dem Kopfsteinpflaster. Eine Kette rasselte, ein Hund begann heiser zu bellen. Es roch nach Kühen. Im Haus ging Licht an und wenig später öffnete sich ein Fenster im ersten Stock.

»Hallo!«, rief ich mit zittriger Stimme.

»Aus, Blacky!«, sagte ein Mann und der Hund verstummte. »Wer ist denn da?«

»Könnten Sie bitte die Polizei rufen?«, bat ich. »Auf dem alten Gutshof drüben sind die Pferdediebe und halten meine Freunde fest!«

»Moment!«

Das Fenster schloss sich mit einem Knall. Ich wagte nicht, abzusteigen. Meine Beine waren so weich, dass ich nie wieder in den Sattel gekommen wäre.

Es dauerte eine halbe Ewigkeit, bis sich endlich ein Schlüssel im Schloss drehte und die Haustür aufging. Ein Außenstrahler flammte auf. Hinter dem Mann, der sich einen Bademantel angezogen hatte, erschien eine dicke Frau mit Lockenwicklern im Haar. Sie musterten mein Pferd und mich argwöhnisch.

»Bitte«, wiederholte ich, »rufen Sie die Polizei!«

Und dann begann ich zu weinen.

21. Kapitel

Der Bauer half mir, vom Pferd abzusitzen. Er nahm Ronalda am Zügel und schob die Steigbügel hoch.

»Ich … ich helfe Ihnen«, murmelte ich.

»Nein, nein. Geh nur ins Haus. Meine Frau soll dir eine heiße Milch mit Honig machen.«

»Passen Sie auf, Ronalda ist ein bisschen nervös.«

»Ich kenn mich mit Pferden aus«, versicherte mir der Bauer. »Ich hab selbst welche.«

Er verschwand mit der Stute Richtung Stall und ich schleppte mich die Treppenstufen hoch. Die Frau blickte mir neugierig entgegen.

»Wir haben das von dem Pferdediebstahl heute im Radio gehört«, sagte sie. »Bist du nicht die Tochter von Michael Weiland?«

Ich nickte schwach. Sie wies auf ein Telefon, das auf einer Anrichte in der Diele stand. Ich wählte die 110. Sekunden später meldete sich die Einsatzzentrale der Polizei. Ich sagte meinen Namen und was passiert war.

»Sie haben auf mich geschossen. Ich bin mit einem Pferd geflüchtet, und das Auto, das mich verfolgt hat, ist irgendwo im Feld verunglückt.«

»Hast du Alkohol getrunken?«, fragte der Polizeibeamte

misstrauisch. Das verschlug mir einen Moment die Sprache. Ich ritt um mein Leben, und der glaubte, ich wollte mir einen Spaß machen!

»Hören Sie«, sagte ich wütend, »haben Sie heute zufällig Radio gehört? Mein Pferd ist gestohlen worden! Hauptkommissar Behrendt war bei uns auf dem Hof, er weiß, dass das stimmt!«

»Wo bist du jetzt?«, fragte der Polizeibeamte am anderen Ende der Leitung.

»Wo bin ich hier?«, fragte ich die Bäuerin, die sich am Herd zu schaffen machte. Sie nannte mir die Adresse und ich gab sie durch.

»Ich schicke einen Streifenwagen, der dich abholt«, sagte der Polizist.

»Okay. Danke. Und beeilen Sie sich bitte. Sonst sind die Pferde über alle Berge.«

Ich legte auf.

Der Bauer betrat die Diele.

»So, Mädchen«, sagte er, »jetzt setz dich erst mal.«

Er machte das Licht in der Küche an und führte mich zu einem Küchenstuhl. Erst jetzt, wo ich in Sicherheit war und die Anspannung allmählich wich, begann ich am ganzen Körper zu zittern wie Espenlaub. Ich sank auf den Stuhl.

Die Bauersfrau stellte eine Tasse mit dampfend heißer Milch vor mich auf den Tisch.

»Das kannst du jetzt wohl vertragen«, sagte sie freundlich.

Ich ergriff dankbar die Tasse und nippte daran. Das Zittern hörte auf.

Die Standuhr in der Küche tickte überlaut. Die Bauersleute musterten mich wie ein seltsames Tier. Wie ging es wohl Tim und den anderen? Was hatten die Verbrecher mit ihnen gemacht?

Endlich bog ein Auto in den Hof ein. Der Hund begann wieder zu bellen. Der Bauer ging zur Tür, öffnete sie. »Still, Blacky!«, befahl er scharf.

Wenig später betraten zwei Polizisten die Küche.

»Guten Morgen«, sagte der eine.

Ich erhob mich mühsam und taumelte etwas.

»Schnell«, drängte ich. »Wir müssen uns beeilen.«

»Na, dann komm mit.«

Ich bedankte mich bei den Bauersleuten und folgte den Polizisten hinaus zu ihrem Streifenwagen. Hoffentlich kamen wir nicht zu spät!

Mein Anruf bei der Polizei hatte für einen Großeinsatz gesorgt. Der Morgen graute schon, als wir über betonierte Feldwege zum alten Gutshof fuhren. Mitten im Feld blinkten Blaulichter. Da lag wohl der verunglückte Geländewagen im Graben! Ich wollte nicht hinschauen. Gespannt beugte ich mich nach vorn. Ich war noch nie in einem Streifenwagen mitgefahren. Über Funk verständigten sich die Polizisten mit der Einsatzzentrale, und ich bekam mit, dass Hauptkommissar Behrendt bereits auch auf dem Weg zum Gutshof war.

»Fahren Sie doch schneller!«, bat ich den Polizisten, der am Steuer saß.

»Immer mit der Ruhe«, erwiderte der gleichmütig. »Schnall dich lieber an.«

»Das lohnt sich nicht mehr«, sagte ich. »Wir sind doch gleich da.«

Er grinste mir im Rückspiegel zu und trat ein bisschen mehr aufs Gas.

Ein paar Minuten später fuhren wir durch das weit geöffnete Tor des Gutshofes. Der Hof mit den mächtigen Kastanien war leer, der große Lkw mit meinem Fritzi verschwunden. Hinter uns rauschte ein zweiter Streifenwagen in den Hof, dann ein silbernes Auto.

»Du bleibst hier drin«, sagte der Polizeibeamte am Steuer zu mir, bevor er und sein Kollege ausstiegen.

»Nein!«, protestierte ich und rüttelte an der Tür, aber sie ließ sich von innen nicht öffnen. Ich kletterte kurzerhand auf den Vordersitz und riss die Tür auf.

Aus dem silbernen Auto stiegen Kommissar Behrendt und seine Kollegin aus. Sie wirkten beide ziemlich verschlafen.

Immer mehr Polizisten trafen ein. Sie besprachen sich kurz, dann schwärmten sie aus, um das weitläufige Gelände und die vielen Gebäude zu durchsuchen. Mir war ganz schlecht vor Angst und Aufregung.

»Sie haben auf dich geschossen, sagst du?«, fragte mich Kommissar Behrendt.

Ich nickte stumm.

»Warum habt ihr so leichtsinnig gehandelt und nicht erst bei uns angerufen?«, tadelte er mich.

»Wir wollten ja anrufen«, antwortete ich. »Aber hier gibt es keinen Empfang.«

Plötzlich kam mir ein entsetzlicher Gedanke. Was, wenn die Männer Tim, Christian, Melike, Fabian und Kiki kurzerhand erschossen hatten, um keine Zeugen zu haben?

»Hier sind Pferde!«, rief ein Polizist und winkte.

Ich rannte los, drängte mich an ihm vorbei. In Behelfsboxen, in denen die Pferdediebe wohl vorher die gestohlenen Pferde untergebracht hatten, standen Carino, White Face, Jasper und Saphir. Sie waren noch immer gesattelt, aber offenbar unverletzt. Ich führte die Kommissare quer über den Hof, vorbei an den übereinandergestapelten Containern bis zu der Stelle, an der Christian das Loch in den Zaun geschnitten hatte. Die anderen Polizisten liefen laut rufend kreuz und quer über den Hof.

»Das sieht aus wie Blut!«, rief einer und wies auf den Boden.

Sie folgten der Spur bis zu einem der Container. Zu dritt gelang es ihnen, den rostigen Riegel zu öffnen, und dann fiel mir ein halbes Mittelgebirge vom Herzen! Auf dem Boden des Containers saßen mein Bruder und meine Freunde und zwinkerten in das helle Licht. Aber da saß auch – ich traute meinen Augen nicht – Richard Jungblut. Neben ihm an der Wand lehnte Tim mit geschlossenen Augen.

»Mein Sohn ist verletzt«, sagte er mit brüchiger Stimme zu den Polizisten. »Er wurde angeschossen.«

Unrasiert und mit dunklen Schatten unter den Augen sah er aus wie ein Gespenst. Ich ging an ihm vorbei und fiel neben Tim auf die Knie.

»Tim!«, flüsterte ich.

Er hatte die Hand auf seine rechte Schulter gepresst, alles war voller Blut. »Tim!«

Da öffnete er die Augen. Sein Blick war verschwommen, seine Lippen rissig und ausgetrocknet, doch ein Lächeln glitt über sein Gesicht.

»Du hast's geschafft«, flüsterte er.

»Ja, ich hab's echt geschafft.« Ich flüsterte auch, und dann weinte ich, diesmal aber aus Erleichterung.

»Mein Entchen. Komm her.« Tim streckte die rechte Hand nach mir aus und ich umarmte ihn. Es war mir egal, dass er blutete. Ich wollte ganz nah bei ihm sein, bei diesem wunderbaren, mutigen Jungen, der sich gegen seinen eigenen Vater gestellt hatte, um uns zu retten.

Richard Jungblut gab alles zu. Er saß mit gesenktem Kopf in einem VW-Bus der Polizei, die Hände in Handschellen. Seit Jahren war er in Geldnöten und irgendwann mit Piet van Schuiren und Andy Collins in Kontakt gekommen. Zuerst hatte er ihnen nur Tipps gegeben, wo sie welche Pferde stehlen konnten. Später hatte er selbst mitgemacht. Manche Pferde hatten sie auf Bestellung geklaut, manche einfach deshalb, weil sie gute Abstammungen hatten. Andy Collins hatte ein besonderes Händchen für Stuten mit Fohlen.

Der Notarztwagen rollte auf den Hof. Notarzt und Sanitäter kümmerten sich um Tim, und ich wich ihm nicht von der Seite. Wie es aussah, hatte Tim Glück im Unglück gehabt. Die Kugel hatte seinen Oberarm nur gestreift, aber der Notarzt wollte ihn sicherheitshalber ins Krankenhaus bringen, obwohl Tim behauptete, das sei nicht nötig. Ich wäre am liebsten mit ihm gefahren.

»Ich bleib nicht lange im Krankenhaus«, versicherte er mir. »Du musst dich um Fritzi kümmern.«

»Er ist aber doch weg«, entgegnete ich verzweifelt.

»Die werden ihn finden.« Tim lächelte. »Ich ruf dich später an, okay?«

Ich nickte unglücklich und kletterte aus dem Notarztwagen. Die Türen knallten zu, ich trat einen Schritt zurück.

Christian kam zu mir und legte tröstend seinen Arm um meine Schulter.

»Kopf hoch, Schwesterchen«, sagte er. »Tim geht's gut. Mach dir keine Sorgen.«

Nur Minuten später kam tatsächlich über den Polizeifunk die erlösende Nachricht, dass man den Lkw der Pferdediebe bei Friedberg auf der Autobahn gestoppt hatte. Der Kommissar und seine Kollegen beratschlagten, was man mit den gestohlenen Pferden machen sollte.

»Bringen Sie sie doch zu uns auf den Amselhof«, schlug Christian vor. »Da können sie bleiben, bis Sie alle Besitzer ausfindig gemacht haben.«

»Manchmal hast du ja sogar richtig gute Ideen.« Der Kommissar nahm es meinem Bruder übel, dass er Fritzis Befreiung selbst in die Hand genommen hatte.

»Sie dürfen nicht sauer sein, nur weil ich cleverer war als Sie«, sagte Christian und grinste. »Sie können die Bösen ja jetzt verhaften.«

»Ich bin nicht sauer, Junge«, erwiderte der Kommissar finster. »Ich bin verdammt wütend! Das hätte schön ins Auge gehen können, wenn die Typen euch nämlich alle erschossen hätten. Mit denen ist nicht zu spaßen!«

Ein weiterer Streifenwagen holperte in den Hof. Auf den Rücksitzen saßen Liam und einer der Kerle, die mit dem Holländer gekommen waren. Sie sahen ziemlich mitgenommen aus, aber sie hatten nur Schürfwunden und Prellungen. Liam starrte auf seine Hände und blickte nicht einmal auf, als Christian an die Scheibe klopfte.

Wahrscheinlich dämmerte ihm allmählich, dass er richtig tief in der Tinte saß.

Melike, Kiki und Fabian hatten unsere Pferde aus den Boxen geholt.

»Ihr habt ein Pferd zu wenig«, stellte Kommissar Behrendt fest. »Sollen wir einen von euch nach Hause fahren?«

»Nicht nötig«, erwiderte Christian. »Wir holen mein Pferd bei den Bauern ab, zu denen meine Schwester geritten ist. In einer Stunde sind wir auf dem Amselhof, dann können Sie die Pferde bringen lassen.«

»Na, mir scheint, du hast alles im Griff«, knurrte der Kriminalbeamte.

»Allerdings«, erwiderte mein Bruder und grinste.

Ich nahm Melike die Zügel von Saphir ab.

»Elena!«, rief jemand und ich drehte mich um. Tims Vater hatte mich gerufen. Ich ging zu der offenen Tür des Polizeiautos. Richard Jungblut sah kein bisschen arrogant mehr aus, nur noch müde und alt.

»Elena«, sagte er leise, »ich wollte nicht, dass es so weit kommt. Ehrlich. Kannst du … kannst du Tim wohl bitte sagen, dass es … dass es mir leidtut?«

»Ich sag's ihm«, erwiderte ich kühl.

Tims Vater schluckte und lächelte traurig.

»Du bist ein mutiges Mädchen. Genau wie deine Mutter.«

Da wandte ich mich ab. Ich wollte ihn nicht mehr sehen. Ich wollte nach Hause, zu Fritzi, und dann so schnell wie möglich zu Tim ins Krankenhaus.

»Kommt!«, rief Christian. »Alles aufsitzen!«

Er schwang sich in den Sattel von Saphir und hielt mir

die Hand hin. Im nächsten Moment saß ich hinter ihm. Die Hufe der Pferde klapperten auf dem Pflaster. Die Sonne war aufgegangen, der Schrecken der Nacht verflog im hellen Licht.

22. Kapitel

Als wir eine Stunde später erschöpft auf den Hof ritten, erwartete uns Jens, der Aknefrosch, in der Stalltür. Er hatte ein Bein in der Schiene und stützte sich auf zwei Krücken.

»Na ihr! Ich wollte mal schauen, wie es euch so geht ohne mich!«, rief er gut gelaunt. »Habt ihr einen kleinen Morgenausritt gemacht?«

»Hey, Jens!«, antwortete Christian und saß ab. »Du kommst gerade im rechten Augenblick. Dein Stellvertreter ist eben verhaftet worden.«

»Was?« Der Aknefrosch riss verblüfft die Augen auf.

Opa kam die Stallgasse entlang. Auch er wollte wissen, woher wir jetzt kamen. Draußen rollte ein Lkw auf den Hof, gleichzeitig traf Lajos ein.

»Was ist denn hier los? Wo kommt ihr her? Und was ist das für ein Lkw?«, fragte er verwundert.

»Das sind die gestohlenen Pferde«, sagte ich. Ich saß ab und mir knickten die Beine ein. Hätte Lajos mich nicht geistesgegenwärtig aufgefangen, wäre ich auf der Stelle wie ein Pudding zusammengesunken. Opa nahm mir Saphirs Zügel aus der Hand.

»Wisst ihr was?«, sagte Christian. »Wir bringen jetzt unsere Pferde weg, dann stellen wir die gestohlenen Pferde unter und danach erzählen wir euch die ganze Geschichte. Einverstanden?«

Lajos hielt mich noch immer fest.

»Du kannst mich jetzt ruhig loslassen«, sagte ich zu ihm. »Ich muss Fritzi holen!«

Der Polizist, der den Lkw gefahren hatte, stieg aus und kam näher. Auch Kommissar Behrendt und seine Kollegin waren eingetroffen. Im Führerhaus war ein Karton mit Pferdepässen und Papieren gefunden worden.

Heinrich und Stani streuten acht Boxen ein, dann ließen wir die Verladerampe herunter. Ganz vorn stand Fritzi, sein Stern leuchtete mir entgegen.

»Fritzi!«, rief ich überglücklich. Mein Pferd wieherte hell.

»Ich habe noch nie ein Pferd angefasst«, sagte der Polizeibeamte. »Hab Respekt vor den Viechern.«

»Wir machen das schon«, sagte Christian, stieg die Rampe hoch und öffnete die erste Trennwand.

Ich folgte ihm, band Fritzi los und führte ihn hinunter. Der Hengst wieherte dunkel und rieb seine Nase an meinem Pullover.

Was war denn das für eine komische Aktion?, schien er zu fragen.

»Jetzt bist du wieder daheim, mein Bester«, flüsterte ich und streichelte sein seidiges schokoladenbraunes Fell. »Du bekommst eine Extraportion Hafer.«

Ich brachte ihn in seine Box. Christian, Melike, Opa und Lajos führten auch die anderen Pferde vom Lkw und stellten sie in die Boxen.

»Die Kerle verstehen wirklich etwas von Pferden«, sagte Lajos anerkennend. »Die haben nur das Beste vom Besten genommen.«

»Ihr Berater war ja auch Richard Jungblut«, wandte Christian ein.

»Was?« Lajos starrte meinen Bruder an.

»Ja. Er hat alles gestanden. Wahrscheinlich sitzt er schon im Knast.« Christian gähnte und streckte sich. »Jetzt hab ich einen Bärenhunger! Lasst uns frühstücken!«

»Ich will zu Tim«, widersprach ich. »Vorher krieg ich keinen Bissen runter.«

In dem Moment klingelte mein Handy. Es war Tim. Seine Mutter war schon auf dem Weg ins Krankenhaus und würde ihn später mit nach Hause nehmen dürfen. Vor Erleichterung heulte ich wieder ein bisschen, dann folgte ich den anderen in die Gaststätte.

Oma hatte für uns alle den Frühstückstisch gedeckt. Es gab frische Brötchen und Croissants, Rührei, Wurst und Käse, Müsli und Obstsalat, und wir hauten rein.

Lajos, Jens, Opa, Oma, Heinrich und Stani lauschten ungläubig und mit offenem Mund, als wir abwechselnd die abenteuerliche Geschichte erzählten und welche Rolle Liam alias Andy gespielt hatte.

»So ein Schweinehund!«, murmelte Opa immer wieder.

Draußen fuhr ein Taxi vor. Sekunden später stürmte Mama in die Gaststätte, dicht gefolgt von Papa.

»Gibt es Neuigkeiten von Fritzi?«, rief er. »Was ist das für ein Lkw, der hinten im Hof steht?«

»Fritzi ist wieder hier«, antwortete mein Bruder lässig. »Ihr hättet ruhig in Irland bleiben können. Wir haben alles im Griff.«

»Was soll das heißen – ihr habt alles im Griff?«, fragte Papa.

»Na ja.« Christian machte es spannend. »Elena kam auf die Idee, dass Liam Fritzi geklaut haben könnte, weil Robbie doch nicht gebellt hatte. Und Tim ist morgens seinem Vater begegnet, der kam um halb sechs mit einem Pferdehänger nach Hause. Später hat Tim Liam, der übrigens eigentlich Andy heißt, auf dem Sonnenhof gesehen. Liam und sein Vater haben sich über die gestohlenen Pferde unterhalten. Wir haben eins und eins zusammengezählt und herausgefunden, dass die Pferdediebe die gestohlenen Pferde auf dem alten Gutshof bei Braunshart versteckt hatten. Tim ist hingefahren. Und wir sind dann alle zusammen hingeritten.«

»Ihr seid – was?«

Fassungslosigkeit malte sich auf die Gesichter unserer Eltern.

»Die Gangster waren gerade dabei, die Pferde zu verladen«, fuhr Christian fort. »Fritzi wollte aber nicht auf den Lkw, sie haben ihn geschlagen. Da ist Elena dazwischengegangen.«

»Großer Gott!«, murmelte Papa und wurde bleich.

»Es wird noch besser«, sagte Lajos. »Setz dich lieber.«

Papa sank auf einen Stuhl. »Weiter«, flüsterte er.

Christian und ich erzählten abwechselnd, was in der Nacht geschehen war.

»Ich dachte ja, dass der Gasparian dahinterstecken würde«, sagte ich schließlich. »Aber es war dieser blonde Holländer, der in Eschwege mit dir geredet hat, Papa.«

»Pieter van Schuiren?«

»Ja, so heißt er, glaub ich.«

»Elena konnte auf jeden Fall abhauen«, übernahm Christian wieder. »Sie ist mit Ronalda losgeritten, die Polizei holen. Diese Idioten haben hinter ihr hergeschossen, dabei ist Tim getroffen worden.«

»Sag das bitte noch einmal«, flüsterte Papa.

»Du musst dich nicht aufregen, Papa«, meinte Christian. »Tim hat nur einen Streifschuss am Arm, er darf gleich schon wieder aus dem Krankenhaus raus. Und Elena ist gar nichts passiert. Aber Liam und der alte Jungblut sitzen jetzt im Knast. Die Polizei hat den Lkw bei Friedberg gestoppt, und ich habe vorgeschlagen, dass sie die gestohlenen Pferde hierherbringen können, bis alle Besitzer ausfindig gemacht worden sind.«

»Ich muss mich nicht aufregen!«, rief Papa fassungslos. »Er sagt, ich muss mich nicht aufregen! Meine Kinder und ihre Freunde reiten in der Nacht durch den Wald und liefern sich Gefechte mit bewaffneten Pferdedieben, und er sagt, ich soll mich nicht aufregen! Hatte ich nicht so etwas wie ›Bitte keine leichtsinnigen Aktionen‹ zu dir gesagt, als wir gefahren sind?«

Christian zog den Kopf ein, als er merkte, dass er keinen Orden, sondern eher eine Tracht Prügel für unsere Heldentaten bekommen würde.

»Was sollten wir denn machen?«, erwiderte er.

Papa gab ein komisches Geräusch von sich und schüttelte den Kopf.

»Mutter«, sagte er zu Oma, »gib mir einen Schnaps. Einen doppelten.«

»Mir auch«, sagte Mama und setzte sich neben Papa hin.

Oma kam mit dem Schnaps.

»So«, sagte mein Bruder und lehnte sich zurück. »Jetzt seid ihr mit Erzählen dran. Wie war's eigentlich in Irland?«

Für ein paar Sekunden herrschte Totenstille. Papa lief

rot an, und ich glaubte schon, er müsse jeden Augenblick platzen. Aber da fing Lajos an zu lachen.

»Eure Kinder sind wirklich klasse!«, rief er und lachte und lachte.

Da musste Papa grinsen und Mama auch. Und auf einmal lachten wir alle, bis uns die Tränen hinunterliefen.

Epilog

Ich war schrecklich aufgeregt, als Papa auf dem Parkplatz des Sonnenhofs anhielt. Es war das erste Mal, dass ich sehen würde, wo Tim zu Hause war. Seine Mutter hatte uns alle zu einem Grillfest eingeladen. Tim hatte wirklich großes Glück gehabt, denn die Kugel hatte seinen Arm nur gestreift, ohne größeren Schaden anzurichten.

Papa, Mama, Christian und ich stiegen aus. Lajos hatte Melike, Fabian und Kiki mitgenommen, Opa und Oma würden später nachkommen.

Richard Jungblut saß in Untersuchungshaft, genau wie Liam und der Holländer, der der Kopf der Diebesbande gewesen war. Die Polizei hatte die Besitzer aller Pferde ausfindig gemacht und die hatten ihre Pferde nach und nach bei uns abgeholt. Zwei Pferde waren allerdings dageblieben, ihre Besitzer wollten sie bei Papa in Beritt geben. Und gestern hatte tatsächlich Herr Teichert angerufen, er würde gern mit seinen Pferden zurück auf den Amselhof kommen. Aber Papa hatte abgelehnt.

Wir betraten den Hof und da kam Tim uns schon entgegen. Er trug den Arm noch immer in einer Schlinge und grinste über das ganze Gesicht.

»Hallo, mein Entchen«, sagte er zu mir und gab mir einen Kuss. »Wie wär's? Würdest du gern mal die Reitanlage anschauen?«

»Ja, klar.« Ich nickte.

»Wir kommen mit!«, rief Christian.

»Dann immer mir nach.«

Tim ergriff meine Hand und führte uns durch die Ställe und die Halle.

Alles war tipptopp sauber und sehr modern, aber Herr Gasparian hatte recht: Der Amselhof hatte viel mehr Charme.

»Was hat der Gasparian eigentlich dazu gesagt, dass dein Vater ins Gefängnis muss?«, fragte ich Tim.

»Keine Ahnung. Er wird sich einen anderen suchen, der seine Pferde reitet. Der Lkw und die Pferde sind gestern abgeholt worden. Und ich bin nicht traurig drum.«

»Ich habe ganz sicher geglaubt, dass er und der Grinser hinter den Pferdediebstählen stecken«, sagte ich. »Auf deinen Vater und Liam wäre ich nie und nimmer gekommen.«

»Tja«, machte Tim nur.

»Was wird jetzt mit deinem Vater passieren?«

»Er hat Scheiße gebaut«, erwiderte Tim. »Aber irgendwie hat er sich im entscheidenden Moment trotzdem ganz anständig verhalten. Vielleicht kann er mich ja doch leiden. Als der Typ mich angeschossen hat, ist er total ausgetickt und hat ihn niedergeschlagen.« Er lächelte dünn. »Ein paar Jahre kriegt er allerdings sicher.«

Wir gingen ins Reiterstübchen. Christian, Fabian, Melike und Kiki schauten sich überall neugierig um, aber ich hatte nur Augen für Tim.

Als wir alles gesehen hatten, schlenderten wir durch den Stall zurück.

»Ach, hallo! Was macht ihr denn hier?«, rief plötzlich jemand.

Wir drehten uns um.

Da stand Ariane.

»Hi, Ariane«, sagte ich nur kühl. Ich hatte nicht vergessen, wie sie mich auf dem Abreiteplatz über den Haufen geritten hatte. Und den Bauerntrampel hatte ich ebenfalls noch nicht vergessen.

»Ariane T!«, fügte Christian spöttisch hinzu.

Arianes Lächeln wurde grimmig.

»Kommt«, sagte Tim. »Mein Opa hat den Grill schon angezündet. Und ich habe einen Riesenkohldampf.«

»Ach, wir grillen?«, fragte Ariane zuckersüß.

»Sorry, Ariane«, erwiderte Tim, ohne sie anzusehen. »Das ist heute eine geschlossene Gesellschaft.«

»Phhh!« Ariane stieß ein wütendes Schnauben aus und marschierte davon.

Tim lächelte mich an. Ich sah das süße Grübchen an seinem Kinn und die winzige Narbe an seiner Oberlippe. Ganz kurz dachte ich an meine Eifersucht und die Angst, dass Tim Ariane lieber mögen könnte als mich. Das war alles vorbei.

»Wo bleibt ihr denn?«, rief Melike von der Stalltür aus. »Ich hab Hunger!«

»Gehen wir, mein Entchen?«, flüsterte Tim.

Ich grinste und boxte ihm leicht in die Seite.

»Entchen? Nach allem, was ich für dich getan habe?«, scherzte ich.

»Stimmt.« Tim blieb stehen und sah mich an. »Du warst

großartig, mein Schatz. So mutig. Wie du meinem Vater entgegengetreten bist und diesem Holländer!«

»Na, aber du warst auch nicht schlecht.«

»Wir waren beide ziemlich gut.«

Wir sahen uns an und grinsten. Tim zog mich mit seinem gesunden Arm an sich. Vor uns lagen noch drei lange, herrliche Sommerwochen. Danach würde Tim weiter auf die Schule gehen und er konnte immer zu mir auf den Amselhof kommen.

Ich schloss die Augen, als ich seine Lippen auf meinen spürte. Tim liebte mich und ich liebte ihn. Und wir mussten daraus kein Geheimnis mehr machen.

Nele Neuhaus

Elena – Ein Leben für Pferde
Schatten über dem Turnier

288 Seiten · Gebunden
ISBN 978 3 522 50573 4

Elena schwebt im siebten Himmel mit Tim. Ihre Liebe hat die alte Familienfeindschaft endgültig besiegt und auf dem Amselhof wendet sich alles zum Besseren. Doch dann ziehen dunkle Wolken auf. Tim versetzt Elena ausgerechnet auf dem großen Reiterball, auf den sie sich so gefreut hat, und beim großen Festhallenturnier beachtet er sie kaum.

Stattdessen läuft sie dem gut aussehenden Reiter Niklas Schütze über den Weg, auf den die arrogante Ariane ein Auge geworfen hat. Plötzlich macht ein böses Gerücht die Runde und selbst Melike, Elenas beste Freundin, glaubt ihr nicht mehr. Eines scheint klar: Irgendjemand will Elena schaden. Nur warum? Als dann auch noch ihr Berittpferd Quintano nach Amerika verkauft wird und Tim mit ihr Schluss macht, bricht für Elena die Welt zusammen. Doch da ist ja noch Niklas. Und auf einmal wird alles anders …

LESEPROBE ZUM 3. BAND DER Elena-REIHE

1. Kapitel

»Elena!« Die Stimme meines Vaters klang ungeduldig. »Was brauchst du denn so lange? Es ist schon halb sieben!«

»Ich komm sofort!«, rief ich zurück. Ich hatte eine halbe Stunde gebraucht, um meine Fingernägel einigermaßen sauber zu kriegen und jetzt wurde die Zeit knapp. Mein Bruder Christian tauchte hinter mir im Badezimmer auf und vor Schreck rutschte mir der Eyeliner ab.

»Mist!«, fluchte ich und versuchte ungeschickt, mit einem Wattestäbchen den Schaden zu beheben.

»Was hast du denn heute noch vor?«, erkundigte sich Christian spöttisch. »Willst du irgendwen zu Tode erschrecken?«

»Ach, halt die Klappe«, erwiderte ich verärgert. Schminken war überhaupt nicht mein Ding, aber heute Abend würde ich zum ersten Mal in meinem Leben auf einen Reiterball gehen und da wollte ich ganz besonders gut aussehen. Leider war momentan das absolute Gegenteil der Fall. Über und unter meinen Augen prangten dicke schwarze Balken, meine Wimpern sahen aus wie zusammengeklebte Spinnenbeine. Immer wenn ich mit dem Eyeliner einen schmalen Strich über das Augenlid malen wollte, begann meine Hand unkontrolliert zu zittern und meine Lider zuckten.

»Hier.« Christian hielt mir einen Waschlappen hin. »Mach's lieber weg, bevor dich jemand so sieht. Ist ja peinlich.«

Ich funkelte meinen Bruder wütend an, schnappte die Dose mit Augen-Make-up-Entferner und rubbelte hektisch mit einem ölgetränkten Pad an meinen Augen herum.

»Warum hast du dich überhaupt so in Schale geworfen?«, fragte ich. »Ich dachte, du wolltest in Jeans gehen.«

»Ich hab's mir anders überlegt. Schließlich werde ich heute Abend als Hessenmeister geehrt«, antwortete er und betrachtete sein Spiegelbild mit einem zufriedenen Lächeln. »Ich find, ich seh cool aus. Oder?«

Er trug einen dunklen Anzug, ein weißes Hemd und sogar eine Krawatte, seine dunklen Haare hatte er mit Gel nach hinten frisiert.

»Ja, total cool«, bestätigte ich, konnte mir aber eine kleine Spitze nicht verkneifen. »Wie Justin Bieber im Kommunionanzug.«

Sein Lächeln erlosch schlagartig. »Das stimmt nicht«, widersprach er. »Aber du siehst aus wie Winnetous Schwester auf dem Faschingsball.«

Mir kamen die Tränen, denn er hatte recht. Ich sah gruselig aus. Durch die Rubbelei hatten sich Wimperntusche und Eyeliner großflächig verteilt, meine Haut war fleckig und glühte dunkelrot und meine Augen brannten wie Feuer.

»Sag mal, wo bleibt ihr denn bloß?« Jetzt erschien auch Mama im Badezimmer. Ihr Blick fiel auf mein Gesicht im

Spiegel. »Großer Gott, Elena! Was ist denn mit dir passiert?«

»Ich wollte mich doch nur ein bisschen schminken«, jammerte ich und hielt anklagend die Dose mit dem Abschminkkram hoch. »Ich dachte, das geht damit weg!«

»Das nützt nichts bei wasserfester Schminke.« Mama musste auch lachen. »Komm mit nach unten. Das kriegen wir wieder hin.«

»Warte noch einen Moment!«, gluckste Christian amüsiert, »lass mich noch schnell ein Erinnerungsfoto für Tim machen.«

»Untersteh dich!« Ich tastete mich halb blind die Treppe hinunter, vorbei an Papa, der schon mit dem Autoschlüssel in der Hand im Flur stand und mich mit offenem Mund anblickte.

»Zwei Minuten«, sagte Mama und zog mich ins Elternbadezimmer. »Setz dich auf den Klodeckel und mach die Augen zu.«

Neuhaus, Nele:
Elena – Ein Leben für Pferde
Sommer der Entscheidung
ISBN 978 3 522 50572 7

Umschlaggestaltung: Johannes Wiebel | punchdesign, München
unter Verwendung von Motiven von Shutterstock.com (shutterstock_210501397/Carlos Amarillo; shutterstock_458717329/Oksana Ph7)
Vor- und Nachsatz: Tamara Lang
Innentypografie: Kadja Gericke
Reproduktion: Medienfabrik GmbH, Stuttgart
Druck und Bindung: GGP Media GmbH, Pößneck

FSC www.fsc.org
MIX
Papier aus verantwortungsvollen Quellen
FSC® C014496

5. Auflage 2018

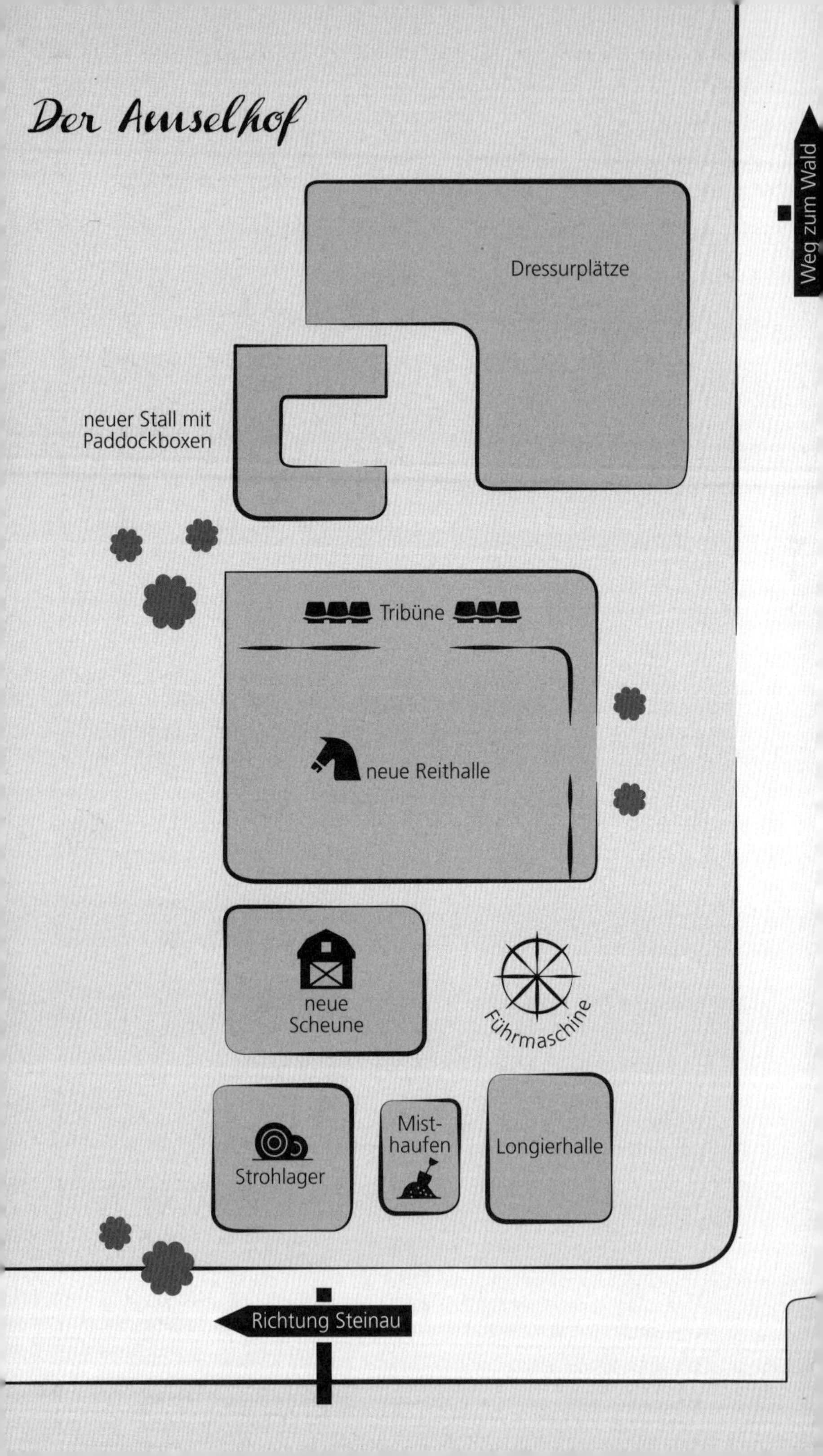
Der Amselhof
Weg zum Wald
Dressurplätze
neuer Stall mit Paddockboxen
Tribüne
neue Reithalle
neue Scheune
Führmaschine
Strohlager
Misthaufen
Longierhalle
Richtung Steinau